हिन्द पॉकेट बुक्स

दुनिया एक बाज़ार

तारांशंकर वंद्योपाध्याय प्रसिद्ध बांग्ला साहित्यकार हैं। इन्हें *गणदेवता* के लिए 1966 में ज्ञानपीठ पुरस्कार से सम्मानित किया गया था। ताराशंकर वंद्योपाध्याय को साहित्य एवं शिक्षा क्षेत्र में भारत सरकार द्वारा सन 1969 में पद्म भूषण से भी सम्मानित किया गया था। ये पश्चिम बंगाल से हैं। इनके द्वारा रचित एक उपन्यास *आरोग्य* निकेतन के लिए उन्हें सन् 1956 में साहित्य अकादमी पुरस्कार से सम्मानित किया गया।

दुनिया एक बाज़ार

ताराशंकर वंद्योपाध्याय

अनुवादक

हंसकुमार तिवारी

हिन्द पॉकेट बुक्स

पेंगुइन रैंडम हाउस इम्प्रिंट

हिन्द पॉकेट बुक्स

यूएसए | कनाडा | यूके | आयरलैंड | ऑस्ट्रेलिया | सिंगापुर
न्यू ज़ीलैंड | भारत | दक्षिण अफ्रीका | चीन

हिन्द पॉकेट बुक्स, पेंगुइन रैंडम हाउस ग्रुप ऑफ़ कम्पनीज़ का हिस्सा है,
जिसका पता global.penguinrandomhouse.com पर मिलेगा

पेंगुइन रैंडम हाउस इंडिया प्रा. लि.,
चौथी मंजिल, कैपिटल टावर -1, एम जी रोड,
गुड़गांव 122 002, हरियाणा, भारत

पेंगुइन
रैंडम हाउस
इंडिया

प्रथम हिन्दी संस्करण हिन्द पॉकेट बुक्स द्वारा 1967 में प्रकाशित
यह हिन्दी संस्करण हिन्द पॉकेट बुक्स में पेंगुइन रैंडम हाउस द्वारा 2023 में प्रकाशित

10 9 8 7 6 5 4 3 2

ISBN 9789353496982

मुद्रकः रेप्रो इंडिया लिमिटेड

www.penguin.co.in

FSC www.fsc.org MIX Paper from responsible sources FSC® C047271

दुनिया एक बाज़ार

सारा़ल की हाट जाओगे?

मेरा झुनझुनी रोग ले जाओगे?

गंवई लोकोक्ति है एक। 'सालार' है कटवा के पास। वह लोगों की जीभ की नोक पर 'सालार' कैसे हो गया, यह पंडित लोग बता सकते हैं। लेकिन लोग साराल कहते हैं। और, साराल की हाट बहुत बड़ी हाट है, बड़ी प्राचीन हाट है। लोग कहते हैं, किसीको झुनझुनी रोग हो, तो वहां खरीद-बेची करने से—खास करके अगर कुछ बेचना हो तो अपने मन से 'फाव' दीजिए, उस फाव के साथ ही आपका झुनझुनी रोग जाता रहेगा। और अगर कुछ खरीदना हो, तो वाजिब दाम से एक पाई भी किसी तरह से ज़्यादा दे दीजिए। उस ज़्यादा दाम के साथ रोग भी चला जाएगा। सो सालार के दुकानदार बड़ी सावधानी के साथ सामान बेचते हैं। कभी किसीसे पाई-पैसा ठगते नहीं, नहीं तो उसीके साथ झुनझुनी रोग भी चला आता है।

भुवनपुर की हाट बड़ी पुरानी हाट है। इस इलाके में भुवनपुर कई हैं। गंगा के किनारे है गंगाभुवनपुर; कई कोस पश्चिम हटकर है विप्रभुवनपुर; उससे आगे छोटा भुवनपुर। मांठान हलके के श्रीभुवनपुर की ज़मीन बड़ी उपजाऊ है। फी बीघा बारह-चौदह मन, सोलह मन तक भी धान हो जाता है। एक बीघा ज़मीन का दाम वहां बहुत है—ढाई हज़ार रुपया बीघा भी बिका है। उसमें बहुत बढ़िया किस्म का कनकचूड़ धान होता है। उस धान का लावा बड़ा उम्दा होता है, बड़े मोती का दाना हो जैसे। पौधों में जब बालियां लगती हैं, तो खुशबू से दूर तक महमहा उठता है।

लेकिन यह हाट भुवनपुर जो है, वह सिर्फ भुवनपुर है। वहां भुवनेश्वर अनादिलिंग हैं—उन्हींके नाम पर भुवनपुर। बाहर के लोग शिवभुवनपुर कहा करते

हैं, यहां के लोग सिर्फ भुवनपुर कहते हैं। आदि भुवनपुर। विश्वेश्वर की काशी है, तारकनाथ का तारकेश्वर है, वैद्यनाथ का देवघर—भुवनेश्वर का भुवनपुर।

शिव से दुर्गा का झगड़ा हुआ था। दुर्गा ने गहने मांगे थे, कपड़े मांगे थे, आखिर में शंख की चूड़ियां मांगी थीं। शिव ने साफ सुना दिया था, भई, अपना तो पेट भीख पर चलता है। यह सब मैं कहां से लाऊं? इससे दुर्गा बिगड़ खड़ी हुईं और मैके चली गईं। लाचार शिवजी चूड़ीवाला बनकर वहां गए, दुर्गा को मनाया।

मगर झगड़ा कभी मिटने को भी था! दुर्गा को गहने का वैसा ही शौक और शिवजी भीख मांगने के सिवा दूसरा काम नहीं करने के। सो जब फिर इसी बात पर ठनी, तो शिवजी बोले—अरे बाबा, देवता-दानव सब तो तुम्हींको तीनों भुवन की मालकिन कहते हैं। अपना इंतज़ाम तुम आप भी तो कर ले सकती हो। मेरी जान बख्शो, मैं बेचारा भीख मांगूंगा, मरघट में चिता के चूल्हे पर पका-चुकाकरखाऊंगा, और पेड़ तले पड़ा रहूंगा।

दुर्गा ने शिव को सबक सिखाने की सोची। विश्वकर्मा से कहा—देखो,मणिकर्णिका के मसान पर, शिवजी जहां अपना त्रिशूल गाड़े बैठे हैं, वहीं पर रातोंरात मेरी राजधानी खड़ी कर दो।—विश्वकर्मा ने वैसा ही कर दिया। दुर्गा राज-राजेश्वरी अन्नपूर्णा के रूप में वहीं जा रहीं। तीनों भुवन का सारा अन्न हरण करके काशी में अन्नकूट का पहाड़ खड़ा किया और घोषणा कर दी कि जो भी यहां हाथ पसारेगा, पत्तल बिछाएगा, उसीको भर-पेट भोजन मिलेगा। शिव ने सारा विश्व-ब्रह्मांड छाना, भीख में दाना नहीं मिला। आखिर को वह काशी आए। अन्नपूर्णा की भीख पर जिए। मगर मन का मलाल नहीं गया।

मन ही मन सोच-विचारकर एक दिन उन्होंने नंदी को बुलाया। कहा—नंदी, मैं भी एक राजधानी बनवाऊंगा।

नंदी ने छूटते ही कहा—बहुत खूब भगवन्! मां जी की जया-विजया दो दाइयां हैं न, उनकी झिड़कियां तो अब बरदाश्त नहीं होतीं!

—लेकिन राजधानी बनाएगा कौन? कम्बख्त विश्वकर्मा की दौड़ तो यही काशी बनाने तक है। इससे अच्छी नगरी बनाना तो वह जानता नहीं। मगर मुझे तो काशी से बेहतरीन नगरी चाहिए।

नंदी ने कहा—फिक्र किस बात की है दयालु! आपके भूत-प्रेतों की यह जमात है! जाने कितने मंदिर बनानेवाले, महल बनानेवाले, किला बनाने वाले कुशल

कारीगर मर-मरकर भूत हुए हैं और आपके दरबार में हैं। खाते-पीते हैं, आपके डमरू की ताल पर नाचते हैं हरिनाम के साथ। उन्हींसे कह दीजिए, बना देंगे। विश्वकर्मा ने रात-भर में बनाया था, ये मिनटों में बनाकर रख देंगे।

मिस्त्री भूतों ने सुना तो बड़े खुश हुए। कम्बख्त विश्वकर्मा को हराकर रहेंगे। वे बोले—हुकुम हो भूतभावन आशुतोष! अभी बनाते हैं। लेकिन गांजे का हुकुम हो भगवन्।

शिव बोले—नंदी! इन कम्बख्तों को पांच सौ मन गांजा दे दो। लेकिन सुन लो, यह नगरी काशी से कतई न मिले। यह नदी किनारे नहीं, सूखी परती पर होगी। पत्थर-पत्थर की नहीं, मणि-माणिक, स्फटिक-मर्मर कुछ भी नहीं। सिर्फ मिट्टी! और मेरा जो घर होगा, उसकी नींव माटी की होगी, दीवाल हवा की, छत आसमान की, और तुम सबके लिए होगा बहुत बड़ा किला। बेल के पेड़ों का बैरक, बरगद का बैरक, सिहोड़ का बैरक। लोगों के लिए होंगे घर, पानी के लिए विशाल जलाशय और एक बाज़ार।

भुवनपुर के लोग कहते हैं—पगले शिव की पगली धुन, भूतों का भुतहा काम एक पहर बीतते न बीतते उस धू-धू करती परती में एक टलमल जलवाले विशाल सरोवर के चारों ओर भुवनपुर खड़ा हो गया। सरोवर के घाट पर नर-खोपड़ी पर मिट्टी का टीला खड़ा हुआ, वही हुआ भुवनेश्वर स्थान। आज भी वहां पहुंचने के लिए बीस सीढ़ियां चढ़नी पड़ती हैं। हवा की दीवाल और आकाश की छत को तो लोग नहीं देख पाते, देवता देखते हैं। भूत देखते हैं। चारों तरफ बाबा के भूतों का किला बेल महल, बरगद महल, सिहोड़ महल। बेल के बगीचे में ब्रह्म दैत्य सेनापतियों का वास हुआ, बरगद-बगान में रही भूतों की सेना और सिहोड़ महल में प्रेतों की पलटन बस गई। नंदी ने ढाक पिटवाया, सिंगा फुंकवाया। माटी के भुवन के लोगों को जता दिया—भुवनेश्वर के इस भुवनपुर में जो बसेंगे उन्हें भूत का भय नहीं रहेगा। उनपर प्रेतनियों की नज़र नहीं लगेगी।

दल के दल लोग आए। लोगों से खचाखच भर गया भुवनपुर। मगर मुसीबत आई लोग-बाग खाएंगे क्या? अन्नपूर्णा और उनके साथ लक्ष्मी तो इधर को पीठ किए काशी में बैठी हैं। सो शिव ने गंधेश्वरी को बुलाया। बोले—गंधेश्वरी, तुम्हें भुवनपुर की मां बनना होगा। अन्नपूर्णा और लक्ष्मी का घमण्ड तोड़ना होगा।

गंधेश्वरी ने कहा—ठीक है। लगाया मैंने भुवनपुर के बाज़ार में आसन।

मूंग, मसूर, चना, मिर्च और मसाले—ये चीज़ें भुवनपुर के सिवाय और कहीं नहीं मिलेंगी। धान-चावल लिए अन्नपूर्णा पड़ी रहें काशी में!

भुवनेश्वर ने कहा—और मेरा कहा रहा मेरा वचन। इस भुवनपुर में जो भी चीज़ बिकने आएगी, सब बिक जाएगी, वापस नहीं लौटेगी।—कुबेर को आदेश रहा कि वह सब खरीद लेंगे।

वही हुआ। भुवनेश्वर की हाट खूब जम उठी। कुबेर के अनुचरों ने मनुष्य का जन्म लिया, भुवनपुर में गद्दी खोलकर बैठ गए। धन्वंतरि के चेले वैद बने वहां। कोई रोगी आए तो यहां चंगा होकर ही रहेगा। दवा से नहीं तो भुवनेश्वर की धूल है, चरणोदक है।

तमाम से लोग आने लगे।—खबर आई कि काशी में अन्नपूर्णा सोच में पड़ गई हैं। भुवनेश्वर बोले—मैं मगर नहीं जाता।

देवगण आए—प्रभो! यह कैसा पागलपन है। आप काशी चलिए।

भुवनेश्वर बोले—हरगिज़ नहीं। ब्रह्मा-विष्णु भी आएं तो भी नहीं! मैं गंधेश्वरी के साथ ही यहां राज करूंगा।

देवगण हताश होकर लौट गए।

कई दिनों के बाद गंधेश्वरी और कुबेर आए। बोले—आफत आन पड़ी है।

—कैसी आफत?

—एक खूबसूरत जवान औरत आई है। हाथ में एक पिटारा है। पिटारे में वह अपने मन का दुःख लाई है। वह दुःख उससे कौन खरीदे? हम खरीदने गए। न होगा तो खरीदकर उसे पानी में फेंक देंगे। मगर कीमत सुनकर लौट आया। वह कीमत तो अपने पल्ले नहीं है।

शिव ने पूछा—क्या कीमत मांगती है वह? राज, स्वर्ग का राज? हीरा-मोती?

—नहीं देवता, वह कहती है, एक पिटारा सुख देकर दुःख-भरा यह पिटारा लो।

—बस, यह कौन-सी बड़ी बात है। चलो, उसे एक पिटारा सुख दे आएं। ज़हर को गले में रक्खा है, दुःख को, न होगा तो, कलेजे में रख लूंगा।

शिव गए। जाकर सामने खड़े हुए तो उस औरत का रूप देखकर पलकें ही न गिरीं। अवाक् अपने को ज़रा संभालकर बोले—अपना दुःख का पिटारा दो मुझे।

—पहले सुख का पिटारा तो दो देवता!

—अजी ओ कुबेर, लाओ एक पिटारा तो लाओ।

पिटारे को हाथ में लेकर शिव बोले—मेरे वरदान से यह पिटारा तुम्हारे मन के सुख से भर जाए!

औरत ने सुख का पिटारा लिया। शिव की जय-जयकार की। कहा—अरे ओ शिव के दूतगण, कहां हो। शिव के वचन को सत्य करने के लिए आओ। मेरा पति भाग गया है। उसे बांधकर मेरे घर पहुंचा दो। पति के बिना स्त्री को मन का सुख कहां?

वह स्त्री हनहनाती हुई बढ़ चली। इधर बेल, सेमल, बरगद के पेड़ों से शिव की सेना उतरी, सबके आगे स्वयं नंदी; रस्सा लेकर वे सब शिव को बांधने लगे।

—अरे! यह क्या? अबे, ऐ! करता क्या है?—शिव रंज होकर गरजने लगे।

नंदी ने कहा—चीख-पुकार न करिए देवता! होंठ दबाए चुप रहिए। खुद ही तो वरदान दिया है और फिर आपने ही बांधने का हुकुम दिया है। अब चीखने-चिल्लाने से क्या होगा! ऐ भूतो, बांधो, पगले बाबा को, खूब कसकर बांधो। देखना, खोलकर भाग न जाएं। तोड़ न डालें!

शिव ने गरजकर कहा—नंदी!

नंदी ने हाथ जोड़कर कहा—आपसे आपका वरदान, आपका वचन बड़ा है प्रभो! हम क्या करें! पहचान नहीं रहे हैं इन्हें, ये मां दुर्गा जो हैं!

शिव ने एक लंबा निश्वास छोड़ा—तो...तो चल। न-न भैया, तनिक रुक जा।—यह कहकर पुकारा—दुर्गा, मैं हार गया, हार मानता हूं। तुम्हें पहचान नहीं पाया। आज सवेरे नशा ज़रा ज़ोर का हो गया था। आंखों से देख ही नहीं पा रहा था। खैर! जब हार हो गई, तो मैं आप ही चलूंगा। लेकिन मेरे बड़े शौक से बनवाए इस भवनपुर की कोई व्यवस्था कर जाओ। आखिर यह तुम्हारे पति की ही कीर्ति है—बरबाद होने से तुम्हारी ही बदनामी होगी।

दुर्गा ने हंसकर कहा—अच्छा। मैं यह वर देती हूं कि तुम्हारा थोड़ा-सा अंश यहां रहेगा भुवनेश्वर शिव होकर, मैं गंधेश्वरी होकर रहूंगी और यह हाट रहेगी। इस हाट में अनबिकी कोई चीज़ नहीं रहेगी। सुख की कीमत पर यहां दुःख बिकेगा। दुःख की कीमत पर सुख। लेकिन हां, मेरे जैसी निष्ठा होनी चाहिए मन की। विश्वास

होना चाहिए। दोमना होने से, दें कि न दें, यह दुविधा मन में होने से नहीं होगा। दुःख का बोझा बेचने को आने पर दूना होगा। सुख के बदले दुःख नहीं मिलेगा, सुख को बढ़ाकर घर लोटेंगे लोग। हुए खुश?

शिव ने कहा—हां। खुश।

—तो फिर चलो।

—चलो। बंधन खोलने को कह दो।

दुर्गा बोलीं—बंधन खुलेगा, लेकिन नदी के कंधे पर चढ़कर चलना होगा। वरना मुझे तो तुम्हारी हरकत का पता है, जाने किस मछुआटोली में कौन-सी औरत को देखकर भाग पड़ोगे; या कि डोमटोली में गांजे की गंध से जा जमोगे।

सो शिव नंदी के कंधे पर सवार हुए। सांड को सिंह की दुम में बांध दिया गया। दुर्गा सिंह पर सवार हो काशी लौटीं।

यहां लोगों में यही कथा प्रचलित है। बंगाल में शिव-दुर्गा की बहुतेरी कहानियां हैं। यह भी उनमें से एक है। बंगाल में शिव खेती करते हैं। शंख की चूड़ियों के लिए रंज होकर दुर्गा नैहर चली जाती है, शिव के चरित्र को परखने के लिए दुर्गा मछेरिन बनती हैं, मछली पकड़ती हैं। उनके रूप पर रीझकर शिव मछुआटोली के चक्कर काटते हैं। कीचड़-पानी घोंटकर मछुओं के साथ-साथ मछली पकड़ते हैं। भुवनपुर में भुवनेश्वर भैरव आज भी अलक्षित रहकर खरीद-बिक्री पर निगरानी रखते हैं। गंधेश्वरी पूजा के समय मेला लगता है, उस समय शिव पूर्ण रूप में भुवनेश्वर में अधिष्ठित होते हैं।

आजकल, आज़ादी के बाद सन् चौवन-पचपन साल में सेट्लमेंट हुआ—उसमें सरकारी छानबीन से यह सब गप्प-गालियां खलीं। यह सब किसी गंजेड़ी पुरोहित आदि की करतूत है: भुवनपुर के पीपल-सिहोड़ के जंगल से घिरे उस टीले पर पत्थर गाड़कर यात्रियों की भीड़ जमाने के लिए यह कहानी गढ़ी गई है। भुवनपुर के पास का गांव गंधवणिकों का गांव है। मुसलमानों के अमल में फौजदार का कोप-भाजन होकर कटवा अंचल से नवीन दे यहां सगे-संबंधियों के बीच भाग आए थे। कारोबार-कुशल उन नवीन दे नेव्यवसाय करते हुए अपने लोगों से बिना कोई वैर-विरोध किए दो कोस दूर की इस धरती का बंदोबस्त लिया था। उस समय पांच कोस लंबा लाल माटी के इस पथरीले मैदान का नाम था तीन भुवन का मैदान। इसके ठीक बीचोंबीच उस ज़माने की सड़क चली गई है। सड़क के पास उत्तर की ओर तीन कोस पर और दक्खिन की ओर दो कोस पर

दो गांव हैं। बरगद, बेल, पीपल का यह जंगल उस समय खूनी डाकुओं का अड्डा था। इस पांच कोस की दूरी में कोई अच्छा तालाब नहीं था। बंदोबस्त लेने के बाद नवीन दे ने यहां एक छोटा-सा पोखरा खुदवाया था और इन चोर-छिछोरों से समझौता करके उन्हें थोड़ी-थोड़ी ज़मीन देकर रैयत बनाकर बसाया था। उसके बाद यहां एक चट्टी कायम की थी। ये डाकू लोग ही यहां के पहरेदार थे। चट्टी से धीरे-धीरे इसे धान-चावल का आढ़त बनाया। फिर उस छोटे-से पोखरे को बड़ा जलाशय बनवाया। बड़ा ही निर्मल पानी निकला। नीचे से सोता फूटा था। गढ़ इलाके में कुछ हाथ माटी खोदते ही जैसे पानी निकल आता है, सौभाग्य से दे को वैसा ही सोता मिल गया था। धीरे-धीरे वह आढ़त जम गया। दे ने मकान बनवाया। कुछ अपने सगे आ बसे आसपास। उनके गुरु भी वहीं आ बसे। दे ने उनके लिए मकान बनवा दिया। कुछ जगह-ज़मीन भी दी। यही गुरु सांझ-विहान उस टीले पर बैठा करते थे। रात के सन्नाटे में कुछ जप-तप भी करते। अचानक एक दिन उन्होंने सपना देखा। यही सपना। और एक दिन सचमुच ही माटी ठेलकर शिवजी निकल आए! देखने के लिए लोगों की भीड़ उमड़ पड़ी। गुरु ने कहा—अगली पूर्णिमा, वैशाखी पूर्णिमा को तुम गंधेश्वरी की पूजा करो नवीन।—लोगों से कहा—इस सरोवर के एक हज़ार आठ घड़ा पानी से शिव को स्नान कराना होगा।

सरोवर का नाम पड़ा भुवनदीघी। तीन भुवन के मैदान का नाम हुआ भुवनपुर। बाबा का नाम भुवनेश्वर। लोगों की भीड़भाड़ होने से ही बाज़ार-हाट लग जाती है। आप ही बाज़ार लगा। खरीद-बिक्री खूब हुई। इसी प्रवाद से तालाब के बांध पर हाट की नींव पड़ी। शिव के वचन को पूरा करने के लिए नवीन दे हाट की सारी अनबिकी चीज़ों को खरीद लिया करते थे। उन चीज़ों को दूसरे दिन गाड़ी पर लादकर पांच कोस दूर की गोपालगंज हाट को भेज दिया करते। नुकसान भी होता तो उसे व्यापारी नवीन दे झेल जाते। सोम और शुक्र शिव का दिन है। उन्हीं दिनों बाबा भुवनेश्वर की हाट लगती। शिवजी की पूजा भी होती, भेंट-पूजा भी चढ़ती। हाट से वसूली भी की जाती। भेंट-पूजा और हाट की वसूली का दो हिस्सा होता। भेंट-पूजा का तीन हिस्सा गुरु का, एक हिस्सा दे बाबू का, और वसूली का तीन हिस्सा दे बाबू का, एक हिस्सा गुरु का होता। आगे चलकर सन् 1903 में इसके लिए गुरु-शिष्य में मुकदमेबाज़ी हुई। शिष्यों ने ठाकुर के टीले के प्रवेश-द्वार पर एक दानपेटी रख दी थी और लोगों को उसी में पूजा-प्रणामी डालने को

कहा था। उन्हीं पैसों से तालाब का संस्कार, पक्के का घाट, टीले पर जाने की सीढ़ी और ऊपर के चौतरे पर संगमरमर लगाया जाएगा। उस मुकदमे में ये बातें सामने आईं। मामले का सुलहनामा दोनों ही तरफ है। सेट्लमेंट के समय उस सुलहनामे की नत्थियां निकलीं। उससे और भी अजीब-अजीब बातें जानने में आईं। हाट की वसूली में शिष्यों ने गुरु के हिस्से पर एतराज़ किया था। भुवनेश्वर के पंडे उसका हिस्सा क्यों पाएंगे? हाट की ज़मीन कुछ देवोत्तर नहीं है। वह दे वंश की अपनी खास जायदाद है।

गुरु वश के बूढ़े त्रिपुराचरण मिश्र ने इसके जवाब में कहा था—हाट शिव के कारण चलती है। शिव का जो दिन है सोमवार, उसी दिन हाट लगती है। जो लोग शिव की पूजा करने आते हैं, वही लेते देते हैं। और फिर व्यवसाय के हिस्सेदार के रूप में यह मिश्र वंश सदा से परिश्रम करता आया है। इसके नज़ीर में यह बताया कि कभी यहां मिथिला की नाईं शिवरात्रि के समय ब्याह-सम्बन्ध पक्का करने की प्रथा चलाने की कोशिश की थी उन्होंने। वे स्वयं मैथिल ब्राह्मण हैं। मिथिला में ऐसा मेला लगता है, जहां वर और कन्या-पक्ष के लोग जाते हैं, देवता के दर्शन करते हैं और बेटा-बेटी के ब्याह का सम्बन्ध तय करते हैं। यह मेला मिथिला में आज भी लगता है। शिव के वरदान से भुवनपुर में सुख-दुःख की खरीद-बेची होती; लिहाज़ा बेटी का ब्याह दुःख और बेटे का ब्याह सुख है। शिव को साक्षी मानकर इस विनिमय से विवाह आनंद का होगा, इसका भरोसा किया था। रामकेलि के मेले में वैष्णव लोग वैष्णवी खोजते हैं, वैष्णवी वैष्णव। माला बदल होती है। यहां भी गुरु ने वैसा ही कुछ करने की सलाह दी थी। शिष्यों ने मानी भी थी। विवाह पीछे सवा पांच आना शिव की प्रणामी और चार आना हाट का कर लेने से काफी आमदनी होती। कोशिश की गई थी। कुछ दिन चला भी था। उसके बाद उठ गया। 1880-81 की बात है। त्रिपुराचरण उस समय युवक थे। उन्हें याद है। दे वंश के बूढ़े पुरनिए शोभाराम दे हैं, वे बताएं। यह रिवाज तो उठ गया, पर अभी भी ब्याह के समय लोग यहां से बाबाथान का सिंदूर और हाट से सूप आदि ले जाते हैं। इससे ब्याह शायद शुभ होता है।

मामले में आपसी सुलह हुई। उस सुलह के मुताबिक शिव की आमदनी गुरु की और हाट की आय शिष्य की होती है। हां, तरकारी की जो वसूली होती है, उसमें गुरु का हिस्सा होता है। एक टोकरी तरकारी वसूल करके उसे शिष्य ही भेज दिया

करते। थोड़ी-बहुत तरकारी शिवजी पर भी चढ़ती। कंदे की डंठल, ओता, करैणी। नीम का मौसम हो न हो, नीम। ज़्यादा चढ़ौवा इसीका चढ़ता। कभी-कभी मिठाई, दूध और खुशबूदार अरवा चावल, शहद।

यहां अनेक प्रकार की बातें यहां के बारे में प्रचलित हैं:

भुवनपुर की हाट जाओ,
माटी देकर ढकनी लाओ।
अनपच रोग सहज ही जाता,
दुःख के बदले सुख है आता।

बड़ा लंबा-सा है। कंदे की डंठल, कलमी शाक, जो भी वहां ले जाइए, बिक जाएगा। दैवी दवा में साग, खटाई, गुड़, मुरमुरा, इनकी मनाही होती है। मगर बाबाथान की दवा खाने से साग—यहीं की हाट का साग—खाना ही पड़ता है। यहां से ज़रा ही दूर पर मयूराक्षी नदी से बनी एक झील-सी है। उसके चारों तरफ तरह-तरह का साग बेशुमार होता है। वह जगह दे बाबुओं की है और साग खाने का नियम सेवायत मिश्र परिवार का चलाया हुआ है।

ये छोटी-छोटी बातें हुईं। बड़ी बात है यहां का गंज। इस हाट के पास ही सड़क के दोनों तरफ एक समय बहुत बड़ा गंज जम गया था। छोटा तो अभी भी नहीं है पर टुटन शुरू हो गई है। यहां के शिव और हाट के महातम से तथा इस सुंदर जलाशय के कारण धान, चावल, मूंग, मसूर, मिर्च, उड़द लदी गाड़ियां यहां जमा होती थीं। भुवनपुर से दो कोस के फासले पर गोपालपुर है। गंधवणिकों की प्रधानता है वहां, जहां आकर नवीन दे ने शुरू में पनाह ली थी; पुराने समय में आढ़तदारी का वही बड़ा गंज था। उसके परली तरफ तीन कोस पर एक छोटा-सा बाज़ार था। इन्हीं दोनों की चलती को मंद करके भुवनपुर की हाट और गंज का सितारा बुलंद हुआ था। चालीसेक साल पहले भुवनपुर से तीनेक कोस दूर पर एक लाइट रेलवे की सहूलियती आई। गोपालपुर से कोस-भर की दूरी पर तब से भुवनपुर का वैसा नुकसान तो नहीं हुआ पर मंदी-सी आई। गोपालपुर के व्यवसायियों ने स्टेशन के करीब एक गंज बसाने की कोशिश की। कुछ-कुछ कामयाब भी हुए। सोलह साल पहले मुल्क आज़ाद हुआ। उसके दस साल के बाद फिर पासा पलटा। इस सड़क को सरकार ने कोलतार का बनवा दिया। बस, लारी, ट्रकें दौड़ने लगीं। एक मारवाड़ी ने चावल की मिल खोल दी। फिर सन् साठ में अनोखी ही बात हो गई। रास्ते के दोनों

किनारे कतार से लोहे के खंभे खड़े किए गए। एक कतार हुई टेलीग्राफ के तारों के खंभों की, फिर दूसरी कतार, उन खंभों पर तीन झूलते हुए तार दूर तक दौड़ गए। खंभों के निचले हिस्से को कंटीले तारों से घेर दिया गया, उनपर लाल रंग से आंकी खोपड़ी के बोर्ड टांग दिए गए। उनपर लिखा रहा—सावधान! कल्पना से परे की बात। बिजली की बत्तियां जलेंगी!

भुवनपुर के गोले के इलाके में बिजली के लट्टू जल उठे। गोपालपुर में भी जले, स्टेशन के इलाके में भी जले। बिजली की यह लाइन माइथन से जा रही है। दुर्गापुर होकर यहां-वहां यों कहिए सारे देश में दौड़ जाएगी। अभी बेशक बड़े-बड़े शहरों में ही यह जगर-मगर पहुंचा है, छोटे-छोटे गांवों तक नहीं पहुंच पाया। आगे चलकर पहुंचेगा। भुवनपुर की हाट के बीच में भी एक खंभे के माथे पर एक लट्टू लटक गया।

हाट तीन बजे दिन से लगती। टूटने में सांझ हो जाती। यों कहिए, सांझ होने से ही बढ़ाना पड़ जाता। सोमवार की हाट अवश्य रोशनी जलाकर भी चलती है। कोई लालटेन जलाता, कोई दो-मुंही कुप्पी, कोई देजक। आंधी-पानी में मुसीबत होती। वह मुसीबत बिजली की वजह से जाती रही।

इससे सबसे ज़्यादा खुशी टिकली की मां के परिवार को हुई। और हुई पैर-कटा चुनरिया के बाप को और शीवा जमादार को। सबसे रंजिश हुई दमहा राखाल को। बूढ़ा राखाल गांजा पीता है। हंफनी होती है। भीख मांगकर खाता है। उसकी रंजिश की वजह हुई कि आंखों पर रोशनी पड़ने से उसे नींद नहीं आती। बंद कमरे में उससे सोया नहीं जाता। अपना घर-द्वार भी नहीं है। गुईं के कपड़े की दुकान के बरामदे पर पड़ा रहता है। उससे भी ज़्यादा नाखुशी यानी खीझ हुई चुनरिया को, रात को अब बाप की आंखों में धूल झोंककर यार के इशारे पर उठकर चल नहीं दे सकेगी। टिकली को चुनरिया की तरह बाप का डर नहीं है। उसकी मां सब कुछ जानती है। उसे सबसे ज़्यादा खुशी हुई। रात का गाहक आने पर वह दूर से ही देख लेगी और कहीं चुनरिया उसके गाहक को बहका ले तो उससे झगड़ सकेगी।

हाट में जैसे कूड़ा-करकट एक ओर ढेर होकर पड़ा रहता है, ये भी हाट में ही जमी पड़ी हैं। यहीं इनकी पैदाइश हुई, यहीं मौत होगी। इन लोगों में शादी-ब्याह की वैसी बड़ी कठिन पाबंदी नहीं है। एक दिन एकाएक टिकली की मांग में सिंदूर दमक

उठा। किसने दिया, किसीने इसकी खोज-खबर नहीं ली।

भुवनपुर की इस हाट में अचानक एक दिन रूपवती मालती आ पहुंची। भरी जवानी। उन्नीस-बीस साल की क्वांरी लड़की। अजीब लड़की। बदन पर सादी कमीज़, टकटक रंगीन कोर की साड़ी, कमर पर एक टोकरी। एक अधबूढ़ी औरत के सिर पर दूसरी एक टोकरी रखकर वह हाट के अंदर पैठी और तांती के छज्जे के सामने खड़ी होकर बोली—धरनीदास की दुकान कौन-सी है, बता सकते हैं? सुरभि गांव का धरनीदास, तांत के कपड़े बेचते हैं।—हाट में उस समय भीड़-भाड़ कम थी। बेचने वालों का आना शुरू ही हुआ था। सौदा-पाती खरीदनेवालों की भीड़ नहीं आई थी। फिर भी जो थोड़े-से लोग आए थे, सबका मुंह उस छज्जे की तरफ घूम गया। एक छोकरा, कमर पर खड़ी एक लाठी, उसपर क्रास-सा बनाता हुआ आड़ा-आड़ा पड़ा एक डंडा, उसपर झूलता हुआ रंग-बिरंगा फीता, कार, बाल में खोंसने के कांटे, हेयरक्लिप। हांक लगाकर बेचा करता है:

दो-दो आना, फीता, कार
लंबाई में हाथ चार।
बाल बांधो, खुलेगा ना
चल देगा तो मिलेगा ना।

दामाद को बांधो, नहीं टूटने का। दामाद बांधने की कार, बाल बांधने का फीता! दो-दो आना! दो-दो आना!—वह छोकरा चिल्ला पड़ा—कुमकुम-टीका-महावर!

उसका बोलना बेकार नहीं गया। उस युवती ने आग उगलनेवाली नज़रों से एक बार उसे देखकर मुंह फेर लिया।

तांत के कपड़ों का वही दुकानदार धरनीदास था। पुरनिया आदमी। मालती की ओर दुविधा की नज़र से ताकते हुए बोला—धरनीदास से तुम्हें क्या काम है बिटिया? धरनीदास से?

—आप ही हैं? मैं पहचान गई थी। फिर भी पूछा। आपने मुझे पहचाना नहीं? मेरे बाप...

—तुम श्रीमंतदास की बेटी हो?

—जी हां। मैं मालती।

—तुम? तुम...धरनीदास मानो बोल नहीं पा रहा था।

मालती ने कहा—सात दिन हुए, छूटकर आई हूं!

धरनीदास ने कहा—मैं तुम्हारे बाप के बराबर हूं बिटिया, कुछ ख्याल न करना, जेलखाने में कुछ बुरी तो नहीं रही! बड़ी खूबसूरत हो गई हो!

मालती हंसी। बोली—जी। घर से वहां कहीं अच्छी तरह थी। घर रही होती तो दाईगिरी करनी होती या फिर ससुराल जाकर लौंड़ी-बांदी बनती।

—तुम्हें तो चार साल की सज़ा हुई थी?

—हां, लेकिन साढ़े तीन ही साल में छूट गई।

वह छोरा फिर से हांक लगा उठा—कुमकुम, महावर, स्नो, साबुन, पावडर, सस्ता लगा दिया, सस्ता!

आलूवाला भी आदमी पुरनिया है। वह उठकर मालती को देखने गया था। लौटकर अपनी चटाई पर बैठते हुए बोला—अरे ओ रे रसिया छोरे, वह कोई आसान छोकरी नहीं है। खूनी है, खूनी। ज़रा सोच-समझकर रास्ते में बेचने जाना। हां।

—खूनी!—वह छोकरा चौंक उठा।

श्रीमंत वैरागी माथे पर टोकरी उठाए मनिहारी सामान बेचने के लिए इस हाट में आया करता था। और-और दिन घूम-घूमकर इस-उस गांव में फेरी करता था। मनिहारी का मतलब सस्ता तेल-फुलेल, सिंदूर, माला, फीता, कार, हेयरक्लिप, हेयरपिन, ताला-कुंजी, पेंसिल, रबर, कापियां, चीनी-मिट्टी के खिलौने, स्लेट, स्लेट-पेंसिल, पहाड़े की किताब, पहली किताब, कपड़े धोने का साबुन, बदन में लगाने का साबुन, खूब सस्ता सेंट। यही सब, इनके सिवाय श्रीमंत के पास मछली-शिकार का सरंजाम होता। दो-चार ह्विल, किस्म-किस्म के कांटे, मूंगे का धागा, सूता सहित तग्गी। सूता श्रीमत के खुद के हाथ का बनाया होता। और फिर उसके दोस्त गोलक लुहार का बनाया कांटा। श्रीमंत उसे स्पेशल कांटा कहता। श्रीमंत अपने सूते में आधे मन का एक बटखरा झुलाए रखता था। तग्गी के कांटे-सूते से मयूराक्षी की झील में दो-दो मगरमच्छ पकड़े गए थे। एक का चमड़ा श्रीमंत के अपने ही घर में था। नमक लगाकर चमड़े को सुखा लिया था, फिर उसके अन्दर पुआल भरकर एक टेढ़ा-मेढ़ा मगर बनाकर उसने अपनी घर की दीवाल पर लटका दिया था। खुद श्रीमंत मछली का पक्का शिकारी था। जिस दिन मनिहारी की फेरी में नहीं निकलता, उस दिन वह झील में मछली मारने जाता। और रात को गांव के सुखी गृहस्थों के पोखरे से चुराकर मछली मारता। उसका वह मछली मारना गज़ब का होता। जिस तालाब में खासी अच्छी मछलियां होतीं, उसमें लगातार सात-आठ दिन तक छिप-छिपकर मसाले डाल आया करता। उसके बाद एक दिन बांस की एक करची के बीचोंबीच कपड़े में काफी चारा बांधकर उसे पानी में गाड़ आता। करची का थोड़ा-सा हिस्सा पानी के ऊपर होता। उसीपर घोंघे की तीन-चार खोलियां सूते में बांध देता। लगातार आठ दिनों तक खाद्य की खुशबू पाकर वहां मछलियां बटुरतीं, चक्कर काटा करतीं। करची में बंधी पोटली पर थूथने मारतीं जिससे ऊपर बंधी घोंघे की खोलियों से खुट्-खट्, खुट्-खुट् आवाज़ होती रहती। और तब एक दिन श्रीमंत रणबांकुरा-सा वहां

जाता। रात में एक छोटी-मोटी छिप में लग्गी का मज़बूत धागा डालकर उसमें तीन-चार कांटे गूंथ देता और उन कांटों को करची की पोटली में धागे से बांध देता। खुद कमर-भर पानी में खड़े होकर छिप को धोती के फेंटे का सहारा देकर दोनों हाथों में कसकर पकड़े रहता। ज़्यादा देर नहीं लगती। लुभाई मछलियां कांटे लगाने के वक्त हट तो जातीं, पर आदमी के हटते ही फौरन आकर पोटली पर मुंह मारना शुरू कर देतीं। घोंघे की खोलियां खुट्-खुट् करतीं। शिकारी की करामात यहीं पर है। बाघ का शिकारी जैसे अंधेरे मचान पर बैठे-बैठे मरी की हड्डी चबाने की आवाज़ से ही ताड़ जाता है कि यह आवाज़ गीदड़ की है, यह भेड़िये की, यह धारीदार बड़े बाघ की, मछली का शिकारी श्रीमंत ठीक वैसे ही आवाज़ से ही समझ लेता कि यह मछली ढाई सेर की, यह पांच सेर की, यह दस सेर की है; यह कतला, यह रोहू या भिरकी है। वह घात लगाए खड़ा रहता। जैसे ही कोई पन्द्रह सेर की रोहू की ठोकर से खटाखट-खटाखट की आवाज़ होती कि वह दोनों हाथों से ज़ोरों का झटका मारकर हाथों को अपने पीछे की ओर तक खींच लेता।

श्रीमंत बड़ा ही साहसी मर्द था। उसके उस झटके से पन्द्रह सेर की रोहू कांटे में गुंथकर सिर के ऊपर से शून्य में उठकर एकबारगी पीछे सूखी ज़मीन पर जा रहती। यह कोई आसान काम नहीं। यह माटी पर खड़े-खड़े खूंखार बाघ के शिकार के समान है, बाघ को उसकी कुदान के साथ ही पछाड़ डालने जैसा कठिन काम है। कमर में बंधी हुई छिप के झटके से मछली यदि सिर के पीछे जाकर गिर गई, तो शिकारी की जीत जानिए ; कहीं मछली पीछे जाकर नहीं गिरी, वह पानी में ही रह गई या ज़रा-सा उठकर फिर पानी में ही गिर गई, तो उसके धक्के से शिकारी को औंधे मुंह पानी में गिर जाना पड़ेगा और उतनी बड़ी मछली की पानी में उतनी ताकत की खैंच से डूब मरने की नौबत आ जाएगी। लेकिन मरते कम ही हैं। ऐसे में ज़मीन पर खड़े होकर बाघ के शिकार से इसका बड़ा फर्क है। क्योंकि बाघ के शिकार में ऐसे शिकारी बहुत मरते हैं।

श्रीमंत ऐसे शिकार में कुशल था और बदन से भी वास्तव में मरदाना था। और महज़ मरदाना ही नहीं, खूबसूरत भी था।

भीख पर गुज़र-बसर चलानेवाले गोपालपुर के वैरागी का यह लड़का छुटपन से दे बाबू के यहां खानसामागिरी में भर्ती हुआ था। बाबू के यहां और जगतपुर के बाज़ार में नई बयार बही। पहले महायुद्ध के बाद, 1926-27

साल। एक ओर वंदे मातरम्, दूसरी ओर मोटर गाड़ी का आगमन; एक ओर विदेशों में लोगों के आकाश में उड़ने की खबर, और दूसरी ओर जात-पांत उठ जाने के नारे से देश में सब कुछ उलट-पुलट, बिखर-बिखर गया-सा हाल। दे बाबुओं ने सन् 1924 में मोटर बस खरीदकर सर्विस चलाई थी। बस का नाम था—'जय गंधेश्वरी। दे परिवार के लड़कों ने जगतपुर में क्लब खोला था। उन लोगों के खैराती दवाखाने में जूता, घिरे टोप के ढंग का कपड़ा तथा चश्मा वाली नर्स आई थी।

श्रीमंत का बाप अलखल्ला, मूंछ-दाढ़ी-बालवाला अवधूत वैरागी था। करताल बजाकर टहल लगाया करता। कम उम्रवाले छोटे छोकरों ने उसे अवधूत कहना शुरू कर दिया था। इन सब कारणों से श्रीमंत बाप-दादों की लीक छोड़कर और ही तरह का हो गया। बाबूओं को मछली के शिकार का शौक था। उसने सूता बनाना वहीं सीखा था। वैरागी का बेटा होते हुए भी उसने बोतल से चुस्की लेनी भी सीख ली थी। नई जवानी में भुवनपुर के बाबुओं का खानसामा श्रीमंत अचानक एक दिन मालती की मां विमला के प्रेम में पागल होकर उसके साथ भाग गया। सन् 27-28 की बात। विमला बालविधवा और रूपवती थी। चरित्र उसका बुरा ही था। उसके बाप का घर भुवनपुर से डेढ़ कोस दूर था, उस झील के किनारे। ससुराल में उनकी अनेक तरह की बदनामी ही नहीं हुई थी, और भी ज़्यादा कुछ हुआ था। छिछोरे रात को ज़बरदस्ती उसे उठा ले भागे थे और उसे बैहार में फेंककर चले गए थे। सो ससुराल वाले उसे उसके बाप के घर छोड़ गए थे। मां-बाप बेचारे क्या करें, वे उसे निकाल नहीं सके। वे उसे बाबा भुवनेश्वर के सेवायत मिश्रजी की शरण में रख गए कि दो मुट्ठी खाने को दे दिया कीजिएगा। यह बाबाथान को बुहारा करेगी, बर्तन-बासन मांजा करेगी। उस समय तक भी मां-बाप को यह विश्वास था कि बाबाथान की सेवा में लगे रहने से उसका परकाल बनेगा और जाग्रत् देवता बाबा भुवनेश्वर की परिचारिका के बदन पर हाथ डालने की किसीको हिम्मत नहीं होगी। लेकिन कलयुग में, खास करके यूरोप की पहली लड़ाई के बाद, समुद्र-मंथन के विष की नाईं युद्ध के विष से घोर हो बाबा सो जो गए थे! पेट्रोल और बारूद का धुआं, गैस, तोप-बंदूक की आवाज़ से बचने के लिए नाक-कान में रूई डालकर सोने के सिवाय उपाय नहीं था। लिहाज़ा बाबा की ऐसी एक खूबसूरत और सदा प्रसन्न दासी की ओर बेपरवा ही बहुतेरे हाथ बढ़ आए।

धरनीदास भी उस समय जवान था। तांत के कपड़े बेचता था। विमला जिस दिन पहली बार कमर पर टोकरी लिए हाट की वसूली ले जाने के लिए मालती जैसी ही यहां आई थी, उस दिन की बात उसे याद है। बाबाथान की आखिरी सीढ़ी पर कांख में टोकरी लिए ज़रा बांकी अदा से जैसे ही विमला खड़ी हुई थी, वैसे ही हाट के सारे लोगों की नज़र बाबाथान की ओर फिर गई थी। गो कि इधर सड़क होने की वजह से हाट का मुंह दस-पंद्रह साल से भी ज़्यादा पहले बाबाथान को पीछे की ओर रखते हुए सड़क की तरफ को घूम गया है। मिसिर जी के पीछे-पीछे टोकरी लिए विमला जब उसकी दुकान के सामने खड़ी हो गई थी, वसूली के एक पैसे के लिए, तो मिसिर जी को पैसा देकर धरनी आज के इस कार-फीते वाले छोरे जैसा ही औचक चीख उठा था—मनमोहिनी लाल अंगोछा, पक्का रंग—ले लो! अगल-बगल के लोग खिलखिलाकर हंस पड़े थे। विमला गरदन घुमाकर मुसकराकर कटाक्ष मारती हुई बोल उठी थी—फतिंगा खाने वाले गिरगिट का शौक तो ज़रा देखो, मैना मारकर खाएगा!—हाट की उस जगह हंसी की बाढ़ सी आ गई थी। बाबा भुवनेश्वर ने उस दिन धरनी की इज़्ज़त रख ली थी। एकाएक सबकी नज़र पड़ी कि श्रीमंत का शौकीन मालिक दे बाबू चुन्नटदार धोती, कुरता पहने, छाता लगाए बाबाथान की सीढ़ी पर खड़े हो एकटक विमला को देख रहे हैं। धरनी तुरन्त बोल उठा—पेड़ की फुनगी पर बाज़ बैठा है! गई बेचारी मैना!—मालिक के पीछे श्रीमंत था। उसके बदन पर बाबूवाली बढ़िया गंजी थी पुरानी, पहनावे में शौकीन कोर की धोती! वह भी विमला की तरफ ताक रहा था।

इस घटना के महीने-भर बाद ही विमला और श्रीमंत कहीं चंपत हो गए। भागे तो भागे, दे बाबू की गंधेश्वरी बस से ही भागे! वरना बाबा की दासी को लेकर यों भाग जाना मुमकिन न था, दो में से एक का पैर जाता, एक की आंख जाती। रास्ते में ही रह जाते।

तीन साल के बाद श्रीमंत लौटा, जब बाबू गुज़र गए। उसके साथ मांग में सिंदूर भरे विमला थी और थी मनिहारी की छोटी-सी एक दुकान।

कुछ दिनों तक तो श्रीमंत दुकान लेकर हाट नहीं आया। फिर आने लगा। उसने विज्ञापन भी किया था। धागे से लटका दिया था आधे मन का एक बटखरा और उसके साथ सोले की बहुत बड़ी-सी मछली। धरनीदास से श्रीमंत की पहले से ही पटती थी। उसने धरनी से कहा—भई अपने चलिए के एक ओर थोड़ी-सी जगह

दोगे मुझे! दुकान खोल दूं!

धरनी ने जगह उसे दे दी। इसी एहसान से श्रीमंत धरनी को अपने घर ले गया। उसे विमला के हाथ का ताड़-बड़ा और दुकान की मिठाई खिलाई। विमला ने ज़रा मुसकराकर उसे पुरस्कृत किया था—श्रीमंत के सामने ही।

बीच-बीच में श्रीमंत उसे मछली भी खिलाता था। मछली-शिकार के मामले में वह ज़्यादातर चालाकी का परदा डाले रहता। पोखरे में घाट वह रात को चराया करता। करची गाड़कर चारे की पोटली रात को बांधा करता, जब वह झील से मछली मारकर घर को लौटता। और मछली भी मारा करता तो झील से घर लौटने की राह में ही। मछली मारकर गमछे में लपेटकर ले आता। उसपर किसीको संदेह करने की गुंजाइश नहीं थी। कोई करता भी नहीं था संदेह। झील में इसके पहले मगर मारकर सबपर उसने अपने जादू का रंग चढ़ा रक्खा था।

मछली मारकर वह घर में खाता, मित्रों में बांटता, बेचा भी करता। रोज़गार भी अच्छा ही चल रहा था। दूर-दूर से आकर लोग उससे कांटा-सूता खरीदकर ले जाया करते थे। लेकिन जो श्रीमंत अवधूत वैरागी के बेटे से बाबू का खास खानसामा बना, उसके बाद उस खानसामागिरी को लात मारकर मालिक के ही शिकार को दबोचकर चल दिया और फिर लौटा (सो बाबू के मरने के बाद ही सही), वह श्रीमंत कुछ सहज जीव नहीं। धरनीदास कहता है—सहज जीव, कृष्ण का जीव कृष्ण की ही कृपा से जीता है। श्रीमंत किसीकी दया पर नहीं जीता। वह किसीकी काट नहीं खाता, पहले ही किसीको काट खाता है। सचमुच ही श्रीमंत विमला को भगा ले जाकर जिस साहस और जिस कलेजे के ज़ोर से सिर ऊंचा किए फिर लौट आया, उससे संगति रखते हुए जो सब वाक्य वह कहता, उन्हें हज़म कर सकना खरीदारों के लिए कठिन था।

उसका सूता लेकर खींच-तान करते हुए कोई अगर ज़्यादा निरख-परख करता, तो कांटे को धागे में बांधकर वह कह उठता—लो, अब ज़रा हां तो करो मेरे सोना!

—हां करूं?

—जी। गलफरे में कांटा लगा देता हूं, खींचकर तोड़ते हुए निकल जाओ, आज़मा ही लो कि टूटता है या नहीं! इससे अच्छी परख और क्या है! या फिर छोड़ दो और अपनी राह लगो।

एक दिन की बात है, उसके पुराने मालिक का एक मुसाहब मित्र, शहर में

आम मोख्तारी या दलाल का काम करता है, वह कचहरी के काम से दे बाबू के यहां आया था। हाट गया तो मित्र के पुराने खानसामा श्रीमंत को देखकर स्नेह या करुणा या ऐसा ही कुछ उमड़ आया था। उसने अवाक् होकर कहा—अरे! श्रीमंत! ऐं!

श्रीमंत ने जवाब नहीं दिया।

उसने फिर कहा—अबे ऐ सिरीमंता।

श्रीमंत ने सर उठाया और गंभीरता से कहा—क्यों बे, क्या कह रहा है?

—अरे!

—अरे क्या? अरे? क्यों, मैं बे हो गया। नौकर हूं तेरे बाप का? अबे?

नाराज होकर वह जनाब बाबुओं के यहां शिकायत करने गए थे। श्रीमंत उन दिनों के कांग्रेस-दफ्तर में गया था। लेकिन एक रोज़ बड़े बेकायदे पड़ गया। दारोगा की नाक पर अचानक एक घूंसा जमा बैठा। थाना पहले गोपालपुर में था। बाद में भुवनपुर उठ आया था। दारोगा था शिवेन चटर्जी। परले सिरे का लम्पट और घूसखोर। उसने विमला पर नज़र गड़ाई थी। श्रीमंत के पुराने मालिक के चचेरे भाई को उसने इसमें अपना संगी बनाया था। विमला पहले चाहे जो भी रही हो, हो, श्रीमंत के साथ वह सती स्त्री थी। विमला ने श्रीमंत से यह बात कह दी थी। दारोगा ने श्रीमंत पर चोरी का माल रखने का इलज़ाम लगाया और उसके घर की तलाशी के लिए आया था। खाना-तलाशी में उसने उसके घर की चीज़ें तहस-नहस कर दीं। चोरी का कोई माल लेकिन नहीं मिला। श्रीमंत अपने को और नहीं संभाल सका, उसने दारोगा की नाक पर मार दिया एक घूंसा। दारोगा की नाक टूटी तो नहीं, मगर बेतरह लहू बहा और कई दिनों तक नाक सूजी हुई रही। दे बाबू के चचेरे भाई के गाल पर ज़ोर का एक चांटा जमाया और दीवाल फांदकर रफूचक्कर हो गया। हुआ तो, मगर फरार कब तक रहा जा सकता है? पकड़ा गया। छः महीने की सज़ा भी हुई। लेकिन हां, शिवेन दारोगा की भी बदली हो गई, और बाबू के चचेरे भाई भी होश में आए। जेल जाते वक्त श्रीमंत कहता गया—कोई परवा नहीं विमल! जेल की सज़ा हुई है, कोई सूली-फांसी नहीं! छह ही महीने बाद लौट आऊंगा। और लौटकर अगर पता चला कि किसीने तुझपर कनखी भी चलाई है, तो उस कम्बख्त की आंखें निकाल लूंगा। इसके लिए फांसी भी हो तो परवा नहीं।

ऐसा था श्रीमंत। और उसी श्रीमंत की बेटी है मालती। बाप उसे बचपन में

माला कहकर पुकारता था।

मालती ने खून किया था। चार साल की सज़ा काटी। वह भी श्रीमंत के मछली मारने के ही कारण।

पहली बार जब श्रीमंत जेल से लौटा, तो कुछ नर्म पड़ गया था। अपने मिज़ाज को उसने जूता पहने पांव की तरह और कुरता-कपड़ा पहने बदन की तरह संयम-शृंखला से साफ और भला कर लिया था। उसके बाद पैदा हुई यह लड़की। श्रीमंत और भी हिसाबी दुनियादार बना। बच्ची को तीनेक साल की छोड़कर विमला चल बसी। श्रीमंत ने काफी दिनों तक दूसरी शादी नहीं की। बच्ची को साथ ही साथ लिए घूमा करता। हाट आता तो बिटिया को लिए ही आता। श्रीमंत दुकानदारी में मशगूल रहता, नन्ही-सी बच्ची हाट में घूमती-फिरती। रूप उसे उसी वक्त से था। कभी बाप के बगल में बैठी तसवीर वाली कोई किताब पलटती रहती कि कोई खिलौना लिए खेला करती। श्रीमंत झील में मछली मारने जाता, बच्ची साथ जाती। चारा डालती, कांटे में चारा गूंथती। चारेक साल बाद श्रीमंत को जाने क्या हुआ, कहीं से एक वैष्णवी को उठा लाया। उमर की छोटी-मोटी नहीं, भरपूर जवान! उसे वह सन् अड़तालीस में लाया। पूर्वी बंगाल की औरत। नवद्वीप से जाकर कंठी अदल-बदलकर ले आया। देखने-सुनने में औरत अच्छी थी, स्वभाव लेकिन अच्छा नहीं था। उसमें पहला दोष तो यह था कि हंसती बहुत थी। गुदगुदी-सी कोई बात लगती कि हंसते-हंसते लोट-पोट। बातचीत में भी कोई हिसाब नहीं। बढ़ा कहने से श्रीमंत बिगड़ जाता था और वह कि बूढ़ा कहे बिना रहने की नहीं। बात-बात में चंपा कहती—मर बड्ढे! या कहती—जरा बुड्ढे कारवैया देखो! या कहती—होगा नहीं भला, बुढ़ापे में इतना भला? श्रीमंत गरज उठता। चंपा लेकिन क्यों माने। आखिर श्रीमंत धमाधमजमाता पीठ पर।

चंपा कुछ देर तक तो रोती, उसके बाद गुमसुम ही बैठी रहती, फिर हंसती। कहती—जिसका जैसा भाग। मेरे भाग में सारी ज़िंदगी ही भादों का महीना है। पीठ पर भदाभद जो पका ताड़ गिरता है, गिरता ही है। भादों में संकरात भी नहीं और पेड़ में ताड़ का भी अंत नहीं।—कभी-कभी वह ताड़तले से यानी घर से भाग भी खड़ी होती। पहले-पहल तो दो बार मार खाते ही वह नवद्वीप भाग गई थी। श्रीमंत वहां से पकड़ लाया था। उसके बाद बगैर कहे-सुने गंगा-दशहरा में गंगा नहाने, यहां-वहां का मेला घूमने चल देती। दो-तीन दिन के बाद घर

लौटती। जाया करती मुहल्ले के लोगों के साथ। साथ ठीक नहीं, पीछे-पीछे चल देती। कभी-कभी अकेली भी चल देती। लोग-बाग लेकिन बुरा कहते। फिर भी श्रीमंत उसको छोड़ नहीं सका। शायद हो कि उमर ज़्यादा होने का मोह हो। और फिर इस बच्ची मालती के लिए। चंपा ने मालती को मुट्ठी में कर लिया था। चाहती भी थी उसे। उसके साथ घरौंदा खेलती। अंगना में मगर-मानुस का खेल खेलती। यह खेल मालती के लिए ही खेलती हो, सो नहीं। अपने लिए भी खेला करती। घर से भागती तो अपने-आप ही लौट आया करती। मालती के लिए काठ का खिलौना, मिट्टी का घोड़ा, लोहे की छोलनी, हांडी, थाली, जो भी हो, कुछ न कुछ लेकर ही आती और आते समय समझकर, जब श्रीमंत घर में नहीं होता। घरोंदे में मालती के साथ खेलने लग जाती। श्रीमंत घर में कदम रखते ही कहता—हूं, यह रहीं।

चंपा कनखियों से ताककर आप ही आप बोल उठती—पीठ की सूजन पुरानी हो गई, मारो मुक्का। मारो, आहिस्ते मारो! या कहती—माला, आ तो बिटिया, मेरी पीठ पर चढ़ जा!

लेकिन सूजन चाहे पुरानी हो या फिर मालती ही पीठ पर सबार हो, मुक्का जो मारना होता, श्रीमंत मार ही लेता।

कभी-कभी मार-पीट न करके श्रीमंत उसे घर से निकाल देता। चंपा बाहर दरवाज़े पर बैठी रोती रहती—अजी, पैरों पड़ती हूं तुम्हारे, दरवाज़ा खोलो। जी चाहे जितना मुक्का मार लो, मगर दरवाज़ा खोलो।

कभी-कभी श्रीमंत ने अपने ही बाल नोचे, खेद किया—हाय-हाय, यह क्या किया मैंने! कौन-से पाप को घर ले आया!

कि चंपा सामने आ गई। कहने लगी—पैरों पड़ती हूं, ऐसा न करो। मारो मुझे। जितना चाहो, मार लो। मेरी पीठ में खुजली हो रही है।

और इसी स्थिति में, सौतेली मां और बाप श्रीमत के झगड़े-रगड़े में अपने-आप ही बड़ी होती जा रही थी मालती। श्रीमंत जब चंपा को ले आया था, तब मालती की उम्र छह साल के लगभग थी। यों चंपा का स्वभाव-चरित्र जैसे भी हो चाहे, उसमें ज़हर या कांटा, इन दो में से एक भी नहीं था। स्वभाव उसका मीठा था। भाग जाती, फिर लौट आती। पिटती। हर हालत में वह हंसती और एक रसिकता थी उसमें। चंपा की आयु उस समय बीस से पच्चीस, कोई भी हो सकती थी। मालती को घर में देखकर न तो उसने मुंह लटका लिया, न ही उसे उसने मां के स्नेह से अपनाया। मुंह

पर कपड़े डालकर हंसते-हंसते बेहाल हो गई थी वह—हाय राम, इत्ती बड़ी लड़की की मां हो सकती हूं भला।

श्रीमंत इससे नाराज़ हुआ था। चंपा ने कहा—अरे बाबा, नाराज़ न हो। उससे तुम्हारा नाता डबल कर दूंगी मैं। वह बाप को मौसा कहेगी। मैं उसकी मां नहीं बन सकती, मौसी बनूंगी।

और मालती की ठोढ़ी पकड़कर कहा—मुझे मौसी कहना, हां। सोना मेरी।

मालती ने हंसकर कहा—मैं सोना नहीं, माला हूं। मालती।

—हूं, तुम मेरी सोने की मालती हो। बिहुला का गीत जानती हो? सोने की मालती अरे हो, बहती जाए जल में।

मालती बोली—तुम तो बहुत अच्छा गाती हो मौसी!

—सिरफ गीत ही? नाच भी सकती हूं सोना! घर का दरवाज़ा बंद करके नाचकर दिखाऊंगी। तुम्हें!

चंपा मालती को अपनी स्नेह-ममता अपनी जैसी मानकर ही देती, श्रीमंत भी अपने जैसा ही अपना स्नेह उसे देता, अकृत्रिम स्नेह। लेकिन लाख हो, देखभाल जितनी चाहिए, नहीं थी। वह अपनी ही प्राणशक्ति और मनमानी रुचि में ही बड़ी हुई। पेड़ों पर चढ़ा करती, तैरती, टोले की लड़की-लड़कों के साथ उछल-कूद किया करती। ही-ही-ही-ही हंसती। बिगड़ने पर ज़ोर-ज़ोर से गालियां देती। फल-फूल चुराया करती। किसीके बगीचे में कोई अच्छा-सा पौधा देखती तो चुपके से किसी वक्त घुसकर उसे उखाड़कर फेंक देती। डर उसे छू नहीं गया था। बाप से उसे विरासत में साहस मिला था।

अहले-सुबह ही छह साल की लड़की हाथ में पैना लिए गांव के रास्ते पर निकल पड़ती। वह अपनी गैया को खोजने जाया करती। उनके एक गाय थी। अजीब किस्म का स्वभाव था उसका। सांझ को जब वह गुहाल में लाई जाती, तो अचानक कूद पड़ती। हाथ से डोरी पुचक जाती और वह दौड़कर भाग निकलती। रात-भर किसीके बगीचे के पौधों को चरती, किसीके खलिहान का पुआल खाती, किसीके खेत की फसल चाटती और इस तरह अपना पेट भरकर सुबह की किरण फूटते ही निरीह की नाईं किसी पेड़ तले बैठी जुगाली करती रहती। मालती सुबह उठकर उसी गाय को खोजने जाया करती। खोजकर उसे घर ले जाती। उसके बाद कोई साढ़े दस बजे दो और गायों को उसके साथ भगाती हुई ले जाती और बस्ती से बाहर किसी पोखरे के बांध पर या घासवाली जगह में लंबी डोरी से खूंटे में

बांध आती। तीसरे पहर जाकर फिर उन्हें घर लिवा आती। सांझ को कभी-कभी वह बकरियों की खोज में निकलती। बकरियों को सवेरे ही खोल दिया करती, वह सब गांव में इधर-उधर चर-चराकर शाम को आप ही घर लौट आतीं। जिस दिन लौटकर नहीं आतीं, उस दिन मालती खोज में निकलती। चलते-चलते कहीं-कहीं रुककर आ, अर्रर...आ—आवाज़ लगाती।

उस दिन पोखरे के बांध पर खड़ी चंपा बतखों को घर लाती—कोई-कोई-ति-ति-ति!—और दिन यह काम मालती ही करती।

चंपा के आने से पहले पांच वर्ष की उम्र में मालती ने खुद ही ये ज़िम्मेदारियां अपने कंधे पर उठा ली थीं। चंपा ने आकर उसका काम कुछ बढ़ा ही दिया बल्कि। श्रीमंत से कहा—बिटिया को स्कूल क्यों नहीं भेजते?

—क्या करेगी?—अचरज से श्रीमंत ने पूछा।

—लिखना-पढ़ना सीखेगी।

—फिर?

—फिर क्या? मुलुक आज़ाद हुआ है। औरतें नौकरी करती हैं। नहीं करती हैं? तुम्हारी बस्ती के ही उस सुनार की बेटी, विधवा होने पर उसने लिखना-पढ़ना सीखा इसीलिए स्कूल में नौकरी करती है। नहीं सीखा होता तो क्या करती आखिर? दाईगिरी।

बात श्रीमंत को बेजा नहीं लगी। उसने मालती को निःशुल्क प्राइमरी स्कूल में भर्ती करा दिया था।

जिस रोज़ बकरियां खो जातीं, उस दिन मालती समझ जाती कि आज मेरे नसीब में कुछ लिक्खा है। बकरी जब घर नहीं लौटी तो दईमारी ने ज़रूर ही किसी के बगीचे में घुसकर लता-पौधा खाया है, या किसी के आंगन में धूप में सख रहा अनाज चट किया है और आखिर पकड़ाकर या तो किसीके घर में बंधी पड़ी है या हाफिज़ मियां के अड़गड़े में चली गई है। किसी के घर बंधी होगी तो नसीब में भलाबुरा सुनना बदा है, सुनना ही होगा। और कहीं अड़गड़ा की हवा खा रही है, तब तो कल सवेरे के पहले छूटने का रास्ता नहीं, कुछ धरमदंड भी देना होगा। अड़गड़ा श्रीमंत जाता। छुड़ाकर बकरी को पीटते-पीटते घर लाता। कहता-भागने का जव दम ही नहीं, तो किसीके यहां घुसने ही क्यों गई थी? बकझक जो होती, वह सुनती मालती।

होंठ बंद किए ही खड़ी रहती। धीरे-धीरे ये थककर चुप हो जाते।—जा, ले जा!—लेकिन बकझक बरदाश्त से बाहर हो जाती तो मालती फन उठाकर तन जाती।

कहती—अजी, खाया बेचारे बेज़ुबान जी ने है, उसके अकल नहीं है। तुम्हारा नुकसान हुआ है, मानती हूं। पकड़ लिया है, ठीक ही किया है। मगर अड़गड़े क्यों नहीं भेज दिया। उसे बांधकर किस कानून से रक्खा है? छोड़ना हो, तो छोड़ दो, वरना मैं बप्पा से कहती हूं। वह थाने जाएगा। बांधकर रखने का कानून नहीं है।

यह सब उसे श्रीमंत ने सिखाया था।

चंपा ने आकर दूसरा सबक सिखाया।

2

चंपा ने सिखाया—मीठी बातें करके, थोड़ी-बहत खुशामद करके मन गलाकर देखो, कोई तकलीफ नहीं होगी। कड़वी बातें नहीं बोलो मौसी!

उस दिन मालती पिटकर लौटी थी।

उस दिन बकरी भुवनपुर के बाबा के पंडे के एक फरीक के यहां घुस गई थी। पूजा के फूलों का बगीचा था। उस साल सर्दियों में नये सिरे से मौसमी फूल लगाए थे। परिवार का इकलौता लड़का। शौक था। बाप के असामयिक निधन से वही उस समय मालिक था। उसका ननिहाल था बर्दबान में। मौसमी फूल के पौधे वहीं से लाकर लगाए थे। रंग-रंग के फूल भी खिले थे। उमर लड़के की बारह साल की ही होगी, पर पक्का लड़का था, सख्त। बगीचे में ही चौकी डालकर बैठा रहता है, गीत गाता है। देखने में भी सुंदर। घर में फूआ है। उसीका दुलरुआ। उसका बाप भी अच्छा गायक था।

बकरी घुसी। बगीचे के एक ओर के पौधों को फूल समेत साफ कर दिया। इसीलिए पकड़कर बकरी को बांध रखा था। मालती खोजती चल रही थी और पुकार रही थी—आ, अर्रर, आ।

मालती की हांक पर जवाब देने की आदत थी बकरी को। वह दे बाबुओं के घर के अंदर से में-में कर उठी। उस दिन मालती को बड़ा चक्कर काटना पड़ा। इनका घर था दे-गंज। गांव के एक अंतिम छोर पर, जहां सेवायतों का टोला एकबारगी मिल गया है, कलमुंही बकरी उतनी दूर चली गई थी! दे-गंज में जब वह न मिली तो मालती ने सोच लिया, हो न हो, अड़गड़े चली गई है या कि रास्ते में अकेली देखकर बकरियों के व्यापारी ने उसे अपनी बकरियों की टोली में मिला लिया है, या गीदड़ के पेट में चली गई है। जैसे ही अंदर से में-में की आवाज़ आई, वह अंदर गई और

आवाज़ लगाई—अर्रर...

बकरी ने जवाब दिया। उसके साथ ही कोई बोल उठा—हुं: अर्रर! आओ इधर। बकरी तुम्हारी है?

मालती ने देखा, दस-बारह साल का कार्तिक-सा सुंदर एक लड़का। मांग कढ़ा बाल। हाथ में बांस की एक करची लेकर निकला। बोला—इसे तुम्हारी पीठ पर तोड़ूंगा।

मालती सकपकाकर चुप रह गई।

—इधर आ, इधर।

मालती ने कहा—बकरी को छोड़ दो। बांधकर क्यों रखा है?

—हां-हां, छोड़ देता हूं। पहले तुम्हारी पीठ पर यह छड़ी तोड़ लूंगा, तब छोड़ूंगा। कहीं बकरा होता, काटकर खा जाता। मादा है। खाई नहीं जा सकती। यह छड़ी तेरी पीठ पर तौड़ूंगा!

—क्या किया है मेरी बकरी ने?

—देख, वह देख क्या किया है।

देखकर मालती को सचमुच ही अफसोस हुआ। बगीचे के एक ओर फूल ही फूल थे और उस ओर फूल-सहित वह पौधों को जड़ से चाट गई थी। लेकिन हां, ज़्यादा दूर तक नहीं।

—क्यों, चुप कैसे रह गई?

—अब की मालती ने कहा—बस, उतना-सा तो खाया है! बाकी तो सब बच ही गया है।

—उतना-सा तो खाया है? खैर, तेरे सिर में तो बाल बहुत हैं। एक मुट्ठी काट तो लूं भला!

—आवारगी की और कोई जगह नहीं मिली! कहती हूं, छोड़ दो बकरी को; खाया है तो अड़गड़ा क्यों नहीं भेजा? बांध किस कानून से रक्खा है? छोड़ दो, नहीं तो थाने में खबर करूंगी।

—थाने जाएगी। कानून दिखाती है, जा, नहीं छोड़ता।

—मालती को बरदाश्त के बाहर हो गया। वह ज़बरदस्ती बकरी को खोलने गई। उस लड़के ने कसकर उसका झोंटा पकड़ा और उसे घर से बाहर निकाल दिया।

मालती रोते-रोते घर लौटी। बाप ने सुना। बिगड़कर वह उसके साथ उस घर पर गया। उस समय अंदर से बड़े अच्छे गले की तान निकल रही थी। कोई—कोई

और कौन, वही लड़का। बगीचे में चौकी पर बैठा आ-आ-आ-आ-तोम ना-तोम ना, तेरे तोम ना द्रोम ना—छेड़े हुए था।

श्रीमंत ने हसकर पूछा—इसी घर में?

—जी।

अरे, यह तो बड़ा अच्छा गा रहा है। बड़ी सुरीली आवाज़ है।

मालती को भी यही लगा था, मगर मुंह से वह कुछ नहीं बोली। अंदर जाकर बाप-बेटी ने देखा, वही लड़का उस्ताद जैसा बायें गाल पर हाथ रखकर दायां हाथ हिला-हिलाकर द्रोम ना द्रिम कहते हुए बीच-बीच में आलाप ले रहा है। अहह, नदी में बरसाती हवा के झोंके से जैसे अनगिनती छोटी लहरें खेल रही हों। अंदर पहुंचकर भी वे दोनों कुछ बोल नहीं सके। उतने अच्छे गाने के बीच बाधा देने को जी न चाहा। चुप खड़े सुनते रहे। बीच में बल्कि मालती एक बार बोली—हम अपनी बकरी लेने आए हैं।

श्रीमंत ने टोक दिया—चुप रह।

काफी देर के बाद हा-हा-हा हंसकर गीत को खत्म करते हुए उस लड़के ने वहा—क्या है? बकरी?

—हां। हम उसे ले जाएंगे।

—सिपाही कहां है?

—सिपाही?—श्रीमंत ने पूछा।

—हां। यह कौन होती है तुम्हारी? लड़की? तुम तो श्रीमंत हो। हाट में मनिहारी बेचते हो?

—हां। आपने मेरी लड़की को मारा किसलिए?

—तुम्हारी लड़की ज़ोर-ज़बरदस्ती बकरी को खोलकर ले क्यों जा रही थी? पुलिस की धमकी क्यों दी? ज़रा देखो तो सही, मेरे पौधों की क्या गत कर दी है? और फिर मुंह पर जवाब कैसा देती है? बड़ी झगड़ालू है यह लड़की।

अजीब बात! श्रीमंत का पारा हरगिज़ गरम नहीं हुआ। इतना ही नहीं, मालती को भी पिटने का गम नहीं रहा। बल्कि शर्म ही आ रही थी उसे।

श्रीमंत ने कहा—जी, यह लड़की कुछ वैसी है। ले, ठाकुर के पा-लागन कर!

मालती ने लेकिन प्रणाम नहीं किया। अड़ी खड़ी रही। उस लड़के ने कहा—ले जाओ बकरी। बांधकर रखना।

दो दिन के बाद फिर वही। उस दिन बकरी को विलायती फूल का रस जो मिला, सो चाट लग गई। फिर उसी बगीचे में जाकर घुसी। फिर पकड़ी गई।

उस दिन मालती को बीच ही रास्ते में खबर मिल गई। सुना, फिर वहीं बंध गई है बकरी। गांव में जब ढूंढ़े नहीं मिली, तो मालती को भी ऐसा ही अनुमान हुआ था। लेकिन उस दिन उसके कदम नहीं बढ़े। बीच ही रास्ते से घर लौट आई। कहा—मुझसे नहीं होगा। दईमारी ने फिर वहीं जाकर पौधों का सफाया किया है। बप्पा जाए। मैं नहीं जाती।

चम्पा ने कहा—अरे जाओ माला। बप्पा तो तुम्हारा मछली मारने गया है। लौटने में एक पहर रात होगी। जाओ। ज़रा मीठा बोलकर देखो। मीठी बातों से खुशामद करके देखो, कोई तकलीफ नहीं होगी! कड़वी बात न ही बोलो माला!

—तुम जाओ न!

—मैं! बाप रे! बहू हूं मैं। सांझ की बेला, मर्द-सूरत...

—बारह साल का लड़का मर्द!

—वही तो।

—वही तो क्या?

चंपा हंस पड़ी थी। बोली—बड़ी होगी, जब समझोगी माला! लड़का है न! बारह साल का। मैं उससे क्या बात करूंगी? तुम जाओ। तुम बोलोगी तो पसीजेगा। समझी?

बू से बात को कुछ-कुछ समझा मालती ने। गांव-घर की लड़की—तिसपर श्रीमंत की लड़की, चंपा की दुलारी सौतेली लड़की। चंपा दोपहर को कमरे में किवाड़ बंद करके गाती है, नाचती है, मालती को सिखाती है। श्रीमंत से चंपा की बातचीत होती है—लड़की के लिए वे कुछ दबा-छिपाकर नहीं बोलते। सो मतलब पूरा चाहे न समझे, कुछ-कुछ समझती है वह।

और इसीलिए जवाब में मुसकराकर वह बोली—जः, तुम बड़ी वाहियात हो।

चंपा सुर में बोली:

वाहियात होके ही रही
फाव दिए भी ले ना कोई।

कहकर ही-ही हंस उठी थी वह। फिर बोली—चलो, मैं बल्कि साथ चलती हूं। घूंघट काढ़े मैं खड़ी रहूंगी, तुम बात करना।

—क्या कहूंगी? हाथ जोड़ती हूं, पैरों पड़ती हूं, छोड़ दो!

—यही कहने में क्या दोष है? बाम्हन का लड़का है, भला आदमी...

—नः। मुझसे न होगा।

—खैर। पैरों पड़ती हूं, हाथ जोड़ती हूं, न कहोगी, न सही।

—तो?

—कहना: ठाकुर, नासमझ बकरी की गलती का क्या करना! गुस्सा नहीं करना चाहिए सोना!

मालती खिलखिलाकर हंस पड़ी थी—गुस्सा नहीं करना चाहिए सोना!

—कहे बिना उपाय क्या है? घर में इत्ते-इत्ते से दो मेमने हैं। दूध के बिना मरेंगे नहीं। चलो-चलो।

लाचार मालती गई। पीछे-पीछे चंपा भी गई। उस दिन भी बैठा-बैठा गीत गा रहा था खोका ठाकुर। तान नहीं, गान:

वह उज्ज्वल नीला तारा,
सलज माधुरी सनी होंठ में
हंसी सुधा की धारा!

दोनों जने घर के बाहर ही ठिठक गईं। मालती ने हाथ के इशारे से बताया, वह सुनो!—आज उसे और भी अच्छा लगा। क्योंकि आज तेरे ना-तेनाना-ना नहीं था। शब्द भी थे। और कितने अच्छे शब्द! सांझ को पश्चिम आकाश में जो नीला-सा तारा धुक-धुक जल उठता है, उसकी याद आई। सुबह के भुरुकवा तारा की याद आई। यह भी याद आया कि इस गीत को उसने गंधेश्वरीतला में यात्रा में सुना है।

चंपा बोली—अरी ओ बहिन-बेटी, यह तो खूब है री! उज्ज्वल नीला तारा!

मालती बोली—हां। कितना सुंदर गा रहा है!

—वह तारा होने की खाहिश नहीं होती है मौसी?

—धत्त! —फिर कहा—यह सब बोलोगी तो बप्पा से कह दूंगी।

—मैं तो तुम्हारे बप्पा की वही तारा हूं!

—चुप्! कोई खड़ा है।

सच ही कोई उसके टूटे हुए दरवाज़े के सामने खड़ा था। वह भी चुपचाप गीत सुन रहा था।

चंपा बोली—कोई मरद खड़ा है बहिन-बेटी।

—हां।

गानेवाला लेकिन बड़ी मस्ती में गा रहा था। उस मस्ती से उसने मानो सांझ को

ही मस्त बना दिया था! गीत खत्म हुआ कि वह आदमी, जो खड़ा था, अंदर चला गया। चंपा ने कहा—बहिन-बेटी, चलो-चलो। वह आदमी अंदर गया, हम भी चलें। इस समय वह कुछ बोल नहीं पाएगा। हज़ार हो, आदमी के सामने हुआ न!

वे भी अंदर चली गईं। जाकर जो देखा, वह एक अजीब कांड! जो आदमी चुपचाप खड़ा गीत सुन रहा था, वह जाकर खोका ठाकुर के सामने खड़ा हुआ कि खोका ठाकुर मानो बुद्धू बन गया! उस आदमी ने उसके दोनों कान पकड़ लिए—हुं:। उज्ज्वल नीला तारा! स्कूल क्यों नहीं गए? ऐं?

मालती खिलखिलाकर हंस पड़ी। उस हंसी से खोका ठाकुर का बुद्धूपना शायद कट गया। वह बोल उठा—शूद्र होकर कान मत पकड़िए। मैंने मंतर लिया है! गुरु का कान! छोड़ दीजिए।

—गुरु का कान? अच्छा। बाल? बाल किसका है? उस आदमी ने उसकी चुटकी पकड़ ली।

—छोड़ दीजिए।

—छोड़ दूंगा? देता हूं। स्कूल क्यों नहीं जाता है?

—बुखार आया था मास्टर जी! आज ही पथ्य खाया है। वह क्या कर रहे हैं? छोड़िए, छोड़ दीजिए।—धूंघट को ज़रा खिसकाकर चंपा बोल उठी।

—मास्टर ज़रा सकपका गया। मगर उसने झोंटा नहीं छोड़ा।—बुखार? ऐसा चमकता चेहरा और बुखार! तुम कौन हो? गवाही देने आई हो?

चंपा बोली—मैं यहां काम-धाम करती हूं। आती-जाती हूं। कई दिनों से बुखार था। आज भात खाया है। सर कौए का खोंता हो गया था। इसीसे तेल डाला है। आप मारते क्यों हैं?

मास्टर ने अब छोड़ दिया। कहा —बुखार है तो सरदियों की इस शाम में खुली शीत में बैठकर 'उज्ज्वल नीला तारा' क्यों कर रहा है?

खोका ठाकुर ने इसपर जो किया, उसकी कल्पना भी नहीं की जा सकती। उसने बगीचे में पड़े बांस के एक डंडे को झट उठा लिया और उसे ढंग से तानकर कहा—मैं जो कर रहा हूं, ठीक ही कर रहा हूं रे बेटा! तेरे मुंह में, तेरे स्कूल के श्राद्ध का कीर्तन गा रहा हूं। मैं पूछता हूं, जाता है यहां से कि लूं इस डंडे से खबर?

मास्टर ने फिर एक शब्द भी न कहा। पीछे मुड़कर चुपचाप चला गया। दरवाज़े के पास जाकर कहा—तुझे रस्टिकेट करूंगा।

—ठेंगे से। मैं बाबा भुवनेश्वर के सिर पर बेलपत्ता चढ़ाकर खाता हूं, गंधेश्वरी थान में फूल चढ़ाता हूं, मां सरस्वती कोई बुलाने से आती हैं? तेरे स्कूल को छोड़ दिया। जा।

मास्टर फिर भी खड़ा था। इन दो औरतों के सामने शायद यह अपमान सहन नहीं हो रहा था। बोला—कम्बख्त ने बाप को खाया, मां को खाया, बढ़ी फूआ के लाड़ से बहक गया है। अरे, आखिर तक गांजा-शराब पिएगा जो कि पंडे सदा करते रहे हैं।

खोका ठाकुर बोला—जाता है कि तुझे बिना इजाज़त के अन्दर घुसने के कारण इस बकरी की तरह बांध दूं? मैं कानून जानता हूं।

अब मास्टर चला गया।

खोका ठाकुर ने डंडे को फेंक दिया और जनेऊ पकड़कर बोला—मैं शाप देता हूं, तुझे शूल पड़ेगा।

फिर रूखे स्वर में बोल उठा—क्या है? आज तुम लोगों ने फिर बकरी छोड़ दी है। यह छोरी! आज सचमुच ही मारूंगा मैं!

—पहले सुन लीजिए। बात सुन लीजिए सोना ठाकुर!

—सोना ठाकुर क्या? ऐं?—खुद भी अचकचा गया वह।

चंपा ने कहा—सोने जैसा रंग है आपका, बांसुरी जैसा गला। तुम सोने के गौर हो ठाकुर। जभी मैं सोना ठाकुर कह रही हूं।

—यह सब कहने-सुनने से नहीं होगा। रोज़-रोज़ तुम्हारी बकरी पौधा खाएगी, मैं नहीं छोड़ने का। बांधकर क्यों नहीं रखती?

—जभी तो कहती हूं सोना ठाकुर, बात सुन लीजिए। मेरी बहिन-बेटी ने जाकर मुझसे कहा, ओह मौसी, तुमने सुना नहीं। क्या गाते हैं! बांसुरी बजती हो जैसे! कदम तले की मुरली! रात को बिटिया सोती नहीं है। आज मैंने कहा, जा न, गीत सुन आ, तो बोली, किस बहाने जाऊं। मैंने कहा, बहिन-बेटी, इस बकरी को छोड़ दो। यह फूल के पौधों के लोभ से वहां ज़रूर जाएगी और पकड़ी भी जाएगी। फिर तुम जाना। सो उसके साथ मैं भी आ गई। तुम्हारा गीत सुनकर कान जुड़ा गया सोना ठाकुर। दया करके अब बकरी को तो छोड़ दो। घर में दो मेमने मिमियाकर मर रहे हैं।

खोका ठाकुर ने बिना कुछ कहे बकरी को छोड़ दिया।

चंपा ने रास्ते में कहा—बहिन-बेटी, ज़रा बैठ जा। हंस लें।

और सच ही वह खूब हंसी। उसके साथ मालती भी हंसी। आज की सांझ की सारी बातें उसके लिए उपभोग्य हो रहीं। कितना अच्छा लगा वह गीत! गीत

सुनती रही और आसमान में उस नील तारे को खोजती रही। लेकिन पश्चिम की ओर शिव के सेवायतों के छप्पर और पेड़-पौधों से घिरा हुआ है। नज़र नहीं आया। आसमान में आज ज़्यादा सितारे नहीं थे। आज पूर्णिमा है या इंजोरिया पाख की चौदस। जो हैं भी, वे चांदनी में मिटमिटा रहे हैं। सरदी भी खासी पड़ गई। लेकिन उसकी याद भी नहीं आई। खोका ठाकुर का गाना कितना अच्छा था! और मास्टर के साथ जो वारदात हो गई? खूब है खोका ठाकुर! कहा, कान गुरु का है। खबरदार जो पकड़ा! याद आते ही हंसी आती है। और फिर बांस का डंडा उठाकर ठाकुर ने नन्हे भीम का रवैया कर दिखाया। मास्टर दुम दबाकर भागा। गलती भी थी मास्टर की। इतनी अच्छी आवाज़, इतना अच्छा गा सकता है, वह अपने घर में बैठा गा रहा है तो कौन-सा गुनाह हुआ? पढ़ना उसे अच्छा लगे भी क्यों? और पढ़ने की ज़रूरत भी क्या है उसे? यात्रा पार्टी में चला जाएगा। गंधेश्वरी थान मेंकलकत्ते की बड़ी-बड़ी कंपनियां आती हैं। उन कंपनियों का भी तो गाना सुना है मालती ने! उनमें से कै के ऐसा गला है? खूब कहा, बाबा के माथे पर बेलपत्ता चढ़ाकर खाता हूं, गंधेश्वरी की पूजा करता हूं, सरस्वती आप ही आती हैं और अपनी चंपा मौसी। मौसी भी खूब है! खूब हो तुम मौसी! खूब जांबाज़, खूव वाहियात, फक्कड़। ज़रा भी हंसी बिना कैसे कह दिया, तुम्हारा गीत सुनने का कोई बहाना तो चाहिए। इसीलिए बकरी को छोड़ दिया। और कैसे संवार-संवूरकर यह कहा कि सोने के गौर जैसी शकल है तुम्हारी, बांसुरी जैसा गला। तुम सोना ठाकुर हो। माला को कुल मिलाकर बड़ा मज़ेदार मामला लगा। मगर जीत चंपा मौसी की है, इसमें संदेह नहीं।

ये बातें श्रीमंत ने दूसरे दिन धरनीदास को बताई थीं। शुक्रवार की हाट के दिन। श्रीमंत को चंपा मौसी ने बताया था। हाथ-पांव हिला-डुलाकर हंसते-हंसते लोट-पोट होते-होते कहा था।

श्रीमंत एक बार रंज हो उठा था—खेंक-खेंक करके हंसती है?

चंपा और भी हंस उठी थी। श्रीमंत ने कहा—लोढ़े से तुम्हारे दांत तोड़ दूंगा मैं।

चंपा ने कहा—ठगा जाओगे। फिर तुम्हीं उछल-कूद मचाओगे, तुम इतना बिगड़ क्यों जाते हो भला। तुम्हारे तो दांत नहीं टूटे हैं।

श्रीमंत ने कहा—अच्छा माला, तू बता, इतनी हंसी की क्या बात हैं।

माला ने कहा—मैं नहीं कह सकती। मुझे हंसी आ रही है।

—तुझे भी हंसी आ रही है!

—काश, बांस का डंडा उठाकर तुम कहीं खोका ठाकुर की गुरुजी को भगाने की मूर्ति देखते! तुम भी हंस पड़ते।

बिना देखे भी सिर्फ सुनकर ही श्रीमंत काफी हंसा। चंपा ने ही किसी तरह से अपनी बात पूरी की थी।

दूसरे दिनखो का ठाकुर पंडा बनकर हाट गया था। इसके पहले दिन तक उसकी फूआ ही आती थी, बाबाथान में खड़ी होती थी। हाट आने वाले और तीरथ यात्रियों को पुष्प दिया करती थी। अनपच व्याधि की दवा देती थी, पैसा लेती थी। बाबाथान में जो पैसे चढ़ते उसका दो पैसा हिस्सा लेती। दे के यहां से वसूली भेजने का नियम था। वसूली पोलदार का होता, तो भी एक बैंगन, दो मूली, चार आलू वह ज़बरदस्ती आंचल में बांध लेती। कहती, नाबालिग लड़का है। कहां पाएगा? बड़ा होगा तो नहीं लेगा।

इसपर भी कोई कुछ कहता तो कहती, देखो भैया, बकबक मत करो। मेरा भतीजा बड़ा होने पर पंडागिरी करने नहीं आएगा। देख लेना।

फुआ ने बड़े अरमान से उसे पढ़ने भेजा था कि वह नौकरी करेगा। या कि नोबू कोई बड़ा उस्ताद होगा। नोबू यानी खोका बाबू का नाम नवगोपाल था। नवगोपाल का बाप भी उस्तादी करता फिरता था। इलाके में नाम-गाम भी था। उस समय गाने-बजाने की चलती चल पड़ी थी, खास करके ब्याह के लिए भले घर की लड़कियों में। लड़कियां यहां मिडिल तक पढ़तीं। कोई पास करती, कोई नहीं करती। लेकिन उतने से ही पढ़ी-लिखी है, यह हो जाता। लेकिन मात्र पढ़ने-लिखने से शादी नहीं होती। कोई संबध आता तो वर-पक्ष के लोग पूछते, गाना-वाना जानती है?

ठीक पूछते ही नहीं, शहर-बाज़ार में यह पूछा ज़ाता, इसीलिए यहां भी पूछें शायद, इसीलिए भी और फिर लड़की की शादी शहर के लड़के से करेंगे, इस इच्छा से भी यह रिवाज चल पड़ा था। नोबू के पिता नित्यगोपाल मिश्र का गला भी बड़ा अच्छा था, गाना उसका भी जन्मजात दौलत था—अच्छे उस्ताद से तालीम भी ली थी। उस्ताद से गीत भी सीखा था, नशा भी। नशा बाबा के पंडे करते ही हैं। वह उस्तादी करता फिरता था। गांवों में उन दिनों थिएटर का चलन हुआ था। वैतालिक बनकर थिएटर में भी गीत गाता। थोड़ी-बहुत आय भी होती थी। गांव में इसी समय

नया डाक्टर निशि बाबू आया था। वहां के डाक्टरखाने की नौकरी में आया था। साथ में उसकी स्त्री और दो लड़कियां थीं। लड़कियों को स्कूल में भर्ती करके ही वह बाज़ नहीं आया, प्राइवेट ट्यूटर भी रक्खा था। बड़ी लड़की ने मिडिल की पढ़ाई खत्म की थी। उसे गाना सिखाने के लिए नित्यगोपाल को भी रक्खा था। उसीकी देखा-देखी दे बाबू के यहां भी इसका रिवाज चला।

नित्यगोपाल तीस ही साल की उम्र में अचानक मर गया। नवगोपाल उस समय अपनी मां की गोद में तीन साल का था। नवगोपाल से पहले दो बच्चे होकर मर चुके थे। नवगोपाल पांच साल का हुआ कि मां मर गई। घर में फूआ थी। फूआ—मोकू यानी मोक्षदा—ने ही पाला-पोसा। और चूंकि बचपन में ही लड़के ने मां-बाप को खा लिया, इससे फूआ को उम्मीद थी कि लड़का बहुत बड़ा आदमी होगा।

नवगोपाल के लिए घर पर भी मास्टर रक्खा गया। पर उसके फेल होते ही मास्टर बदल जाया करता। यह जो मास्टर था, जिसने उसका कान पकड़ा, अबकी बरखास्त किया गया था।

नवगोपाल ने कल शाम ही फूआ से कह दिया—यह पढ़ना-लिखना मुझसे न होगा। कल से मैं बाबाथान जाया करूंगा अपना। बपौती काम करूंगा।

फूआ ने कहा-सुना, रोई-धोई, मगर नवगोपाल अडिग रहा। बारह साल की उम्र में उसने बाईस साल जैसा कानून सीख लिया। कहा, तुम मेरी अभिभाविका नहीं हो। बाप के मरने पर मां लड़के की अभिभाविका होती है। बाप-मां दोनों ही गुज़र जाएं तो चाचा-वाचा होते हैं। तुम फूआ हो, तुम्हारा गोत्र दूसरा है। तुम तो अभिभाविका हो ही नहीं सकतीं। मैं अपना अभिभावक आप ही हूं।

उसने आज तशर का कपड़ा पहना, माथे पर भभूत का लम्बा-सा टीका लगाया, हाथ में बेंत की एक छड़ी लेकर बदस्तूर पंडा बनकर हाट और भुवनेश्वर के टीले के सामने जा खड़ा हुआ।

शुक्रवार की हाट बड़ी नहीं होती। सोमवार को खूब लगती है। सोमवार को चार दिन की यानी सोम, मंगल, बुध, बृहस्पत की हाट पड़ती है। शुक्रवार को तीन दिन की—शुक्र, शनि, रवि। इसके सिवा सोमवार पूजा का अच्छा दिन है। लेकिन हां शुक्रवार को लोग ढेला बांधने के लिए बाबाथान आते हैं। भुवनेश्वर थान के उस ओर जहां बाबा की भूतिया फौज का बरगद, बेल, सेमल, सिहोड़ का किला था,

वहां के कई पुराने बरगद आज भी हैं, उनसे असंख्य जटाएं निकलकर झूलती हैं। लोग आते हैं, भुवन सरोवर में नहाते हैं और अपने मन की कामना बाबा को बताकर भीगे बाल, ओदे कपड़े से पत्थर, ढेला या ईंट का टुकड़ा उस जटा में बांध जाते हैं। इससे क्या तो मनोकामना ज़रूर पूरी होती है। जब पूरी हो जाती है, तो लोग फिर आते हैं, बाबा को प्रणामी चढ़ाते हैं और ढेले को खोल देते हैं। किसी-किसीका ढेला अपने-आप खुलकर गिर जाता है। कोई-कोई थोड़ा-सा चूना गाछ में लगा जाते हैं। चूना लगाने का जो मतलब होता है, वह समझने में कठिन नहीं होता—लोग समझ लेते हैं, किसीसे आक्रोश है, इसीलिए चूना लगाया है। इससे यह होगा कि जिसपर आक्रोश है, उसके बदन में ऐसा ही श्वेत रोग फूट निकलेगा। शुक्रवार को चूना बेचनेवाले आते हैं—बाबाथान के बिलकुल पास ही बैठते हैं।

किसीको ढेला बांधते या चूना पोतते देखते ही पंडे पास जा खड़े होते हैं। कहते हैं—कोई संकल्प करके बांधना पड़ता है भैया। संकल्प करो। कहो, अद्य पौषमासे कृष्णपक्षे, द्वितीया तिथि में—कहो, अपना नाम लो, उसके बाद मन ही मन अपना संकल्प कहो, जो भी हो, गरीबी मिटाना चाहते हो, वही कहो...मुकद्दमे में जीत चाहिए, वही कहो... किसीको प्यार करते हो, वही कहो...कहो फलां को... ब्राह्मण हो तो देवी कहो, शूद्र हो तो दासी...तस्य मनप्राप्तिहेतु अद्यमहं लोष्ट्र बंधनम् करिष्ये। बाबा भुवनेश्वर अगर सत्य हैं तो मुराद पूरी होगी। मगर अपने मन को ठोंक-बजाकर देख लो भैया, कामना तुम्हारी सत्य है या नहीं। हां, बांधो, ठीक से बांधो। अब इधर आओ, बाबा का चरणोदक पियो, फूल ले जाओ, जतन से रख देना। दक्षिणा दो पैसा, पांच पैसा, जो जी में आवे, दो। एक पैसे की दक्षिणा नहीं होती। कांचनमूल्य है न! बाबा को एक पैसे की प्रणामी चढ़ा सकते हो। भुवनेश्वर की हाट, माता गन्धेश्वरी का दरबार...यहां दुःख देकर सुख मिलता है, रोग देकर आरोग्य मिलता है, सोने के हिरने-सा भागा हुआ मन जाल में फंसता है। स्वयं बाबा का वरदान है यह।

और अन्त में बोल उठता—हर-हर बम, हर-हर बम। बम भुवनेश्वर विश्वनाथ।

हाट तीसरे पहर लगती है। सौदा-पाती बेचनेवाले ज़्यादातर बारह से दो बजे तक के बीच आते हैं। माल गाड़ी से आता है, बहंगी से आता है, माथे पर टोकरी में आता है। जिसकी जो जगह बंधी-बंधाई है, वहीं बड़ी-बड़ी चटाई डालकर चीज़ों को सजाते हैं। सरदियों में सब्जियों का मौसम होता है। तरह-

तरह की तरकारी, किस्म-किस्म की सब्ज़ी। बैंगन, मूली, नया आलू, कोंहड़ा, हरी मिर्च, नया प्याज़, यहां तक कि गोभी और मटर की छीमियां भी आती हैं। फूलगोभी कम आती है; बन्दगोभी ज़रा देर से आती है, मगर आती है बेशुमार और आकार में होती भी बहुत बड़ी-बड़ी है। भुवनपुर की जिस झील में श्रीमंत मछलियां मारा करता, उसीके किनारे की ज़मीन में और मयूराक्षी नदी के चौंर पर गोभी की खेती बड़े ज़ोरों की होती है। गोभियां क्या, अब तो दो-चार बतखें और मुर्गियां भी बिकने को आने लगी हैं। मछलियां खास नहीं आतीं, मछेरिनें टोले-टोले घूमकर बेच जाती हैं। हां, कभी कोई बहुत बड़ी मछली फंस गई तो उसे लेकर हाट में भी बैठती हैं। बराबर जो मछली यहां आती है, वह है काठ मछली। कवै, मंगुरी, नैटा। ऊरो हाड़ी का यही पेशा है। वह झील से, डाबर से, गड्ढों से यही मछलियां पकड़ा करता है। पकड़-पकड़कर घर में पानी-भरे घड़े में उन्हें ज़िन्दा रखता है। हाट के दिन उसकी बीवी उन्हें बेचने लाती है। ठीक वहीं पर बेचती है, जहां पर कुम्हारों के बर्तन बिकते हैं। उसके पास ही बिकती है ताड़ और खजूर के पत्तों की चटाई; उसके बगल में मोढ़ा, टोकरियां, सूप और खांचावाले। फूल की सब्जियों भी दो-चार होती हैं। खजूर के पत्ते का काम वीर-वंशी लोग करते हैं। उनके बगल में दूनो गांव के रुईदासों की दो स्त्रियां बतख और बतख के अंडे लिए बैठती हैं। महीन गले से कहती हैं—बतख लोगे जी, बतख! अंडे! लोगे अंडे... बतख!

आवाज़ लगाने का तरीका खूब है। पहले ज़रा नर्म गले से कहती हैं, बतख लोगे जी! उसके बाद ज़ोर से पुकार पड़ती हैं—ब-त-ख!। फिर उसी ऊंचाई से कहती हैं—अण्डे लोगे, अण्डे! फिर आवाज़ उतारने लगती हैं—अं-डे! ब-त-ख। —बीच-बीच में बतख के कलेजे या पंजरे को उंगली से दबा देती हैं, वह पेंक-पेंक कर उठता है।

एक ओर रस्सी में खसी-बकरी बांधे उसमान मियां खड़ा-खड़ा हांक लगाता है, खसी लो, खसी। बकरी। गाय जितना दूध! उसीके बगल में पैर बंधी कुछ मुर्गियां होती हैं। उसमान मियां के ग्राहक सब बंधे हुए हैं। दे बाबू के परिवार के छोकरे सब-रजिस्ट्रार। दारोगा। दो-एक स्कूल-मास्टर भी हैं। हाट के हो-हल्ले को छिपाते हुए जैसे ही उसमान मियां की आवाज़ उठती है, वे लोग खसी का दर-दाम करने आ जाते हैं, मुरगी खरीदकर थैली में भरकर ले जाते हैं। उसमान के बगल में बैठती है हमीदन चाची। वह चिल्लाती है, मुरगी के

अंडे! मुरगी के!

ये सब लोग हाट के पीछे एक तरफ बैठते हैं। सामने बैठते हैं फूल-वाले। फल भी क्या! गरमी के दिनों आम, जामुन, कटहल आते हैं। मयूराक्षी के किनारे तरबूज़ें होते हैं। वही तरबूजे। जाड़े में सकरकंदी, सुगिया बेर। कुछ दिनों से संतरे आने लगे हैं। डाभ कम आते हैं। आते हैं थोड़े-बहुत और बंगाल से बाहर के साहनी लोग बारहो महीने कागज़ में खजूर, सूखे बिदाने, बक्सबन्दी दागी अंगूर, किसमिस और थोड़ा-बहुत बादाम-पिस्ता लाते हैं।

ये सब बाबाथान के ठीक सामने बैठते हैं। उसीके पास धरनीदास की छपरी है। कपड़ा, मसहरी, गमछा। उसीके आधे हिस्से में श्रीमंत की मनिहारी और मछली मारने का साज-सरंज़ाम। उसके बगल में गोबिन्द बनिया की दुकान सिले-सिलाए कपड़ों की। दोनों तरफ दूर तक छज्जों की कतार चली गई है। मिठाई की दुकान। पकौड़ी की दुकान। कपड़े की कुछ और दुकानें। मनिहारी। इनके सिवाय बाबाथान की सीढ़ी के आसपास चटाई पर बहुत-सी दुकानें बिछी होती हैं। उनमें से कुम्हारों के माटी के घोड़े की दुकान बड़ी पुरानी है। माटी के घोड़े बाबाथान में चढ़ाए जाते हैं।

प्रवाद है, विश्वेश्वर के यहां सांढ़ बंधा है। भुवनेश्वर इसीलिए घोड़े पर चढ़ते हैं। लेकिन घोड़े का एक पांव छोटा होता है। यानी लंगड़ा।

लटपट दायां पांव और
बायां है लंगड़ा थोड़ा—
बावा भुवनेश्वर का घोड़ा!

कहते हैं, उसी घोड़े पर चढ़कर रात को बाबा गंधेश्वरी स्थान तक जाते हैं।

टिकली की मां यहां तब आई थी, जब वह भरपूर जवान थी। वह आई थी गंगाराम के साथ। अब तो टिकली ही लगभग जवान हो गई है। टिकली की मां कहती है, उसने घोड़े की टाप सुनी है।

चुनरिया का बाप भी बढ़ा है। वह भी कहता है कि मैंने भी सुनी है।

जमादार यहां तीन पुश्त से झाड़ूदार हैं। वे कहते हैं, हमने अपने बाप-दादे के मुंह सेसुनी है।

इन सबके अलावा दो-एक दुकानें किताबों की हैं। सत्यनारायण कथा। विष्णु सहस्रनाम। हरिश्चन्द्र नाटक। सचित्र प्रेमपत्र। वशीकरण विद्या। कामरूपतन्त्र। और फिर पहाड़ा और वर्ण-परिचय।

इस हलचल और हो-हल्ला में रह-रहकर पण्डों की वही हांक सुनाई पड़ती—हर-हर बम। ब-म भुवनेश्वर।

जाड़ों का वह दिन बड़े मज़े का दिन था। पिछली रात करारी सरदी पड़ी। लेकिन दूसरे दिन के दो बजते-बजते खासी धूप निकली। बड़ी मीठी लग रही थी कि हठात् मीठे किशोर कण्ठ से खोका ठाकुर नोबू ने हांक लगाई:

बाबा भुवनेश्वरो
मनोकामना पूरी करो!
हर-हर बम। हर-हर बम। ब-म भुवनेश्वर।

धरनीदास ने अचरज से ताककर देखा। कहा—नित्तो ठाकुर का लड़का! यह तो स्कूल में पढ़ता था। इसकी फूआ कहा करती थी, नोबू हाकिम होगा। सो...

मालती हंस पड़ी थी—ही-ही-ही-ही।

श्रीमंत से भी नहीं रहा गया। वह भी हंसा। सरदियों में मछली मारने के सरंजाम कम बिकते हैं। इसलिए श्रीमंत का मन-मिज़ाज ठीक नहीं रहता। फिर भी वह हंसा।

धरनी ने कहा—हंस दिए।

श्रीमंत बोला—यह ठाकुर भी खूब ठाकुर है! कल...

मालती फिर खिलखिलाकर हंस पड़ी।

श्रीमंत ने आदि से अन्त तक कल सांझवाली घटना कह सुनाई। धरनीदास भी खूब हंसा। बोला, यह लड़का गुठली है जी। बो दो तो पेड़ उग आए! ऐं!

—गुठली भी जो-सो नहीं। जादू की गुठली। गंगाराम के जादू की गुठली की याद है?

एक आवारा किस्म का जादूगर कुछ दिनों के लिए इस हाट के बरगद तले आ रहा था। गंगाराम। वह सांप पकड़ता था। सांप का ज़हर निचोड़कर गांजे के साथ पीता था। वह इस टिकली की मां के साथ यहां आया था। उस समय टिकली की मां ज़वान थी। वही गंगाराम गुठली का जादू दिखाता था। एक सूखी गुठली को ज़मीन में गाड़ देता। फिर उसपर पानी डालकर उसे टोकरी से ढक देता। ज़रा देर में टोकरी को उठा लेता। लोग देखते कि पेड़ उग आया है।

धरनीदास ने कहा—ठीक ही कहा तुमने। वही गुठली है। बांस का डंडा उठाकर मास्टर को...। कहते-कहते कोंक करके वह ज़ोरों से हंस पड़ा।

धरनी को याद है, ऐन इसी समय वाकुल के खेतिहर हरिदास के बैंगन की

बिसात के पास एक शोरगुल-सा मचा।

मार-मार! पकड़।

—क्या हो गया?—धरनी ने गरदन उठाई।

—और क्या होगा? चोरी!—श्रीमंत ने कहा।

मालती देखने के लिए दौड़ पड़ी। हां, चोरी ही थी। दर-मोल करते-करते मरी बाउरिन ने जाने कब एक बैंगन अपने अंचरे में छिपा लिया था। हरिदास की नज़र नहीं पड़ी थी। दर में पटरी नहीं बैठी और मरी उठने लगी कि नज़र उसके अंचरे पर गई। और खप् से उसने उसका हाथ पकड़ लिया। कसकर हाथ पकड़ना था कि बैंगन ढप् से माटी पर गिर गया। और, बैंगन का इधर गिरना, उधर मरी की पीठ पर हरिदास का गमागम मुक्का। सिर्फ हरिदास के ही नहीं, औरों के भी मुक्के पड़ने लगे। मरी की पीठ पर और भी मुक्के पड़ते, लेकिन दोनों हाथों से भीड़ को चीरते हुए खोका ठाकुर वहां आ पहुंचा और धमकाकर सब रोक-राक दिया। लड़का था, ज़ोर भी कितना था उसे, परन्तु हटो-हटो की वह चीख मचाई और उस चीख में ऐसा एक तेज़ था कि सबने हटकर उसे आने की जगह बना दी। खोका ठाकुर ने दोनों हाथ उठाकर कहा, रुको। रुक जाओ।

कपाल पर भभूत का टीका, गले में जनेऊ, दमकता रंग, खूबसूरत चेहरा—खोका ठाकुर ने जैसे जादू चला दिया। ऐसे एक आदमी को वे सब टाल नहीं सके। था तो वह लड़का, लेकिन उसके अन्दर से मानो दूसरा एक आदमी निकल आया। और उसने फैसला भी किया। मरी के बाल बिखर गए थे, बहुत-से टूट भी गए थे; बदन का कपड़ा भी खुल गया था, फट भी गया था—सारे बदन में धूल लग गई थी, लेकिन अभी तक वह रोई नहीं थी, सिर्फ चीख रही थी। हर थप्पड़ और मुक्के के साथ वह चीख उठती थी—बाप रे, अरे बाप रे! अब मत मारो। बाप रे!—अब जब थप्पड़-मुक्के की बौछार थम गई तो अपने बचाने वाले खोका ठाकुर के पांव पकड़कर वह फक्का फाड़कर रो उठी—ओ ठाकुर, बाप मेरे, मर गई मैं तो। तुम्हारे पैरों पड़ती हूं, मुझे बचा लो बाबा।

लोगबाग हो-हो करके हंस पड़े।

ठाकुर ने कहा—रुको-रुको।

सभी थम गए। ठाकुर ने पूछा—तुमने बैंगन क्यों चुराया?

—मुझसे कसूर बन पड़ा बाबा। नाक-कान मलती हूं। अब कभी ऐसा नहीं करूंगी! एक ही लिया था, ज़्यादा नहीं लिया। उसके लिए अनगिनती मुक्के खा चुकी।

अब मत मारो मेरे बाप!

खोका ठाकुर ने कहा—ज़रा कोई चूनावाले के पास तो जाओ। थोड़ा-सा चूना मांग लाओ। हरामज़ादी के चेहरे पर चूना लगा दो!

लोग उमग उठे। समझ गए कि मरी के मुंह पर चूना लगाएंगे। मरी जी-जान से चीखने लगी—अजी ओ ठाकुर, एक बैंगन के लिए मुंह में चूना मत लगाओ बाबा, फूल होकर फूट निकलेगा बाबा, शिव का थान है।

मगर ठाकुर ने एक नहीं सुनी। मरी के दोनों गालों पर, कपाल पर चूना लगाया और कहा—जा!

मरी उठी और किसी तरह हाट से भाग गई। कुछ दूर जाने के बाद उसका रूप बदल गया। उसने कपड़े को कमर में कस लिया, बिखरे बालों को हाथ से संभालते हुए चिल्लाने लगी—सारा कसूर केवल मरी का। इसलिए कि मरी बुड्ढी है। और वह टिकली, भर-भर मुट्ठी हरी मिर्च और नीबू उठा-उठाकर खोइंचे में भरी जा रही है सो...सो? और वह चुनिरिया? उसने संतरा उठा लिया। ऐं! और वे बाबू लोग, देखने-परखने में मिर्च-नीबू जेब में भरते चले जा रहे हैं। ज़रा ले तो तलाशी उनकी जेब की। ओ, इस चूने से मेरा कुछ होना-हवाना नहीं। धोते ही चला जाएगा। एक बैगन के लिए बेशुमार मुक्के!

हाट के लोग फिर अपनी बेची-खरीद में मशगूल हो गए थे। हरिदास फिर आवाज़ लगाने लगा था—यह बैंगन बाकुल का है। मक्खन है मक्खन। मक्खन को भी इसके लिए फेंक देना पड़ता है।

—नया आलू! नया आलू!

—चार हाथ की कार। फीता!

धरनीदास भी बोल पड़ा—तांत की साड़ी। नक्शेदार कोर। चारखाना, डोरिया। लाल अंगोछा।

दो वेष-विलासिनी रसिक औरत उसकी दुकान के सामने से जा रही थीं। रसिकदास ने कहा—आओ।

श्रीमंत ने हांक लगाई—तरल आलता! खुशबू तेल!

दोनों स्त्रियां ठिठक गईं। यह उसकी देह में ठोकर लगाकर इशारे से खड़ी हो गईं। एक ने कहा—सस्ता कि महंगा?

मालती जाने कब लौटकर अपने बाप के पास आ बैठी थी। उसने कहा—बप्पा, खोका ठाकुर।

खोका ठाकुर ही था। उसने उन दोनों स्त्रियों से कहा—ऐ, हट जा। सुनती है?

—अरे बाप रे! गेंहुअन का बच्चा!

हट गईं वे।

नोबू धरनीदास की दुकान पर खड़ा हुआ। गमछा मांगा।—अच्छा बड़ा-सा गमछा है कोई? तुम्हारा यह लाल गमछा नहीं। सादी ज़मीन हो। है?

—क्यों नहीं। क्या कीजिएगा?

—गमछा लेकर कोई करता क्या है?

धरनीदास लेकिन इससे अप्रतिभ नहीं हुआ। बोला—गमछा से बदन पोंछते हैं। आप लोग बदन पर रखकर घूमते भी तो हैं!

मालती बोल उठी थी—पंडे गमछे की पूजा भी करते हैं। बाम्हन लोग कपड़े पर लपेटकर रसोई भी बनाते हैं, परोसते हैं।

—ओ! वही लड़की। बकरी के लिए पुलिस को खबर देने की धमकी देती थी। बड़ी बक्की है।

—और तुम जो बांस उठाकर मास्टर को मारने दौड़ते हो!

—उस कम्बख्त ने मेरे गुरु के कान को क्यों पकड़ा?

बड़ा-सा एक गमछा निकालकर बढ़ाते हुए धरनी ने कहा—यह है। न जंचे तो तौलिया जैसा साढ़े तीन हाथ का एक गमछा चला है सैंथिया के बाज़ार से सोमवार को ला दूंगा!

—ला दोगे? मैं वैसा ही खोज रहा हूं।

—मैं न भी जाऊं, तो श्रीमंत तो जाएगा ही। वह ला देगा।

—क्यों श्रीमंत?

—जी हां। मैं ला दूंगा।

—हां! समझ लो, नहीं लाया तो अबकी तुम्हारी बकरी को हरगिज़ नहीं छोड़ूंगा।

—हम लोग उसे बांधकर रक्खेंगे। अब जाएगी ही नहीं। छूटते ही मालती कह उठी।

—मैं मन्तर के ज़ोर से बकरी को ले आऊंगा।

मालती का चेहरा उड़ गया था।

श्रीमंत ने कहा—मैं ठीक ला दूंगा। देख लीजिएगा आप।

जाते-जाते नोबू रुक गया। बोला—तुम हर हाट के दिन सैंथिया जाते हो?

—नहीं। हर हाट पर नहीं जाता। रविवार की हाट बड़ी होती है। रविवार को ही जाता हूं।

—मेरा एक और काम कर दोगे?

—कौन-सा काम? कहिए!

—मेरे पिताजी का बायां तबला और पखावज टूटा-फूटा पड़ा है। मैंने सुना है, सैंथिया की हाट में बजनिए आते हैं। बनवाकर ला दोगे?

—जी हां! हमारे कीर्तन दल का मृदंग वही लोग मढ़ देते हैं। जान-पहचान है उनसे। दे दीजिएगा। मुसीबत ले जाने, ले आने की है।

एक मजूरे की मजूरी मैं दे दूंगा।

—और मेरे बाबूजी को?

—तू होती तो ठिठुआ देता। श्रीमंत को आशीर्वाद दूंगा।

—उंहूं। एक दिन मेरे घर आकर गाना सुनाना होगा।

—सो सुना दूंगा मैं।

नोबु ठाकुर चला गया। धरनीदास, श्रीमंत, मालती उसकी राह की तरफ ताकते रह गए। हाट इतने में जम गई थी। चार सवा चार बज रहे थे। भीड़ गमगम कर रही थी। सरदियों के दिन। धान की फसल कट चुकी थी। लोगों की टेंट में पैसे हैं। और फिर गरमी नहीं है। बुरी बात में एक ही थी कि धूल थी। उधर गंधेश्वरी थान की गद्दियों में धान लदी गाड़ियां खड़ी। गंगा के उस पार से आलू, सकरकंदी, मिर्च, मसूर, चना आया है। खरीद-बिक्री खूब। उस भीड़ में छोटा-सा ठाकुर खो गया। धरनीदास बोला—यह ठाकुर पक्का पंडाहोगा।

—क्यों भई, कहां है तुम्हारी डोरिया साड़ी और गमछा? दिखाओ और तुम्हारा तरल आलता ही कहां है?

वे दोनों औरतें फिर से आ गईं। धरनी ने कहा—आओ! ठीक से बैठ जाओ। खड़े-खड़े भी देखना-दिखाना होता है।

श्रीमंत ने कहा—माला, जा तो। ठाकुर से कह दे, आज ही बायां तबला और पखावज भेज दें।

जानकर ही श्रीमंत ने माला को हटाया वहां से। ये दोनों औरतें रसिक से और कुछ ज़्यादा लगीं। उनसे कुछ मौज-मज़े की डगमग बातें होंगी।

माला को भीड़ में ठाकुर मिला नहीं। वह बाबाथान के पेड़ तले खड़ी हो गई। लोग वहां ढेला बांध रहे थे। उसने भी ढेला बांधने की सोची—जिसमें उसे ठाकुर जैसा दूल्हा मिले! खूब एकांत में जाकर बांधेगी। लेकिन आखिर तक नहीं बांधा। छिः। और फिर ठाकुर तो बाम्हन है!

बात आखिर आज की तो है नहीं, बहुत दिनों की है।

धरनीदास की छपरी में बैठकर मालती ने मन ही मन लेखा लगाकर देखा, यह लगभग सौ साल पहले की बात है! उस रोज़ भी वह बप्पा की बिछी दुकान के पास यहीं पर बांस की खूंटी से टिकी बैठी थी। यही खूंटी थी शायद।

मालती ने पूछा—चाचा, ये वही खूंटियां हैं, हैं न? रंग करवाया है।

धरनी ने कहा—नहीं बिटिया। नई खूंटियां हैं। हाट की तरक्की नहीं देख रही हो। अब भला पुरानी से गुज़ारा है! जैसा काल, वैसी चाल। हाट जम गई। गुईं ने पक्के का मकान उठाया। श्रीमती की मिठाई की दुकान सामने पक्के का बरामदा बन गया। सत्य ने भी ऐसा ही किया। वह देखो, सरकार के लड़कों ने लकड़ी का कारोबार शुरू कर दिया। चेयर-टेबिल बनवा रहा है। उधर पच्छिम की तरफ देखो, ईंटें पड़ी हैं। पास का जो फाकवाला है, वह छपरी को पक्का बनाएगा। सबलोक 'इलेट्रिरी' लेंगे। मैं मसहरी बेचता हूं, मोटें कपड़े बेचता हूं। मैं पक्का कहां से बनवाऊं? मैंने भोगपुर से बांस मंगवाए। देख नहीं रही हो, कैसे सीधे और मोटे हैं! रंग लगवाया। और क्या करता? खाहिश थी, खंभे पर टिन की छौनी करा दूं। अभी भी खाहिश है। मगर तुम लोग हिस्सा न छोड़ो तो कैसे बनवाऊं? तुम्हारे बाप ने मुझे दो सौ रुपये देकर छपरी का आधा हिस्सा खरीदा था। चाहता तो बिना जताए ज़ोर-ज़बरदस्ती कब का पक्का बना लेता, मगर वैसे मैं धरम को क्या जवाब दूंगा?

मालती चुप रही। वह सोच रही थी।

धरनी ने कहा—मैंने तुम्हारे वाप से कहा था बिटिया। कहा था, श्रीमंत, आदमी सब कुछ बेचकर खाता है भैया, धरम बेचकर नहीं खाता। तूने बराम्हन के बेटे की वह जायदाद—जायदाद भी क्या, पोखरे का हिस्सा और पांच बीघा ऊसर परती—यह लेकर तूने अच्छा नहीं किया।

वह ज़रा रुक गया। मालती भी चुप ही रही। दोनों के आगे अब हाट का गुलगपाड़ा स्पष्ट हो उठा। मानो हाट पीछे की तरफ से धूमकर आंखों के सामने आ खड़ी हुई। उफ, कितने आदमी! पहले भी लोग होते थे बहुत, मगर इतने अधिक नहीं, ज़रा नज़र उठाओ कि सिर ही सिर नज़र आते हैं। माथे का घूंघट तक दिखाई नहीं पड़ता। ज़रा आंख झुकाकर देखो तो कुरती की छींट और ख़ाली बदन। औरतों की कुरती के अनेक प्रकार के रंग हो हल्ला! कितने भले लोग! कुछ नये फैशन की औरतें, आंखों में ऐनक, पैरों में जूते? वह वहां सामने, उस तरफ एक कोई बड़े से एक सफेद मुरगे को डैना पकड़कर ऊपर उठाए हुए है—मुरगा कें-कें कर उठा है। कोई पीड़ा हो रही है। उस समय लोग खूब छिप-छिपाकर मुरगी खरीदते थे। आज मुरगी को ऊपर उठाकर चीख रहा है—विलायती मुरगी! विलायती मुरगी!

दो खरीदार आए। मसहरी है? बढ़िया मसहरी?

—है क्यों नहीं! आओ, बैठो! कै हाथ की?

—खासी बड़ी चाहिए! बाल-बच्चों के साथ सोना है। पांच-छः जने के लायक।

—चार-पांच हाथ का दूं?

—दो।

धरनीदास ने मसहरी निकालकर सामने फेंक दी!—देखो! ज़रा बुनाई पर गौर करो। देख लो। खोलो, नापकर देखो। चीज़ लेनी है, देख-सुनकर लो। देखो—

वह उठ खड़ा हुआ—यह रहा, अठारह इंचवाला गज़। तुम्हारा हाथ बड़ा है। एक इंच बड़ा। नापो।

मालती की आंखों के सामने से हाट फिर हट जाने लगी। हाट हटने लगी कि उसकी दृष्टि! दृष्टि कम के अन्दर की ओर हटने लगी।—हां, नोबू ठाकुर, खोका ठाकुर को उसके बाप ने ठग लिया था। ठगा नहीं था, फुसला लिया था। बायां तबला मढ़वाकर ला देने के बाद से ही खोका ठाकुर से जान-पहचान शुरू हुई। मढ़ाई का दाम भी दिया था, एक मजूरे की मजूरी भी दी थी।

—याद है उसे, मौसी ने कहा: और मेरी मजूरी ठाकुर? खोका-ठाकुर ने कहा: ज़्यादा पैसे तो मैं लाया नहीं। श्रीमंत ने कहा तो नहीं था।

—मेरा नसीब! तुमने माला को कहा है, दूंगा।

माला बोल उठी—गीत सुनाने की कहती है।

—ओ! मगर गीत क्या जब-तब गाया जाता है?

श्रीमंत ने कहा—अजी,जब-तब जैसा-तैसा तो गाया जाता है। गा दीजिए न!

खोका ठाकुर पालथी मारकर बैठ गया। गुनगुनाकर सुर ठीक किया। श्रीमंत बोला—रुक जाइए, ज़रा मैं मृदंग उठा लाऊं।—मृदंग लाकर उसने दायें हाथ से थाप लगाई, बायें से गुव-गुव निकला। कहा—हां, अब शुरू होइए।

खोका ठाकुर ने कहा—मृदंग रख दो। सुर में बंधा नहीं है। ढब-ढब कर रहा है। दोनों हाथ कपाल तक ले जाकर कहा, इससे संगीत का अपमान होता है। और उसने गाना शुरू किया। गीत की कुछ कड़ियां आज भी याद हैं:

ढूंढ़े ही मिल सकता है वह फूल।
किस वन फूल। किस मन फूल।
किस छन फूला फूल।

और याद नहीं पड़ता। बड़ी अच्छी धुन थी, बहुत ही अच्छी। चंपा ने उसे दुबारा गवाया था। उसके बाद भी जब-तब कहा करती—वही गीत ज़रा फिर से सुना दो ठाकुर! तारीफ करती थी, आप जैसे सोना ठाकुर, वैसा ही गीत भी सुनहला!

घर में जब चंपा और मालती ही होतीं, तो मौसी वही गीत गाया करती। नाचती। कहती—अरे, तुम भी गाओ मौसी। आओ, हम दोनों नाचें! नाच का गीत है। अकेले नहीं होता!

वह भी गाती। वह भी नाचती। चंपा कहती—यह फूल मिलता तो माला गूंथकर गले में डालती और जमना में कूद पड़ती! जानती हो!

पहले-पहल वह स्वर्ग का पारिजात सोचती। एक दिन बोली थी—पाओगी कहां? 'सरग' का पारिजात है।

चंपा ने हाथ-मुंह नचाकर कहा था—अरी, नहीं मौसी, नहीं। यह फूल धरती पर ही फूलता है। मालती के कान के पास मुंह ले जाकर कहा, प्रेम का फूल रे पगली, प्रेम का फूल!

प्रेम का फूल! मालती को शर्म लगी थी। प्रेम क्या है, उस समय वह ठीक-ठीक जानती नहीं थी, लेकिन लाज-लिपटी भीनी-भीनी महक मिलने लगी थी। और, यह भी जाना था कि प्रेम स्त्री-पुरुष में होता है। ब्याह के आस-पास। प्रेम

होने से ब्याह होता है; ब्याह होने से प्रेम होता है। चंपा को बात से शर्माकर वह बोली—दुर्र—

चंपा ने कहा—हां जी! समझोगी कभी! वह कहती ही गई, इस फूल को चुनने के लिए जाने कितनी रातें आंखों में बितानी पड़ती हैं। अरी छोरी, प्रेम की बातों में रात प्रात हो जाती है। तुम्हारा भी फूलेगा यह फूल? सबके तो नहीं फूलता है न। ब्याह-शादी होने पर भी नहीं फूलता। फूलने से राधा जैसी पागल होना पड़ता है।

जाने कितनी बातें याद आती हैं।

उसके बाप से बड़ी भारी भूल हुई थी। उसी दिन उसे गांजा पिला दिया। किसी बुरी नीयत से नहीं। उस समय तक उसमें कोई बदनीयत नहीं थीं। वैष्णव था। वैष्णव धर्म को इतना ही निभाता था कि मांस नहीं खाता। चुटिया रक्खी थी। गले में कंठी। और गांजा पीता था। गांजा तो धरनी चाचा भी पीता था। अब भी पीता ही होगा। उस रोज़ जब खोका ठाकुर इधर गीत गा रहा था, वह उधर गांजा मल रहा था। गीत खत्म हो गया तो खोका ठाकुर उठ खड़ा हुआ। श्रीमंत की गांजा की तैयारी देखी। बोल उठा—वाह, तुम्हारी तो खासी व्यवस्था है देखता हूं। चंदन की खुशबू आ रही है।

—बगैर व्यवस्था के पीने में मज़ा नहीं आता।

श्रीमंत उस समय छुरी से चंदन को खुरच रहा था। चंदन का वही चूरा गांजे में मिलाएगा।

खोका ठाकुर ने कहा—बेशक! ऐसा न हो तो शिव भला गांजा क्यों पीने लगे? क्यों?

श्रीमंत ने कहा—तुम पियो न ठाकुर! तुम तो शिव के पंड़े हो!

—उंहु। मेरा गला खराब हो जाएगा।

—गला खराब होगा! किसने कहा? उतना बड़ा उस्ताद है वह शरत् मुखर्जी। हुं:, गांजे का दम लगाए बिना गला ही नहीं खुलता। कहता है, एकाग्रता कैसे आएगी? ध्यान बिना गान नहीं होता।

—बजा कहा। ध्यान बिना गान नहीं होता।

—पीकर देखो न!

—उंहु। सिर चकराएगा। भंग पीता हूं। भंग में ही ऐसा नशा है कि।

—भंग का नशा बड़ा पाज़ी होता है। चित्ती सांप के विष जैसा। भंग मत पिया करो।

—सच कहते हो, शरत् उस्ताद पीता है?

—गांजे की चिलम छूकर कहता हूं बाबा। भुवनेश्वर की कसम!

—एक दिन ले चलोगे मुझे शरत् उस्ताद के पास?

—उसके पास जाने की क्या पड़ी है? तुम कहो न, मैं उसे तुम्हारे यहां ले आता हूं। पंद्रह एक रुपये और गांजा देना। अच्छी तरह से खिलाना-पिलाना। मुखर्जी उसीसे बाग-बाग हो जाएगा।

—महीने में दो दिन गीत सीखा करूं तो क्या लेंगे?

—पूछ देखूंगा। मगर तुम्हारे जैसा चेला मिले तो दौड़कर सिखाएंगे! तुम्हारे पिता से अच्छी पटती थी। दोनों ने गांजा-शराब खूब पी, मौज किया। पूछूं उनसे?

—पूछो।

—पूछूंगा। कल ही पूछूंगा। सैंथिया की तरफ उनके बहुत-से चेले हैं न! अक्सर मुलाकात होती है। मेरे हाथ का गांजा उन्हें बड़ा पसंद है। कहते हैं, ऐसा तार और किसीके मलने में नहीं होता है श्रीमंत।

इतने में श्रीमंत ने चिलम पर सुलगकर सुर्ख हुई टिकिया को रक्खा। चढ़ाकर बढ़ाते हुए कहा—लो, प्रसाद बना दो। मन ही मन बाबा भुवनेश्वर को याद करके कहो, पियो बाबा। उसके बाद चिलम मुझे दो। मैं कायदे से पकड़ूं। तुम अभी ठीक पकड़ नहीं पाओगे। पहले धीरे-धीरे फुस-फुस करके खींचो, उड़ा दो। हां, धीरे-धीरे। अब जोर से उड़ाओ। अब एक कश खींचकर धुएं को घोंटो! धुएं को निकलने मत दो। दबाए रहो। खैर, थोड़ा छूट गया तो गया। पहला दिन है। नशा कम होगा!

कम नहीं, उतने से ही उसे काफी नशा हो गया था। मालती का पिता जब दम लगा रहा था, तो खोका ठाकुर वहां बैठा ही था। बुत्तं बना बैठा था। एक शब्द नहीं बोला। याद है मालती को, वह दूर बैठी अवाक् होकर देख रही थी। इतना-सा लड़का! देखते ही देखते उसका मुंह कैसा सूधा-सा हुआ जा रहा था। आंखें लाल हो आई थीं। कैसा टुकुर-टुकुर ताक रहा था।

श्रीमंत ने आखिरी कश खींचा। चिलम को ठाकुर की तरफ बढ़ाकर वह धुआं घोंटे बैठा था। बात करने की गुंजाइश नहीं थी। बात की नहीं कि रोका हुआ धुआं निकल पड़ेगा। लेकिन ठाकुर को उधर का कोई होश ही नहीं था। माला के बाप ने बायें हाथ से उसे ज़रा ठेला। ठाकुर ने तब कहीं 'ऊं' किया।

श्रीमंत ने हस् से धुएं को ऊपर छोड़ा और कहा—लो, और एक दम लगाओ।

ठाकुर ने लड़खड़ाती हुई आवाज़ में कहा—नहीं। और, फिर न कोई बात, न

चीत। हाथ-पांव फैलाकर वह वहीं ओसारे पर पड़ गया।

—लो। लेट गए जो!

ठाकुर क्या तो कहना चाह रहा था। बोल नहीं पाया। कोंक्-कोंक् करके हिचकियां लेने लगा। ज़रा देर में बोला—पानी!

चंपा फौरन ग्लास में पानी ले आई। ठाकुर ने पूरा का पूरा गिलास ढकाढक पी लिया। श्रीमंत ने लोटे में पानी लाकर थपथप करके उसके सिर पर थोपा। आंख-मुंह धो दिया।

चंपा बोली—अरे, कर क्या रहे हो? जाड़े के दिन हैं—

हंसकर श्रीमंत ने कहा—कुछ भी नहीं होने का। ठाकुर अभी बुड़की लगाकर भुवन-सरोवर पार हो जाएगा!

और सचमुच ही ठाकुर ने कहा—थोड़ा-सा पानी और डालो।

उस रोज़ श्रीमंत उसे अपने साथ ले जाकर घर पहुंचा आया। लेकिन गज़ब, दूसरे दिन ठाकुर आप ही उसके घर आया।

—श्रीमंत!

चंपा हंस पड़ी थी। उसकी खिलखिलाहट थम नहीं रही थी। मालती ने पूछा—हंस क्यों रही हो? उसे गुस्सा आ रहा था। चंपा बोली—बहन-बेटी, मछली यह कतला है!

—मछली!

—हां। यह ठाकुर। चारा चुगने आया है। गांजा-गांजा!

ठाकुर अंदर आया—श्रीमंत कहां है?

चंपा की हंसी ने और ज़ोर पकड़ा। मालती बोली—वो तो सैंथिया गए हैं।

—ओ! लौटा नहीं है?

—न लौटे। आप बैठिए। मैं आपको पिलाती हूं।

—चंपा अंदर गई। वहां से एक पुड़िया ले आई। ठाकुर के हाथ में देकर बोली—इसे चरकर बीड़ी के अंदर डालकर पीजिए। हां, खोल दीजिए बीड़ी को। हां।

ठाकुर ने वह बीड़ी पी। कहा—यह अच्छा है। कोई झमेला नहीं। और कल की तरह सर भी नहीं घूम रहा है। न-न, ज़रा-ज़रा घूम रहा है।

इसके बाद ठाकुर चुप हो गया। उधर चंपा खिलखिल हंसती ही जा रही थी। ज़रा देर में ठाकुर ने भी हंसना शुरू किया। उनके साथ मालती भी हंसने लगी। कुछ देर के बाद मौसी ने उसे खाने को बताशा और पीने को पानी दिया। देकर गीत गाने

को कहा। ठाकुर ने गाया भी। एक नहीं, तीन-चार गीत। मौसी ने पहले ही दरवाज़ा बंद कर दिया था। नहीं तो गीत, इतना सुंदर गीत सुनकर अड़ोस-पड़ोस के लोग आए बिना हरगिज़ न मानेंगे।

मालती के पिता ने इसके बाद उस्ताद शरत् मुखर्जी को जुटा दिया था। ठाकुर का गला सुनकर शरत् मुखर्जी बड़ा खुश हुआ। बोला—तुम बहुत बड़े उस्ताद होगे।

शरत् मुखर्जी का डेरा नोबू ठाकुर के ही यहां हुआ। महीने में दो बार आते, हर बार तीन-चार दिन रह जाते। खोका ठाकुर के यहां छोटी-मोटी दावत ही हुआ करती। फूआ चीखती-चिल्लाती। लेकिन ठाकुर कहता—अगर चीख-पुकार मचानी हो, तो जहां चाहो, चली जाओ। यहां मत चिल्लाओ। ये मेरे गुरु हैं।

फूआ कहती—अरे, इतना जुटेगा कहां से रे हरामज़ादा! पूंजी कहने को तो बस पांच बीघा ज़मीन और दे-पोखरे का बारह आना हिस्सा है। बाबाथान में साल में सोलह दिन की पाटी!

ठाकुर कहता—आसमान से टपकेगा, ज़मीन फोड़कर आएगा। तुम्हें इसकी फिक्र नहीं करनी है।

और जुटता भी जाता। नोबू उधार लाता। उधार श्रीमंत दिया करता।

उधार के वही रुपये दे आने में, मालती दो-तीन दिन फूआ-भतीजे का झगड़ा देख आई थी। उन दिनों ठाकुर सुबह-शाम, रात-दिन में तीन-चार बार उसके यहां गांजा पिया करता था। तीसरे पहर का जमघट उसीके यहां जमा करता। उस्तादजी आते, खोका ठाकुर आता, उस्तादजी के दो-तीन चेले-चांटी आते। गांजा चला करता।

उस्तादजी ने श्रीमंत से माला को स्कूल में भर्ती कराने की बात कही थी। कहा—अरे भई श्रीमंत, बिटिया की उमर क्या हुई होगी?

—आठ साल होगी मुखर्जी बाबू।

—बचपन में ही इसका ब्याह करा दोगे क्या?

—जी नहीं। वह समय अब रहा भला!

—तो? स्कूल क्यों नहीं भेजता है? ऐं! औरतें अब हाकिम हो रही हैं। चुनाव में खड़ी होती हैं। पैरों में जूते पहनती हैं। मुल्क अब आज़ाद है। इसे स्कूल भेजो या फिर गला अच्छा हो, तो संगीत सिखा। रेडियो में, ग्रामोफोन में गाएगी।

श्रीमंत ने कहा—गला-वला तो नहीं है। आपने ठीक ही कहा। स्कूल ही भेजूंगा।

—हां, भेज। दीदियां ही तो पढ़ाती होंगी? हैं न?

—हां। तीन शिक्षिकाएं हैं।

—फिर क्या है? कर दे दाखिल। पहले खुद तू पहली-दूसरी किताब में ज़रा सहारा दे देना। उसके बाद वह ठीक ही पढ़ेगी। यहां पास कर ले तो सैंथिया भेज देना। यह भी स्कूल की दीदी बन जाएगी। तेरा बाप अवधूत था। भीख मांगता था। तूने खानसामागिरी शुरू की थी, अब दुकानदार बना है। तेरी बेटी तो तिलक लगाकर चूड़ा बांधे मजीरा बजा-बजाकर गाती हुई नहीं फिरेगी! वह मास्टरनी होगी! मेरे लड़के को देख न, स्कूल में दाखिल करा दिया है। कह दिया है, गीत सीखना हो तो रेडियो-ग्रामोफोन का गीत सीख! सो सीखा है उसने। और पढ़ भी रहा है। और फिर हिन्दू महासभा भी करता है। गीत गाना आता है न। ओपनिंग सांग गाता है।

श्रीमंत ने कहा—लड़का आपका बड़ा चतुर-चालाक है।

—हां जी। नहीं तो लीडर कैसे हो सकता है? पढ़ता भी बेजा नहीं है। तेरी बिटिया भी तो बड़ी तेज़ है। आंख-मुंह भी खूब अच्छा है, रंग भी साफ-सुन्दर। बाल भी घने-लंबे हैं। खासी दीदीजी होगी यह! मगर हां, स्कूल की ये दीदियां देखने में कैसी हैं?

—हैं तो काली-काली ही, मगर बन-ठनकर रहती हैं न! ले-ले बना गांजा। ओ, नोबू बना रहे हो?

—देर हुई जा रही है। जल्दी करो। सूरज डूब चला।—और आ-आ करके तान भांजना शुरू कर दिया।

माला इसके बाद से ही स्कूल जाने लगी थी। पहली पोथी पढ़ चुकी थी, किंतु पहली पोथीवाले दर्जे से ही शुरू किया। सवेरे उस भगोड़ गैया को खोज लाकर बांध देती और बगल में बस्ता दबाए स्कूल चली जाती।

स्कूल उसका नोबू ठाकुर के घर के सामने था। एक तालाब के इस पार-उस पार। नोबू ठाकुर सवेरे ही से तानपूरे पर आ-आ करता रहता। आ-आ-आ। आ-आ-आ। आ-आ-आ-आ-आ-आ-आ। क्रम से ऊपर को चढ़ाता जाता। फिर उतारता—आ-आ-आ-आ-आ...।

और तालाब के उधरवाले घाट पर बैठी फूआ कभी अपनी किस्मत को गाली देती, कभी दिवंगत भाई के बाप के लिए रोया करती। ठाकुर ने उसे अलग कर दिया था। फूआ दे बाबू के यहां रसोईदारिन का काम करती थी।

लड़कियों नोबू को मुंह बिदकातीं—ए-ए-ए। दे बाबू के घर की लड़कियां

तो में-में-में कहतीं। बकरी का मिमियाना। घंटी बजती कि लड़कियां स्कूल के अंदर चली जातीं। माला के दरजे में एक ही साथ आठ-दस लड़कियां कमेंय-क्य, कमेंय-क्य शुरू कर देतीं। दूसरे दर्जे में एक ही साथ कई लड़कियां पढ़ने लगतीं—हुगली ज़िले में मुहम्मद मुहसिन नाम के एक महात्मा मुसलमान थे। हुगली ज़िले में—

किसी दरजे में दीदीजी कहतीं—एक लाख पांच हज़ार तीन सौ पचीस। लिखो, एक लाख पांच हज़ार...

इस समय नोबू ठाकुर का गला कभी-कभी सुनाई पड़ता, कभी-कभी नहीं सुनाई पड़ता। टिफिन की घंटी बजती कि सारी लड़कियां तालाब के घाट पर आ जातीं। साफ कपड़े में किसीके मूढ़ी होती, किसीके और कुछ। पानी में भिगोकर बरामदे में बैठकर खाएंगे। उस समय तालाब के उस पार विपिन मछेरा बेटे के साथ बैठा तम्बाखू पीता होता और पानी में फेंकने के लिए हाथ पर जाल सजाता होता। नोबू ठाकुर खड़ा रहता मछली के इंतज़ार में। उस्तादजी हैं, उनके चेले-चांटे हैं। मछली चाहिए। बड़ी मछलियां तो कब की खत्म हो चुकी हैं—अब पोठिया जैसी छोटी मछलियां ही हैं। तालाब ठाकुर का ही है। मछेरों को बंटैया दिया गया है। बिपिन को। मछली पकड़वाकर ठाकुर उसी तालाब में नहाता। समय बंधा हुआ था। लड़कियों को छुट्टी होती दस बजे। घंटी बजती और शोरगुल करती हुई लड़कियां बाहर निकल पड़तीं। नोबू ठाकुर उस समग गला-भर पानी में खड़ा तान छेड़ता होता—आ-आ-आ।

लड़कियां हंसते-हंसने बेहाल हो जातीं। गले-भर पानी में खड़ा नोबू ठाकुर भी हंसता...!

मालती को माया होती। खूब तो अपने-आप गा रहे हो ठाकुर। कितनी सुंदर आवाज़! कितना अच्छा गाना! ढूंढे ही मिल सकता है वह फूल! ऐसे-ऐसे गीतों को छोड़ जान-सुनकर गले को मोटा करके क्या जो आ-आ कर रहे हो! शरत् मुखर्जी उस्ताद है कि खाक! कहने का भी उपाय नहीं। माला का बाप श्रीमंत इस उमर में मुखर्जी से बजाना सीख रहा है।

बहुत दिनों से कहूं-कहूं कहते हुए भी मालती कह नहीं सकी। ठाकुर नहाकर तालाब से निकल जाता। भुवनेश्वर थान जाता है। पंडागिरी है। सिंदूर का टीका लगा लेगा। आजकल तो बाबा के रुद्राक्ष की माला भी गले में डाल ली है।

कितने ही दिन हाथ-मुंह धोने का बहाना करके वह तालाब के इस पार घाट

में उतरी। हाथ-पांव से पानी को हिलाती रही। लेकिन ठाकुर अपनी उसी लगन से आ-आ करता रहता या नहाकर जय शिवशंकर, जय भुवनेश्वर, हर-हर बम करता हुआ उठकर चला जाता।

यही तालाब है।

धरनी चाचा ने इसीके बारे में कहा है। मालती के बाप ने ठाकुर से इसीको लिया था। इसी तालाब से...।

अचानक हाट के सारे शोरगुल को दबाते हुए एक बड़ी ऊंची हंसी ने सबका झोंटा पकड़कर खींचा ; कहा।

पलटकर देखा।

क्या हो गया?

एक जगह से डर के मारे लोग भाग रहे हों जैसे। औरतें चीख रही हैं—अरे बाप रे! ऐ मेरी मां! ई-ई-ई-

पुरुष डांट रहे हैं—ऐ...ऐ!

कुछ संथाल स्त्रियां ताली बजाकर ही-ही हंस रही हैं। दूर खड़े मर्द ठहाका मार रहे हैं।

क्या हुआ?

कि उस भीड़ में से काला मुंहवाला एक हनूमान उछलकर एक आदमी की गरदन पर सवार हो गया। और तुरन्त हुप् करके फिर छलांग लगा बैठा। अब की माटी पर। उसके एक हाथ में एक कद्दू था। वहां से फिर उछला। हाट पार करके चला गया सरकार के लकड़ी के कारखाने के छप्पर पर, वहां से बगल के बरगद पर।

कोई एक आदमी चिल्ला उठा—जय राम!

2

धरनीदास ने कहा—बड़ा उत्पात मचा रहे हैं कम्बख्त! पलटन बगान में एक टोली ही उनकी आ जमी है। पलटन बगान माने बड़पीपल-बेल का वह जंगल जहां शिवजी की भूत सेना रहती थी। सेट्लमेंट में कहा गया है, यही रास्ता मुर्शिदाबाद से नवाबी सड़क था। इस रास्ते से फौज जाती थी। वर्गियों के हंगामे के समय यहां छावनी पड़ी थी। ये पेड़ उसी समय के हैं। फौजियों ने लगाए थे।

मालती बोली—बहुत बड़ा हनूमान!

—नर हैं सब। कहा तो कि संन्यासी हैं। उस दिन किसीने खेदा सो एक ने मेरे

यहां घुसकर सब तहस-नहस कर दिया।

एक खरीदार था। तांत की साड़ी खरीद रहा था। जो लोग मसहरी खरीदने आए थे, वे सब चले गए, मालती को उसकी खबर ही नहीं! वह पुरानी बातों में ही सोई थी। खरीदार ने कहा—कुछ कम कर दीजिए और।

—और कम हो सकता है भला! बनाई का भी खर्च नहीं निकलेगा। दस ही रुपये लगेंगे। आने-पैसे छोड़ दिए। जाइए। बाज़ार में कहीं साढ़े बारह से कम मिले तो मेरे पास आइएगा, मैं यों ही दे दूंगा। कह रहे हैं, लड़की को देनी है। ले जाइए। आखिर हम भी लड़की के बाप हैं।

—दीजिए।

खरीदार रुपये देकर चला गया। हाट की हंसी थम गई, मीठी चीज़ पर जैसे चींटियां गुंथ जाती हैं, वैसे ही फिर जम गए लोग। मधुमक्खी के छत्ते पर मक्खियों जैसा। भन्-भन्-भन्-भन् आवाज़। एक-दूसरे के बदन से लगती हुई चल रही हैं मक्खियां। बीच-बीच में एकाध जैसे पखने की आवाज़ करती हुई उड़ती हैं, वैसे ही चीख रहा है—घट गया, आलू का दाम घट गया! कोई घंटा बजा देता है। एक फेरीवाला मुंह में चोंगा लगाकर चिल्ला रहा है। कोई शंख-सी कोई चीज़ फूंक रहा है।

सरकस जैमे ड्रम बजाकर कौन तो आ रहे हैं—टेराराम, टेराराम, टेरे-टेरे-टेरे। एक बांस के डंडे की नोक पर चौकोर बोर्ड पर रंगीन तसवीर। एक के पहनावे में पाजामा, छींट की कमीज़—रूखे बिखरे बाल। मुंह में चोंगा लगाकर बोलने लगा—भुवनपुर टाकी। नई फिल्म। बिलकुल नई फिल्म। मुहब्बत का चिराग। मुहब्बत का चिराग। मुख्य भूमिका में सुनेत्रा-वरुण। बस, और दो दिन। एक आदमी परचा बांटने लगा।

खरीदार के दिए नोट को टेंट में खोंसते हुए धरनी ने कहा—व्यवसाय का अब हो गया बेटी! यह अब नहीं चलने का। समझी? गाहक का गला काटे बिना, गिरहकटी किए बिना घाटा ही घाटा है। चालीस रुपये से ज़्यादा बेच तो लिया, मगर चार रुपया भी नहीं बचेगा। तांत लिए बैठा हूं, सूते का पता नहीं। सूता नहीं है, सो नहीं। ब्लैक का दाम देना होगा। और इधर बाज़ार में आग लग गई है। गुरमिट ठूंठ हुई बैठी है। कर भी बहुत कुछ रही है: रास्ता घाट, अस्पताल, स्कूल...

धरनी की बात में बाधा देकर मालती ने पूछा—आजकल पंडों की चलती

कैसी है चाचा?

—उनका अच्छा है बिटिया। अच्छा चल रहा है। इन दो-तीन साल के अन्दर ही तो कई ने छप्पर पर टिन चढ़ा लिया। लोगों को पैसे बहुत आ-जा रहे हैं न! मनौती, ढेला बांधना...यह सब बढ़ रहा है। गई थी बाबाथान?

—नहीं।

—जाते ही देख पाओगी। दे बाबुओं ने बाबा का चौंतरा बनवाया था पक्के का। उसके चारों तरफ नाम लिख-लिखकर संगमर्मर का पत्थर लगा दिया है। सुना है, मिलवाले उस मारवाड़ी ने इस बार बड़ा मुनाफा किया है। यहां उसने मन्नत मानी थी। वह बाबाथान के चारों तरफ गोल खंभे खड़ा कराके उसपर गुंबज बनवा देगा। ढेला बांधने की तो पूछो ही मत। ढेरों! अपनी आंखों देख ही आओ न!

मालती को याद आया: उसका बांधा हुआ भी एक ढेला है। उसने भी बांधा था। खूब छोटी थी जब, एक दिन बांधने गई थी। शर्म से नहीं बांध सकी। बाद में बांध दिया था। बांधा भी था दूल्हे की कामना से। लेकिन खोका ठाकुर नहीं। खोका ठाकुर तो उस समय गांव-घर छोड़कर कहां चला गया था जाने। ढेला उसने बसंत के लिए बांधा था—शरत् उस्ताद का लड़का। माला की उम्र उस समय ग्यारह की थी। बसंत की पन्द्रह-सोलह की। उस बार बसंत चुनाव के समय भुवनपुर में आदिचटर्जी को वोट दिलाने का प्रचार करता फिरता था। आदिचटर्जी हिन्दू महासभा का उम्मीदवार था। बसंत गाता था:

द्रुपदसुता रोती दुःशासन खींचे उसका चीर
जागो नव-नारायण, बेबस पांडव जैसे वीर।

गीत के बाद भाषण। कहता, जुए का दांव लगाकर कांग्रेस आज हाथ-पांव बंधी दासी बन गई है। पाकिस्तान में औरतों की अस्मत लुट रही है—चीख-चीखकर रो रही हैं वे। दासों से कुछ बोलते नहीं बनता। बोलने की ताकत नहीं है। दास क्लीब। अब मनुष्य को जगकर खड़ा होना है। नर के हृदय में नारायण का निवास है। सो रहे हैं बे, वे जागें।

सुन-सुनकर बदन के रोंगटे खड़े हो जाते।

बसंत भुवनपुर में ही रहता था। खोका ठाकुर के घर में डेरा डाला था। गांव के कुछ छोकरों को जुटा लिया था। शरत् उस्ताद के प्रायः सभी चेले उसकी बात पर चलते थे। उस्ताद ने खुद सबको कह दिया था। बसंत को आदिचटर्जी से तनखा मिलती थी। शरत् उस्ताद मकान का किराया लेता था। खोका ठाकुर

के मकान पर उस समय उस्तादजी का कब्ज़ा था। कहा करते थे—नोबू मुझे दे गया है।

खोका ठाकुर की फूआ साल-भर पहले ही मर चुकी थी। नोबू केंदुली का मेला गया था। वहां से फिर लौटा ही नहीं। नोबू के साथ शरत् उस्ताद, श्रीमंत, धरनीदास—ये लोग भी गए थे। ये लोग लौट आए। कहा, नोबू बाऊलों के साथ चला गया। जाते समय कर्ज़ के बदले श्रीमंत के हाथों अपना पोखर और ज़मीन बेच गया। घर शरत् उस्ताद को दे गया। और भुवनपुर की पंडागिरी अपने फरीकों को छोड़ गया। पंडागिरी का दान या बिक्री केवल पंडों से ही चलती है। वह बाऊल हो गया, इसलिए उसकी जात भी गई। वह चाहता भी तो बिक्री या दान नहीं कर सकता।

खोका ठाकुर के लिए कोई नहीं रोया। कोई था ही नहीं। जात-बिरादर वालों को खुशी ही हुई। पंडई का एक हिस्सेदार गया। शरत् उस्ताद भी नहीं रोया। बोला, उसीके घर में बोला, उसके नसीब में यही था, समझा श्रीमंत। शुरू में जब उसने मुझसे गंडा बंधवाया, मेरा शिष्य बना तो उसका गला और दो-एक गीत सुनकर मुझे लगा, यह खांटी माल होगा। लेकिन जैसे-जैसे दिन बीतने लगे, समझ में आता गया, भूसा है भूसा। तीन-चार साल में उससे सरगम ही नहीं हो सका। कभी नहीं होगा।

चंपा मौसी को केवल दुःख हुआ था। उसकी आंखों से आंसू बहते उसने देखा था। दुःख उसे भी हुआ था। लेकिन चंपा मौसी जितना नहीं। खोका ठाकुर पर धरम-धरम की ऐसी धुन सवार हो गई थी और गांजा पीते-पीते ऐसा बोदा-बोदा और चुहाड़-सा चेहरा हो गया था कि उसे कैसा तो बुरा लगता।

चंपा मौसी ने उस दिन उस्ताद से कहा था—ऐसा न कहिए उस्ताद—गीत वह अच्छा गाता था। आपने उसे सिखाया नहीं। वही आपको ले आया, आपकी सेवा-टहल की और आपने अपने यहां के धनी शिष्य को पाकर उसे नहीं देखा, उसे तुच्छ बनाया, टाला।

शरत् उस्ताद ने कहा—लो, लो, देखो। यह औरत कह क्या रही है? अरे ओ श्रीमंत, सुनो, तुम्हारी बीवी क्या कहती है? ऐं? तेरी बेटी स्कूल में पढ़ती है। वह फेल क्यों हुई? ऐं? सीखने की भी ज़ुरत होनी चाहिए। है कि नहीं? रुई की बाती तेल खींचती है, दीया जलता है। कपास की काठी या छाल की बाती बनाओ तो सुलगेगी कि जलेगी? दिमाग नहीं है। जो था वह...

चंपा मौसी ने आगे कहने न दिया—वह तो न कहिए उस्ताद! दिमाग नहीं था, यह मत कहिए। वह मुझसे कहा करता था। कहता था, वैरागी बहु, उस्ताद मुझको सिखाता नहीं है। मन ही मन मुझे तुच्छ समझता है। गरीब हूं, इसलिए टालता है। मूरख कहता है, बेवकूफ कहता है। अब धनी शिष्य जुट गया है न! आप उसे तू-ताम करते थे, कड़वी सुनाते थे, बात-बात में कहते थे, तू गधा है। और बाबुओं के बेटे को कहते, आप बाबू हैं। वह हज़ार भूल करता, मगर आप कितना मीठा बोलकर उसे बार-बार बताते थे...

—लो-लो, यह औरत कहती क्या है? अरे, बाबू का लड़का और नित्यगोपाल का गंजेड़ी बेटा नोबू क्या समान हैं? ऐं...

—आप गुरु हैं। शिष्य तो सभी समान हैं...

—नहीं। इस औरत ने यहां से उठाया था मुझे।

श्रीमंत उस समय वहां नहीं था। घर के अन्दर चला गया था उठकर। गांजे में मिलाने के लिए केंदुली मेले से इत्र ले आया था, अन्दर से वही लाने गया था। वह निकला और चंपा को डांट बताई—एक थप्पड़ लगा दूंगा। उठ। उठ जा यहां से।

अपनी आदत के मुताबिक मौसी हंसी थी। लेकिन उस दिन खिल-खिलाकर नहीं हंसी। कैसी तो भीगी-भीगी-सी हंसी हंसकर बोली—सो मार लो। मार खाने के लिए ही तो विधाता ने मेरी यह पीठ बनाई थी। और सह भी सकती हूं मैं। मगर कहूंगी वाजिब। तुमने ठगकर उसका पोखरा और ज़मीन ले ली...

श्रीमंत ने और ज़ोर से डांटा—ठगकर लिया है?

—नहीं लिया है? कलेजे पर हाथ रखकर कहो।

अबकी श्रीमंत ने उसका झोंटा पकड़ लिया—बार-बार उसे रुपया नहीं दिया? पांच-दस-बीस। कुल जोड़ कर वह कागज़ लिख गया है। तुझे तो बड़ा ख्याल है उसका! उस्ताद ने कहा: अरे ऐ श्रीमंत! छोड़ दे, छोड़ दे। औरतों का बाल नहीं पकड़ना चाहिए। छोड़ दे। कहती है, कहने दे उसे। तू इतना बिगड़ क्यों रहा है? तेरे पास तो लिखा-पढ़ी है। उसने तो लिख दिया है।

उस दिन मालती ओसारे की एक खूंटी पकड़े ही हरदम खड़ी रही। श्रीमन्त ने चंपा का झोंटा छोड़ दिया।

चंपा लेकिन तो भी चुप नहीं हुई। उसने कहा—उसने कागज़ लिख दिया है, तुम्हारे पास कागज़ है। उसकी बात मैं नहीं कहती। मैंने हिसाब के बारे में कहा।

हिसाब तो उसने रक्खा नहीं था।

—फिर?

चंपा ने भी कहा—उस्ताद गुरु ब्राह्मण। गुरु के लिए अपने बेटे और शिष्य में कोई भेद नहीं। आपके बेटे ने आकर उसीके घर में उसे किस बुरी तरह पीटा? गाल पर पांचों उंगलियां उग आईं। आपने कुछ कहा नहीं!

—लो। अरे, क्या कहता? उसमें मैं क्या कहता? बसंत स्कूल में सेकंड क्लास में पढ़ता है। अच्छा लड़का है। उसके साथ मूर्ख पंडे के बेटे ने तर्क शुरू कर दिया। उस रोज़ रात को भूकंप हुआ था। बसंत ने सवेरे ऋषि बढ़ई को बताया कि भूकंप होता कैसे है। मूरख का अंडा, घोर मूरख वह गांजा बना रहा था। पंडित जैसा सर हिलाकर बोल उठा, तुम कुछ नहीं जानते हो! भूकंप वासुकी नाग के सिर हिलाने से होता है। वासुकी अपने हज़ारों-हज़ार फन पर धरती को लिए है न, सो बीच-बीच में जब वह धरती को इस फन से उस फन में लेता है, तो भूकंप होता है। और वासुकी तब सिर हिलाता है, जब पाप ज़्यादा होता है। तभी घर-द्वार गिरते हैं। लोग मरते हैं। यही तर्क लगा दिया। गंजेड़ी है न! बसंत ने कह दिया। गंजेड़ी को अक्ल भी कितनी हो सकती है। हंसकर कम्बख्त कहता क्या है... तुम्हारे बाप भी तो—यानी मैं—अरे बेटा, मैं तेरा गुरु हूं, कहता क्या है कि तुम्हारा बाप भी तो गांजा पीता है। बस, बसंत ने लगा दी चपत। नहीं लगाए भला—

चंपा मौसी ने कहा—बात आपने सच नहीं कही उस्ताद, आपके बेटे ने उसे सिर्फ गंजेड़ी ही नहीं कहा था, कहा था: गंजेड़ी का बेटा गंजेड़ी, तुझे अक्ल ही क्या! इसपर उसने कहा था कि गांजा तो तुम्हारा बाप भी पीता है। सो ढेला मारने से तो पत्थर तो खाना ही पड़ेगा। पड़ेगा? खाना ही पड़ेगा? अरे बसंत का बाप तेरा गुरु है, तेरा बाप तो बसंत का गुरु नहीं है। बसंत कह सकता है। मगर वह कैसे कहता है?

बिपिन मछेरा आ गया, इसलिए बात उस दिन वहीं दब गई। बिपिन के साथ आया था सुरेनसाहा। बिपिन ने कहा—दासजी, मैं आप ही के पास आया हूं। मैंने सुना है, कर्ज़ में ठाकुर आपको पोखरा लिख दे गया है। मगर मैंने बंटैया पर उसमें मछली जो डाली है।

श्रीमंत ने कहा—हां। पोखरा मैंने खरीद लिया है बिपिन।

—ज़रा उसका कागज़...

—हां, हां, देखो न। मैं गवाह हूं! सही बनाई है। दिखा दे श्रीमंत, कागज़ दिखा दे। स्टाम्प पर है। दिखा। कौन देखेगा? ओ, सुरेन! आओ। देखो।

श्रीमंत ने कागज़ निकालकर दिखा दिया था।

मालती अव की अपनी जगह से आगे बढ़ आई। उझककर उस कागज़ को देखा। नोबू ठाकुर की सही देखी। उसीकी जैसी टेढ़ी-मेढ़ी लिखावट। मोटा-मोटा हरूफ।

उसके बाप ने दूसरे ही दिन सारी मछलियां पकड़वाकर बिपिन को बांट दी और पोखरे को खास कर लिया।

3

मालती के कपाल पर शिकन पड़ गए। उसे याद आया: थोड़ी ही देर पहले धरनी चाचा ने कहा है कि उसने उसके बाप से कहा था, आदमी सब कुछ बेचकर खाता है श्रीमंत, धरम बेचकर नहीं खाता। बराम्हन के लड़के का पोखर और ज़मीन लेकर तूने भला नहीं किया।

इसी पोखरे से इन सबका 'सरबनास' हुआ, इसे खून के जुर्म में फंसना पड़ा, यह सत्य है। लेकिन उसके बाप ने अधरम कहां किया? कागज़ पर की वह सही तो वह आज भी देख रही है!

भुवनेश्वर के ऊंचे टीले पर से नज़र फिराकर मालती ने धरनी की तरफ ताका। धरनी चाचा चश्मा पहने बही में शायद आज का हिसाब लिख रहा था। भुवनेश्वर के थान की ओर नज़र गड़ाए उसे चिंतामग्न देख उसने कुछ कहा नहीं। अपना काम कर रहा है। बेला झुक आई। सूरज की किरणें भुवनेश्वर के पश्चिम तरफ बड़-पीपल-बेल के ऊपर आ गईं। इसी बीच हाट में जाने कब तो धपाधप धुले कपड़े वाले बाबुओं की आमद हो गई। किशोरियों का एक दल, सभी शहर की औरतों जैसी झकाझक—घूम रही थीं। मिल से संथाल स्त्रियां आईं। अब ये पहले जैसी संथालिन नहीं रह गई हैं। सबने ब्लाउज़ पहना है, रंगीन साड़ी पहनी है। आंखों की निगाह से समझ में आता है, थोड़ी देर पहले की हाट घड़ी-घड़ी बदलकर बहुत ही बदल गई। लेकिन शोर-गुल वही! जंगली मधुमक्खी के बड़े छत्ते पर जैसी भन्-भन् होती है, वही आवाज़।

स्कूल, दफ्तर सब बंद हो चुके हैं। चार बज चुके हैं। आधा घंटा ज़्यादा हो चुका है शायद। स्कूल के लड़के, लड़कियां, मास्टर, दफ्तर के बाबू हाट आए हैं।

हाट की शक्ल बदल गई है।

मुरगीवालों ने हांक तेज़ कर दी—मुरगी का अंडा, बतख का अंडा! मुरगी, अच्छी-अच्छी मुरगी।

स्कूल की लड़कियों को देख कार-फीतावाला उत्साहित हो उठा। वह भी सुर में बोलने लगा, चार हाथ कार, चार हाथ फीता, लंबा-लंबा, मज़बूत! बाल बांधो तो खुलेगा नहीं, मन बांधो तो फिसलेगा नहीं!

—अरे ओ शंभू, रोशनी में तेल डाल। चिमनी को ठीक से पोंछ दे।—धरनीदास ने शंभू को पुकारकर कहा। शंभू धरनी की गांठ लाता-ले जाता है। धरनी अपनी पीठ पर भी एक गांठ बांध लेता है। आजकल हाट सांझ से भी कुछ ज़्यादा देर तक चलती है। रोशनी जलानी पड़ जाती है। तरकारीवाले कोई कुप्पी जलाते हैं, कोई लालटेन। विनोदिनी और गईं की दुकान में हेजक जलती है।

मालती घूमकर आई। पूछ बैठी—अच्छा चाचा, तुमने उस पोखरे के बारे में कहा न!

—वही तो अनरथ की जड़ है बिटिया। बोलो, है या नहीं? उसीके लिए तो तुम्हें सज़ा हुई। क्या करते क्या हो गया!

—सो तो हो गया! लेकिन बप्पा ने ठगकर तो नहीं लिया है। तुमने कहा, अधरम है। कहते हो कि बप्पा से तुमने कहा था। मगर मैंने तो उसका कागज़ देखा।

सर नवाकर चश्मे की फांक से धरनीदास ने उसके मुंह की ओर ताका। ज़रा देर में बोला-बिटिया, लिखा-पढ़ी के समय मैं मौजूद था। मैं भी केंदुली गया था। और, उसने रुपया कितना लिया था, मुझे मालूम था। रुपया तो श्रीमंत ने सब अपना नहीं दिया था। मुझसे लेकर दिया था। सब उस उस्ताद के लिए। तुमने तो देखा था, उस्ताद आता था। किसी बार दो, तो किसी बार तीन चेला साथ आते थे। फिर यहां के दो-तीन आदमी। दिन में न सही, रात को तो सब खाते ही थे। उस्ताद पूरियां खाता था। चूंकि गांजा पीता था, इसलिए खूब गाढ़ा दूध पीता था। और फिर तीसरे पहर मिठाई। पूछो मत। खोका ठाकुर तो अधपगला-सा था। शुरू-शुरू तो बड़े उत्साह से सारा कुछ संभाला। आखिर तीन-चार सौ की जो नकद पूंजी थी, वह चुक गई। फूआ गालियां देने लगी। फुआ को उसने अलग कर दिया। पहले लोटा-कटोरा गिरवी रखना शुरू हुआ।

तुम्हारा बाप ही ला देता था। उसने खुद भी बहुत बर्तन लिया। मुझे भी दिया। उसके यहां बहुत बड़ा एक हंडा था, बड़ी-बड़ी कड़ाहियां थीं। वह सब गंधवणिकों ने लिया। उसके बाद शुरू हुआ उधार। कभी पांच, कभी सात। कभी दस। इस तरह से तीनेक सौ हुआ। मैंने श्रीमंत से कहा था, दे तो रहे हो जी, लोगे कैसे? उस अभागे लड़के का भी तो कोई कसूर नहीं है। उसे बंधवाकर भी क्या करोगे? श्रीमंत ने कहा, बिटिया, कपड़े की दुकान में बैठकर कह रहा हूं, सांझ का समय है, झूठ कहूं तो भगवान देखेंगे, कहा: वह मरेगा तो मैं क्या करूं? वह तो मरे ही गा। मुझे तो भैया, पोखरा चाहिए। सो केंदुली में जब ठाकुर ने कहा, मैं अब घर नहीं लौटूंगा, जा रहा हूं—कहा तो बिलकुल बाऊल जैसा गेरुआ पहनकर ; तो तेरे बाप ने कहा, जा तो रहे हो, मेरा रुपया कौन देगा? रुपया भी कुछ कम नहीं है। पांच-छ: सौ। ठाकुर ने कहा, रुपया तो मेरे पास नहीं है। हां, ज़मीन है। ले लेना। मैंने तुझे दे दी। श्रीमंत बोला, वही परती ज़मीन तो है। नापी में भी कम। रुपये मेरे पांच-छ: सौ से ज़्यादा होंगे। उतने से वसूल कैसे होगा? पोखरा समेत देना होगा। ठाकुर ने कहा, वही ले लो। अभी साथ में और दस-पांच रुपये हों तो दे दो। भीख मांगना सीखने में तो समय लगेगा न! श्रीमंत ने कहा, दस रुपये दूंगा। लेकिन स्टाम्प खरीद लाऊं, लिख देना होगा। कहा, ले आओ। कर दी दस्तखत। उस्ताद ने कहा, और अपना घर क्या करेगा? मुझे क्यों नहीं देता? बोला, ले लीजिए, रहिए उसमें। उस्ताद ने पूछा, कीमत क्या लोगे? बोला, आप मेरे गुरु हैं, गाली-गलौज चाहे जो भी करें, गुरु हैं आप। कीमत मैं आपसे नहीं लूंगा। उस्ताद ने कहा, तो लिख दे। वह भी लिख दिया।

लालटेन जलाकर शम्भू ने छज्जे से झूलती डोरी से लटका दी। धरनीदास ने हाथ जोड़कर प्रणाम किया और टिकिया सुलगाने बैठ गया। उसीपर धूप जलाएगा।

टिकिया सुलगाते-सुलगाते बोला—इसमें तुम्हारे बाप का उतना दोष नहीं है बिटिया। जितना दोष, जितनी ज़िम्मेदारी, सब शरत् उस्ताद की है। उनके सेवा-जतन में खोका ठाकुर ने कोई कोर-कसर नहीं रक्खी, लेकिन अन्त में उस्ताद उसके साथ इस तरह से पेश आता था कि सबको शर्म आती थी। बैल, गधा, बेवकूफ, कमअकल, यह सब तो नाम-सा पड़ गया था...

मालती बोली—मालूम है। चंपा मौसी से ठाकुर की बड़ी पटती थी। ठाकुर ने मौसी से कहा था।

—हां बिटिया। ठाकुर का झुकाव ध्रुपद-धमार आदि बड़ी तालों के गीत की तरफ नहीं था। उस्ताद उसीके पीछे पड़ा था। सिखाकर ही रहेगा। ठाकुर की लगन दूसरी तरफ थी। और, बहुत लड़कों को जैसे हिसाब में वैसा दिमाग नहीं रहता, वैसे ही उसका दिमाग भी नहीं था। तिसपर गांजा पीते-पीते कैसा तो हो गया था। समझी? बुत्त बना रहता था। असली बात यह थी कि मन ही मन दुखी रहता था। सबसे बड़ा दुःख इस बात का था कि उस्ताद बाबुओं के लड़कों को गाना सिखाने के लिए उनके घर जाता था और उसे नौकर जैसा खटाता, जो-सो कहता, गोकि ठाकुर बाबुओं के गुरुवंश का था। बड़ी चोट पहुंची थी। उस्ताद का बेटा बसन्त... वह तो चपत लगा देता था। केंदुली में एक घटना घट गई। हम लोगों ने डेरा डाला। मेला देखने लगे। ठाकुर खो गया कहीं। खोजो-खोजो, कहां गया? अन्त में मिला। एक पेड़ तले बाऊलों का दल बैठा था, एक बाऊल गीत गा रहा था। ठाकुर तन्मय होकर सुन रहा था। यह खबर शरत् उस्ताद के चेले ऋषि बढ़ई ने दी। ठाकुर के बिना रसोई ठप पड़ी थी। उसीको पकाना-चुकाना था। आखिर उस्ताद गया। पकड़ लाया उसे। बड़ा भला-बुरा कहा। जो मुंह में आया वही! ठाकुर ने कुछ कहा नहीं। रसोई कर दी, सबको दे-दिवा दिया और हाथ-पांव धोकर निकल पड़ा। रात-भर नहीं आया। दूसरे दिन दस-ग्यारह बजे तक नहीं। अन्त में श्रीमंत उसे अजय के घाट से पकड़कर ले आया। उसने गेरुआ कपड़ा पहन लिया था, पिछुआ नहीं खोंसा था। कहा, मैं बाऊल बन गया हूं। अब मैं घर नहीं लौटूंगा। तुम लोग वापस जाओ। मैं उस बूढ़े बाऊल के साथ जाऊंगा। उसीसे गाना सीखूंगा, साधन करूंगा। बस। उसी वक्त श्रीमंत ने लिखा लिया।

ढन्-ढन् करके भुवनेश्वर की आरती होने लगी। शंख-घड़ियाल बज उठे। हाट के सारे दुकानदार एक बार खड़े हो गए। हाथ जोड़कर। प्रणाम कर लिया।

कोई खरीदार आया—अच्छी मसहरी है?

—है। —धरनीदास ने मसहरी निकाली।

—यह नहीं। यह तो तांत की है। नेट की, अच्छी ...

—जी नहीं। वह तो नहीं है। वह चाहिए तो गुईं के यहां देखिए।

—नहीं है। बताया, गंधेश्वरी तला जाइए।

—तो फिर वहीं देखिए। लेकिन उससे इसमें हवा आपको ज़्यादा लगती। आखिर असली नेट तो मिलेगा नहीं।

भला आदमी था। यानी धोती, कुरता, चश्मा वाला बाबू ज़रा ठिठका! सोचकर कहा—अपनी मसहरी भूल आया। दूसरे की मसहरी में सो नहीं पाता। खैर, वही दीजिए! ज़रा बड़ी। अब गंधेश्वरी तला कौन जाए? दीजिए।

—अपनी पसन्द से चुन लीजिए।

—आप ही दीजिए। इसमें फिर पसन्द क्या!—दस का एक नोट फेंककर कहा—जो दाम हो काटकर बाकी पैसे लौटा दीजिए।—और बिना गिने ही रुपये को जेब में डालकर चलता बना।

धरनीदास ने कहा—अच्छा गाहक है। बाबू। एजेंट-फेजेंट होगा।

मालती ने इस बात का जवाब नहीं दिया। बोली—अच्छा चाचा, ठाकुर ने जब लिख ही दिया तो फिर बासुदेव तम्बाखू वाले ने पोखरे के लिए झमेला कैसे खड़ा किया? ठाकुर ने क्या उसके हाथ भी बेचा था?

—नहीं-नहीं! वैसा आदमी ही नहीं है ठाकुर! वैसी नीयत भी नहीं थी उसमें। पोखरा बाबुओं के छः आने के हिस्सेदारों का था। छ: आने का हिस्सा वाला बूढा मालिक। उसीने ठाकुर के बाप को दान दिया था। बाबुओं के यहां एक बहुत बड़ा उस्ताद आया था। उसके साथ गाने-बजाने वाला यहां कोई नहीं था। नित्य ठाकुर ने हिम्मत की। आगे बढ़ा और गाया। गांव की पत रक्खी। बूढ़े दे बाबू ने खुश होकर पूछा—क्या चाहिए, कहो! नित्य ठाकुर के बूढ़े बाप ने कहा, मालिक, आपको बहुत-से पोखरे हैं। पोखरा ही उसे दीजिए। मालिक ने तथास्तु किया। वह एक समय ही था बिटिया! तब ऐसा ही होता था। फिर ज़मींदारी उठने के बाद सेट्लमेंट आया। उस समय दे बाबुओं ने खतियान देखा। देखा, पच्चीस-छब्बीस साल के सेट्लमेंट में पोखरा उन लोगों का हुआ-हवाया है। उन लोगों ने श्रीमंत से रुपये मांगे, दे कुछ। गंवार श्रीमंत ने दिया नहीं। इतने में तम्बाखू वाला बासुदेव आया। बोला, मुझे दीजिए बाबू। मैं लूंगा। दे बाबुओं ने दे दिया। बासदेव ने फौजदारी की। मुकदमा हुआ। अदालत से रोक लगी। मछली मारना बन्द हो गया। तुम्हारे बाप ने बड़ी-बड़ी मछलियां रक्खी थीं। दस सेर की, बारह सेर की। उससे यह बरदाश्त नहीं हुआ। वह रात को चुराकर मछली मारने गया।

4

—जो मछली रात उसने पकड़ी थी, कहते हैं, वह पन्द्रह सेर की थी। तुम तो उसके साथ थीं। है न?

मालती ने कहा—हां। लगातार कई दिनों से पकड़ रहा था न। पकाने से बू फैलेगी, इसलिए गढ़ा खोदकर गाढ़ देता था। मैं रोज़ ही उसके साथ रहती थी। उस रात ढोकर मैं ही ले आई थी। झटके से जैसे ही मछली ज़मीन पर आ गिरती कि मैं उसे मार देती। घर ले आती।

मालती को याद है। उस समय वह काफी बड़ी थी। तब से इन तीन वर्षों में और थोड़ी ऊंची हुई है। ज़्यादा नहीं। अदालत में फैसले के समय डाक्टर ने उसकी उमर पन्द्रह साल की बताई थी। डाक्टर ने उमर की जांच की थी। खासी मोटी-सोटी थी। देह और थोड़ी भर आई है। याद है, सवेरे गैया को खोज लेनेवाला काम उसका उस समय भी था। पहले वाली गाय नहीं थी, दूसरी थी। उसका स्वभाव उस गैया जैसा नहीं था। लेकिन उसके बाप ने, बाप ने ही क्यों, सबने उसका स्वभाव वैसा ही कर दिया था। शाम को खुद ही घर से बाहर कुछ दूर तक खेद दिया करता था। शुरू-शुरू कुछ दिन तक वह घर के ही आसपास चक्कर काटा करती थी, हंबा-हंबा करती थी। अन्त तक चोरी करके खाने के स्वाद को समझ गई। फिर वह भी उसी गाय की तरह रात-भर यहां-वहां चरकर पेट को ढाक जैसा फुलाकर किसी गाछ तले बैठी पागुर करती रहती।

सवेरा होते ही मालती एक हाथ में डोरी, एक हाथ में ठेंगा लिए घर से निकलती। गांव के छोटे-छोकरे लोभी की तरह उसकी तरफ ताका करते। अब तो वह काफी खूबसूरत हो गई है, लेकिन उस समय भी सुन्दर थी। और सुन्दर बनने के कुछ नियम उसने सीखे थे। सिखाया था उस्ताद के बेटे बसन्त ने। बालों में तेल वह कम डालती थी। बसन्त ने उसे बताया था कि रूखे बाल फूले-फूले से और तेल वाले जुड़े से सुन्दर दीखते हैं। ब्लाउज़ पहनना उसे बसन्त ने ही सिखाया था। गांव में भले घर की औरतों में ब्लाउज़ का चलन हो चुका था।

फिर भी श्रीमंत कहता—क्यों री? यह किसलिए? समीज से ही तो चल जाता है!

मगर मालती अकेले उसीकी बात पर तो नहीं चलती। उसीके सबक पर नहीं

निर्भर करती। उसकी शिक्षा तीन जने से हुई—श्रीमत, चम्पा मौसी, बसन्त।

वही जो चुनाव के समय बसंत झंडा उड़ाकर 'जागो नारायण' वाला गीत गाता चलता था, भाषण करता था, वह तभी से उसपर लट्टू है। क्या भाषण करता है वह! खून खौल उठता।

बसंत ने उसे वह सब गीत सिखाए थे। कहा करता—अरी, यह युग क्या वह पुराना युग है कि घर में बंद बैठी रहेगी? कि तिलक काढ़कर, चूड़ा बांधकर मजीरा बजाते हुए गा-गाकर भीख मांगती फिरेगी? तू जो है, दे बाबू के यहां की लड़कियां भी वही हैं।

उस समय तक वह स्कूल में पढ़ती थी। अपर प्राइमरी के फर्स्ट क्लास में। एक-एक क्लास में दो-दो साल रहकर यहां तक आई थी।

उसी बार से लड़कियों के बड़े स्कूल के खुलने की बात थी। बसंत ने श्रीमंत से कहा था—श्रीमंत, स्कूल खुलने पर मालती की भर्ती कर देना होगा। यही तो एक लड़की है तुम्हें!

श्रीमंत उस समय बसंत का चेला बन गया था। दे परिवार के लोग तब तक अंगरेज़ों के वफादार थे, अब कांग्रेस में आने की ताक में थे। सदा का बेकार आवारागर्द जेल फिरता गौरीनाथ—कांग्रेसी पंडा के रूप में इलाके का मातब्बर बन बैठा था। श्रीमंत ने कभी भी किसीको नहीं लगाया। मगर दे बाबुओं को बड़ा आदमी मानता था। इसलिए भी कि कभी उनके यहां काम किया था। लेकिन गौरीनाथ को क्यों लगाने लगा? वही किस बात में कम है? बसंत से उसकी अच्छी पटी। बसंत बड़ी अच्छी बात कहता है। बहादुर जवान है! और फिर शरत् उस्ताद श्रीमंत का गुरु ठहरा। बसंत का कहा सुनकर श्रीमंत ने कहा था—खैर, स्कूल में कर दूंगा भर्ती।

वैष्णवों के सदा के चिह्नों में से उसके गले में पतली कंठी थी। यह उसके बाप के भी थी। चंपा मौसी तिलक भी काढ़ती थी। कंठी गले में फबती खूब थी। आईने में उसने परखा था, गला कैसा तो लंबा और खाली-खाली लगता है! कंठी से अच्छा लगता।

सवेरे जब वह गाय खोजने जाती तो दे बाबू के यहां के कुछ छोकरे, कनाल आफिस के कुछ मनचले बाबू उसे देखने के लिए रास्ते पर खड़े रहते थे। उस समय तक इलाके में नहर आ गई थी। कोई दतुवन करने के बहाने, कोई अनमना-सा सिगरेट पीने के बहाने, कोई चायचाटी के बहाने। वह सिर झुकाए

मुसकराकर चली जाती। कभी आंख उठाकर देखती तो देखती कि लोग उसकी तरफ ताक रहे हैं।

मालती मानो अपने-आप उस गाय को डांटती—मिल तो जाए ज़रा! बज्जात की पीठ की छाल छुड़ा दूंगी। हुं, इस तरह से डब-डब देखती रहती है, गोया कितनी भलो है। आंख फोड़ दूंगी। शैतान गाय!

मुंह से कहती ज़रूर, मगर मन ही मन कौतुक ही नहीं, ज़रा खुशी-सी अनुभव करती। चंपा मौसी से उसने यह सब बहुत सीखा था। चंपा की उमर उससे बहुत ज़्यादा नहीं थी, सोलह-सत्रह साल ज्यादा। वह भरी-पूरी युवती-सी लगती। नाच-गाकर मौज-मज़े में दिन काटा करती। पहले तो गंगा नहाने को भाग जाती थी, कभी नवद्वीप चल देती, लौटकर श्रीमंत के हाथों पिटती। लेकिन धीरे-धीरे भागना छोड़ दिया था। घर में ही यह सब करके दिन बिताया करती। दोनों में सखी जैसा भाव। श्रीमंत के कहीं जाने पर, खास करके गर्मियों में दोनों जने घर में सोई-सोई बड़े मज़े करतीं। कृष्ण की पूरी कहानी प्रेम की उसने चंपा मौसी से अच्छी तरह सीख ली थी।

गाय को खोजकर लौटने पर कभी-कभी वह आप भी उन छोकरों की बात बताया करती। कहती—मैंने क्या कहा, जानती हो?—और सब सुना जाती।

चंपा कहती—मन में पीड़ा होती है, पीड़ा? मन के अंदर?

—क्यों, पीड़ा कैसी?

हंसकर चंपा कहती—फिर तो कोई डर नहीं। बेफिक्र। पीड़ा-वीड़ा लगे तो मुसीबत है। समझी?

—काहे की मुसीबत?

—काहे की? हाय राम! मुसीबत नहीं? पीड़ा हो तो समझो कि वह पीड़ा नहीं, प्रेम है। कृष्ण को कदम तले देखकर श्रीमती को कैसी पीड़ा हुई। कुछ अच्छा नहीं लगता, कलेजे में दर्द-सा। ऐसे में वृन्दे ने कहा, राधा के हुई क्या मन में पीड़ा! वृन्दा पूछती। किस तरह की पीड़ा री श्रीमती? श्रीमती राधा कहती, कैसी-कैसी तो रे वृन्दे। किसी बात में जी नहीं लगता। घर में नहीं, किसी काम में नहीं, कलेजे के भीतर रुलाई-सी उठती है। रो पाने से बड़ा आराम मिलता है, बड़ा अच्छा लगता है। इसपर वृन्दा कहती, ओ, तो यह और कुछ नहीं है, प्रेम है, प्रेम।

मालती खिलखिलाकर हंसती। बड़ा मज़ा आता। लेकिन किसीके सामने कहने से अच्छा नहीं लगता। सामने भी किसके, बाप के सामने मौसी उसे कुछ नहीं कहती—जो कहती सो बाप को ही कहती। किसीके सामने उसे कहने में बसंत और दे बाबू के यहां की गोपा यही दो थे। गोपा उसकी सखी भी थी। बसंत की मीटिंग-वीटिंग में जाया करती। वह उसे किताब देने आया करती थी। नावेल! दोनों नावेल पढ़ा करतीं। बसंत पुस्तकालय से ला दिया करता।

मौसी कहती—कैसी-कैसी किताबें पढ़ती हो बहन-बेटी। खाक लगती है मुझे तो। आः, लिखना-पढ़ना मैंने सीखा नहीं। सीखा होता तो गीत-भजन की किताबें पढ़ती। उसमें जो रस है, सो मत पूछो।

मालती कहती—तुम्हारा सिर!

—हाय-हाय, पिए बिना ही कह रही हो, मेरा सिर?

गोपा धीरे-धीरे मुसकराती। बसंत के सामने बात होती, तो वह कहता—खैर, मैं पढ़ता हूं, सुनो। तुम भी तो बिना पिए ही खराब कह रही हो! सुनो। बसंत ने उसे शरत् बाबू की किताब पढ़कर सुनाई।

सुनी तो चंपा मौसी रोई। बोली—वाह! बसंत माणिक ही तो भला! बड़ा अच्छा लगा।

बसंत, उस समय खोका ठाकुर ने उसके बाप को जो मकान दिया था, उसीमें रहता था। उस्ताद ने यहां एक स्थायी अड्डा गाड़ा था। बस्ती बढ़ रही थी।

शरत् खुद कहता—भुवनेश्वर का भुवनपुर, देवी गंधेश्वरी हैं यहां—कलजुग में अन्नपूर्णा की चलती गई, देखते रहो, भुवनेश्वर काशी से बढ़ जाएगा।

खोका ठाकुर वाले मकान में संगीत का एक स्कूल खोला था। हफ्ते में दो दिन सिखाया जाता। लड़कियों के लिए तीसरे पहर दो घंटा और उसके बाद शाम से लड़कों के लिए दो घंटा। लड़कों से लड़कियां ही ज़्यादा सीखती थीं। सभी लोग अब शादी के लिए लड़कियों को पढ़ाते-लिखाते हैं, गाना-बजाना सिखाते हैं। अब पढ़ा देने भर से ही लड़कियों की शादी नहीं होती। वर-पक्ष के लोग पूछा करते हैं, लड़की गाना जानती है या नहीं? श्रीमंत ने मालती को भी उस संगीत-स्कूल में दाखिल कर दिया था। उसे पैसा नहीं देना पड़ता था।

बसंत वहीं रहता था। तीन दिन बाप के साथ खाता-पीता था, तीन दिन खुद रसोई बनाकर खाता। चुनाव का चक्कर खत्म हो चुका था। हिन्दू महासभा के आदिचटर्जी हार गए थे। बसत से उसकी लड़ाई भी हो गई थी। बसंत उसे गाली देता था कि उसने उसका वेतन नहीं दिया। चटर्जी ने हिन्दू महासभा में यह नालिश की कि बसंत ने एक हज़ार रुपये का कोई हिसाब ही नहीं दिया। बसंत हिन्दू महासभा से अलग हो गया। कांग्रेस का सदस्य बन गया। लेकिन कांग्रेस के लीडर गोरीनाथ मुखर्जी से उसकी लड़ाई थी। उसने अपनी पार्टी बनाई थी। थाने के दारोगा शिवरामसिंह से दोस्ती थी। झगड़ा, फौजदारी में जो उसके पास जाता था, उसकी वह मदद करता था। मीटिंगें करता। गांधी जन्म-दिवस, स्वाधीनता दिवस, गणतत्र दिवस। जुलूस निकालता था, हाट में सभा करता था।

बसंत भाषण देता। मालती को बड़ा अच्छा लगता। मालती को ही क्या, सबको अच्छा लगता। मीटिंग के आरम्भ में ही मालती और गोपा गीत गाया करतीं। उस्ताद ने उन्हें दो गीत अच्छी तरह से सिखा दिए थे। एक—

हो धरम में वीर, हो करम में वीर
होओ उन्नत सिर, होगी जय!

दूसरा—जनगनमन अधिनायक जय हे।

बसन्त के सर पर लम्बे-लम्बे बाल थे, तेग जैसी नाक, बड़ी-बड़ी आंखें, कमी में एक ही थी कि रंग काला था और दुबला था वह। ढीला-ढाला पाजामा और कुरता पहनकर जब वह ज़मींदारों, बड़े लोगों और व्यवसायियों को गालियां सुनाता तो लगता, आंखों से चिंगारियां छूट रही हैं। कहता—वह दिन अब आ गया है, जब इन्हें अपनी करतूतों की कैफियत देनी होगी। इन गरीबों पर जो ज़ोर-ज़ुल्म इन्होंने हज़ारों-हज़ार वर्ष से किया है, उसका जवाब देना पड़ेगा। लोगों को इन्होंने पांव तले रौंदा है। गुलाम बनाकर रक्खा है। इनके मुंह का कौर छीनकर खाया है, दुःशासन की तरह इनकी औरतों पर अत्याचार किया है। इनके घर की स्त्रियां बनारसी, मुर्शिदाबादी, विलायती महीन साड़ियां पहनती रहीं, ये बेचारी फटेचिटे कपड़ों से किसी तरह लाज बचाती रहीं। ब्राह्मण लोगों ने इनको अछूत बनाकर रक्खा। आदमी और अछूत! किसने कहा? सभी आदमी एक ही भगवान के बनाए हुए हैं, सबके दो हाथ-पांव, सभी अपनी मां की गोदी में पैदा हुए—भगवान की धरती, भगवान के बनाए सूरज की रोशनी, भगवान

की दी हुई हवा में सांस लेते हैं—वे छोटे-बड़े कैसे हुए? आदमी आदमी है। सर्वोपरि सत्य आदमी है, उसके ऊपर नहीं। एक जाति। कोई भेद नहीं। यही गांधीजी की वाणी है, यही भारत के कवि की वाणी है—यही नये भारत का नया विधान है।

यह भाषण बसन्त ने बहुत-बहुत बार दिया। लेकिन मालती ने जब पहली बार सुना था, तो उसकी आंखों में आंसू आ गए थे।

सभा के बाद अक्सर बसन्त उसीके यहां आता था। श्रीमंत उसका सामान-वामान उठाकर ले आता। बसन्त उसके यहां से चाय पीकर जाता और अगर बसन्त का बाप, उस्तादजी नहीं होता, तो वह वहीं खाता।

बसन्त ने यह भाषण जिस दिन पहली बार दिया था, उस दिन इसके यहां आकर बोला—श्रीमन्त, आज रात मैं तुम्हारे ही यहां खाऊंगा।

श्रीमन्त ने चंपा से पूछा—घी घर में है कि खत्म हो गया?

बसंत ने कहा—घी का क्या होगा?

श्रीमंत बोला—आखिर पूरियां कैसे बनाएगी?

—पूरी मैं नहीं खाता। पूरी बड़े लोग खाते हैं। मैं भात खाऊंगा। तुम्हारी रसोई में ही बनेगा।

—यह भी होता है भला!

—होता है क्या, होगा। मीटिंग में मैंने क्या कहा, सुना नहीं? जात-पांत मैं नहीं मानता।

श्रीमंत ने कहा—ठीक है। जात-पांत अब कौन मानता है? अब सब सबके हाथ का खाते हैं। फिर भी ढिंढोरा पीटकर नहीं खाता है कोई।

—मैं ढिंढोरा पीटकर खाऊंगा।

रात में उसके खाने के समय श्रीमंत नहीं था। रात के पहले पहर में वह एक बार पोखरे तक ज़रूर जाता। मछली का पक्का शिकारी था वह। वहां खड़ा-खड़ा कान लगाता, कहीं झून-झून आवाज़ हो रही है या नहीं। मतलब कि किसीके मछली मारने के लिए चाराकाठी तो नहीं गाड़ी है। इसके पश्चात् पोखरे के चारों तरफ पानी के किनारे पांव डालकर घूम जाता। किसीने तग्गी तो नहीं लगाई? पांव में मोटा सूता लगता है कि नहीं। बड़े जतन से मछलियां पाली थीं उसने।

चम्पा ने खाना परोसकर बसन्त से कहा—मछली मालती से बनवाई है। सब

खा लो। कहो कि कैसी लगी?

मुंह में मछली डालकर बसन्त ने कहा—बड़ी अच्छी बनी है।

चंपा मौसी ने हंसते हुए कहा—अब तो तुमने जात खोई, कुल गंवाया...

—जात-कुल मैं मानता नहीं, गंवाऊं क्या?

—अजी जनाब, वही बात! अब मालती से ब्याह क्यों नहीं कर लेते? तुम्हारे पीछे-पीछे डोलती चलती है।

—ब्याह! मालती से! क्यों रे मालती?

मालती जैसी मालती, वह भी कुछ नहीं बोल सकी। बसंत हंस उठा था। हंसकर बोला—बैरागी बहू भी खूब है! ब्याह कर लो कह देने से ही ब्याह होता है भला!

—कैसे होता है फिर? रुपया-पैसा?

—उंहूं! प्यार से। प्यार हो तो ब्याह होगा।

रात में चंपा मौसी बोली—ओ बहन-बेटी, तो प्रेम करो! मालती बोली—यह सब मत बोलो। लेकिन सवेरे उठी, तो गैया को खोजने के लिए निकलने के पहले बासी कपड़े बदलकर वह पहले बाबाथान गई।

सवेरे हाट सूनी पड़ी रहती है। खां-खां करती रहती है। दुकानें खाली-खाली, गुईं की दुकान बहुत पहले से पक्के की है। उसका एक मुंह पूरब के ओसारे में हाट की तरफ है, दूसरा दक्खिन में सदर रास्ते की ओर। हाट के दिन पूरब के ओसारे का दरवाज़ा खोलकर दुकान लगती है।

विनोदिनी, सत्य, सुरेश की मिठाई की दुकानें भी ऐसी ही हैं। दोरुखी। लेकिन सवेरे उनकी भी दुकानें नहीं खुली थीं। उसके बाद रास्ता हाट पार करके दूर तक चला गया है। उसके दोनों ओर दूर तक बाज़ार। हरेक किस्म की दुकान। मिठाई, मनिहारी, दर्ज़ी, पान-सिगरेट, मोदीखाना, कुछ धान के गोले। एक होटल। दवा की दुकान। भूषणपाल के आखिरी छोर पर रहता है ऊरो हाड़ी—वह कठ-मछली बेचता है—हाड़ी के यहां कई घर हैं। बांस की सूप-टोकरी बनाते है।

उसके बाद है अस्पताल। पहले खैराती दवाखाना था, फिर चार बेड का अस्पताल बना। बाबुओं ने बनवा दिया था। लेकिन आज तो अब बीस बेड का अस्पताल बन गया है। पहले मुसलमानों का कब्रिस्तान था। उसके पच्छिम में था बाबा भुवनेश्वर के बरगद-बेल का जंगल। पहले रात में कोई इस

तरफ नहीं आता था। कहते थे, बाबा के भूत-प्रेत और कब्र के भूतों में दंगा होता है।

उतना सवेरे रास्ते में भी आदमी नहीं था। हाट में भी नहीं। धूल और पत्ते ही भरे पड़े थे। यहां-वहां दो-चार कुत्ते। पेड़ों तले कुछ बकरियां चरती फिर रही थीं। कई बैलगाड़ियां। रात में धान-चावल लेकर आई हैं। चटाई बिछाकर गाड़ीवान लोग सो रहे थे।

और वे लोग थे, जो हाट में ही रहते हैं। टिकली। टिकली की मां। चुनरिया। चुनरिया का बूढ़ा, लंगड़ा और काना बाप। टिकली मालती से कुछ बड़ी है। चुनरिया हमउम्र है। ये लोग बांस की टट्टी और ताड़ के पत्ते की छौनेवाले घर में सदा से रहती आई हैं। टिकली की मां तब आई थी, जब वह जवान थी। लोग कहते हैं, भले घर की थी। गंगाराम जादूगर उड़ा लाया था। सांप का उस्ताद, कामरूप कामेच्छा का मंतर जानता था, वही उसे ले आकर यहां झोंपड़ी में बस गया था। गंगाराम आखिर हाड़ियों के टोले की एक औरत के साथ भाग गया। टिकली की मां रह गई। भीख मांगकर खाती। उसके बाद हुई टिकली।

टिकली अब बनती-संवरती है। धरनी चाचा की दुकान से खरीदी हुई डोरिया साड़ी पहनती है। वह भी ब्लाउज़ पहनती है। सांझ होते ही बन-ठनकर बस्ती के अंदर से होती हुई गंधेश्वरी तला तक घूम आती है।

चुनरिया भी जाती है। उसका साज-सिंगार कम होता है। उसके बाद वे दोनों भुवनेश्वर थान के पश्चिम-उत्तर बरगद-बेल-पीपल के जंगल में दिखाई पड़ती हैं। पेड़ों की आड़ में छिप जाती हैं। अंधेरी रात में तो पता नहीं ही चलता है, चांदनी रात होने से पेड़ों की फांक से अभी-अभी दिख जाती हैं, अभी-अभी गायब। आवाज़ सुनाई पड़ती है। सीटी बजती है। यह बजाता है, वह बजाता है। फिस-फिस बातें। कभी चीत्कार। चीखकर भाग जाती हैं। कभी-कभी सवेरे तक गाछ के नीचे ही पड़ी रहती हैं। धूप लगने पर आंखें खुलती हैं तो घर लौटती हैं। आकर फिर सो जाती हैं।

टिकली की मां गाली बका करती—अरी जलमुंही, मरेगी। कभी या तो सांप काट खाएगा, या कि किसी हरामज़ादे के हाथों जान जाएगी। टेंटुआ दबाकर मार डालेगा। या धड़ अलग, गरदन अलग।

टिकली बुदबुदाती।

चुनरिया को उसका बाप पीटता।—खानगी कसबी कहीं की! हरामज़ादी!

चुनरिया पिटती और कहती—आज मैं चली जाऊंगी। तू ही रह बुड्ढे। भीख मांगकर सतपथ पर रहना। भगवान धरम तेरी सेवा करे। तुझे गांजे का दाम चाहिए। शाम को शराब भी मिलनी चाहिए। यह सब कहां से आता है, देखती हूं मैं।

बाप कहता—किसीसे शादी कर ले, मेहनत-मज़दूरी कर, कमाकोड़। सो नहीं। हे राम!

रात ही को लौट आती तो या तो बुडढे को पता न होता या जानकर भी कुछ न कहता। सवेरे लौटती तो बुलाकी जमादार की बुढ़िया उसे दिन-भर सुनाती रहती। कहती—काश, मेरे भी कोई बेटी होती। कितना अच्छा होता! हाय-हाय, मिठाई भी खाती, शराब पीती। हाय-हाय।

जमादार बुलाकी के तीन बेटे। तीन घर। वह सब बुढ़िया को खाना नहीं देते। बुढ़िया ने भी झोंपड़ी बांधी है। लड़कों का घर वही ऊरो हाड़ी के पास अस्पताल के करीब है। हाट की बारी है उनकी। जिस दिन जिसकी बारी होती है, सवेरे आकर हाट बुहारता है। हाट से उन्हें कुछ मिलता है। हाट में गोबर, पत्ता, पुआल, जो भी मिलता है, उसे एक गड्ढे में डालता है। काफी रुपयों की खाद बिक जाती है। रुपये में एक गाड़ी। साल में दो-ढाई सौ गाड़ी खाद होती है। वह दे बाबुओं को मिलती है। इनका हिस्सा कुछ होता है। वे बड़े तड़के ही हाट बुहारने आते हैं। धूल में पैसा, अधली भी पड़ी मिल जाती है। रेज़गारियां ज़्यादा मिलती हैं। जिसकी पारी होती है, वे दो-तीन जने आते हैं। बुहारते-बुहारते जो मिल जाता है, मिल जाता है। उसके बाद जमा की हुई धूल को घोंटते हैं। जैसे धान पसारते हैं, सारी हाट की धूल को वैसे ही पैरों से देखते हैं।

उस दिन भगीरथ जमादार की पारी थी। वह बैठा बीड़ी फूंक रहा था। उसकी बीवी और बेटी झाड़ू लगा रही थीं। दो छोटे बच्चे दौड़ते फिर रहे थे और कभी-कभी पांव चलाकर, हाथ से खोजकर चिल्ला उठते थे—मिल गया रे बप्पा! चवन्नी।

कभी-कभी सोने की नाक की कील, कान की रिंग भी मिलती। मेले-ठेले में धक्कमधुक्की से गिर पड़ती है। भगीरथ के सामने चार-पांच फटे जूते पड़े थे। बिलकुल

फटे। पहनकर आए होंगे, पांवों दबदबाकर टूट गए—फेंक दिया। भगीरथ उन्हें जूता सीनेवालों को बेच देगा।

भुवन-सरोवर के पास लंगड़े-काने भिखमंगे रहते हैं। अकेले-अकेले हैं वे। उनके झोंपड़ी भी नहीं। घाट के किनारे पड़े रहते हैं। पानीवानी पड़ता है तो पेड़ों तले जाकर छिप जाते हैं, सरदियों में भी यही करते हैं।

भगीरथ ने पूछा—मालती बेटी, इतना सवेरे कहां जाएगी? ऐं? मालती से झूठ नहीं कहते बना। कहा—बाबाथान जाऊंगी। बाबा को प्रणाम करूंगी।

भगीरथ के उन बच्चों ने चिढ़ानेवाला लटका शुरू कर दिया था, जिसे वह बंगाली औरत देखते ही सुनाते हैं:

ओ बंगालिन बनी-ठनी है;
पावडर पोते मेम बनी है।

भगीरथ ने डांट बताई—अबे-अबे ऐ! शैतान!

मालती हंसी। तालाब के घाट से कतराकर चली। बाबाथान घाट के पूरब है। वहां प्रणाम किया। फिर आमतले होकर उत्तर को चली। आम तले ईंटें बिछाकर चौकियां-सी बनाई गई हैं। उनपर कटे बालों की ढेरी। यहां हज्जाम बैठते हैं। मन्नत मानते हैं, इसके लिए भी बाल बनाते हैं, हाट के लोग यों भी बनाते हैं। उसके आगे तालाब के उत्तर किनारे बरगद-पीपल का जंगल। उसके अंदर से चलकर वह एक जगह कांटों की झाड़ियों के पास खड़ी हो गई। यहां जो बरगद है, वह भी बहुत बड़ा है। उसमें से असंख्य जटाएं लटक आई हैं। इतनी दूर आकर जटा में ढेला बांधने के लिए कम ही लोग आते हैं। उसने वहीं ढेला बांधने की सोची थी। लेकिन सोचकर भी वहां नहीं बांधा। बगल के पेड़ में लिपटी एक कूंच की लतर नज़र आई। कूंच में भी बेशुमार कांटे थे। रहे कांटा। वहीं एक डोरी निकालकर उसने ढेला बांधा।

बांधकर कामना की—बसंत से ही मेरा ब्याह हो। बराम्हन है तो क्या हुआ! वही जिसमें उसका दूल्हा हो।

लौटते समय फिर बाबा को प्रणाम किया। गांव को पार करके खेतों से होती हुई वह उस सेमल के नीचे पहुंची। लेकिन गैया नहीं मिली। नहीं थी वहां। और भी कई जगह देखा। नहीं मिली। मन ही मन बड़ा गुस्सा आया। डर लगा। बप्पा गांजा पीने के लिए सवेरे घर पर ही रहेगा। क्या कहेगा?

उसने मन ही मन भुवनेश्वर का सुमरन किया : हे बाबा, दईमारी गैया जिसमें अड़गड़ा गई हो, घर नहीं पहुंची हो।

बाबा ने उसकी पुकार सुनी थी। गैया अड़गड़ा ही गई थी। सेमलतले बैठी थी मुहझौंसी। जब देखा कि मालती उसे लिवाने नहीं पहुंची, तो बदन झाड़कर वह उठी। घर की तरफ चली। दूध दे नहीं रही थी। बच्चे के लिए घर का खिंचाव नहीं था। वह रास्ते में तेलियों के खलिहान में घुसी कि उन लोगों ने पकड़कर अड़गड़ा भेज दिया।

5

बाबाथान में ढेला बांधने का बड़ा विश्वास हुआ था उसे। और कुछ दिनों में उसका वह विश्वास और भी दृढ़ हुआ था। उस दिन बसंत बड़ा उमगकर उसके यहां आया—श्रीमंत, इनकलाब ज़िंदाबाद!

श्रीमंत घर पर नहीं था। हाट गया था। बसंत को यह भी ख्याल नहीं रहा कि हाट का दिन है।

चंपा मौसी ने कहा—अजी, इनकलाबक्या हुआ? वह तो हाट गया है।

—मालती कहां है?

—वह शायद सो रही है।

—जगा दो उसे। जगा दौ। मालती! मालती!

मालती सच ही सो रही थी। पुकार सुनकर उठ आई। बसंत ने कहा—इनकलाब ज़िंदाबाद। कांग्रेस की जय! ज़मींदारी खत्म करने का बिल पास हो गया। कल ही जुलूस निकालना होगा।

जेल जाकर मालती ने बहुत कुछ सीखा था। लेकिन उस रोज़ लगा कि ज़मींदारी बसंत के भाषण से खत्म हुई। वह उसकी ओर अवाक् होकर ताकने लगी। वैसी चंपा मौसी, उसने भी उस दिन हंसी-मज़ाक नहीं करके उसकी तारीफ की। कहा—वाह रे मेरे माणिक, हो तुम शेर! खूब किया।

दूसरे दिन जुलूस निकला था। जुलूस के लिए कांग्रेस के पंडा गौरीनाथ से बसंत की झड़प हुई थी। दे बाबू के यहां के लोग ज़मींदार हैं। छत्तीस करोड़ यदुवंशी की तरह बहुत बांट-बखरा होने के बावजूद वे बड़ा रौब दिखाने की कोशिश करते। खास करके जो छोटे-छोटे भागीदार हैं। मूरख, गंजेड़ी, शराबी फरीक लोग बहुत शोरगुल मचाते। उन्हें कुछ न लगाएं चाहे, मोटे हिस्सेदारों

और जो बनिज-व्यापार करते थे, उनकी पूछ करनी ही पड़ती। इस-उस बहाने मामला-मुकदमा करके उन्होंने लोगों को दबा रक्खा था। हर बात में वही प्रधान थे। युनियन बोर्ड से लेकर हर चुनाव में वे खड़े होते थे। इस बात पर बसंत से काफी झगड़ा हो चुका है। बसंत लाख भाषण दे, चुनाव में वे लोग बसन्त को हरा देते थे। दो-एक साल पहले युनियन बोर्ड में बसंत को ऐसी शिकस्त दी थी कि मालती को भी शर्म हो आई थी। बसन्त को सिर्फ चौदह वोट मिले थे, जबकि शिवचन्द्र दे को अस्सी मिले थे। जुलूस का नेतृत्व करते हुए बसंत ने दे बाबुओं के घर के सामने खूब नारा लगाया था। इनकलाब जिंदाबाद से लेकर ज़मींदारी का नाश हो तक। अंग्रेज़ों के कुत्ते जहन्नुम में जाएं। भारत माता की जय। ऐसे और भी नारे।

उस रोज़ दे बाबुओं के घर का दरवाज़ा बंद था। कोई बाहर नहीं निकला। जूलूस में भी ज़्यादा लोग नहीं जूटे थे। कांग्रेस के लीडर गौरीनाथ ने मनाही कर दी थी कि जुलूस नहीं निकलना चाहिए। मत निकालो।

बसंत ने उसकी सुनी नहीं। मगर जुलूस में आदमी ज़्यादा नहीं आए। दे बाबुओं के डर से हो चाहे गौरीनाथ की मनाही से, बीस-पच्चीस से ज़्यादा आदमी नहीं हुए जुलूस में। जुलूस में मालती और गोपा झंडा लिए-लिए आगे-आगे चलती थीं। गोपा नहीं आई।

दे बाबुओं के टोले में जब नारेबाज़ी चल रही थी, तो गौरीनाथ ने आकर कहा था—यह सब क्या हो रहा है? इनके दरवाज़े के सामने क्यों? छिः-छिः।

बसंत ने मुख्तसर में जवाब दिया—आपका हुक्म मानने को मैं मजबूर नहीं हूं।

मालती का बाप भी जुलूस में था। बसंत के पीछे था। उसने कहा—बड़ी तो हमदर्दी है देखता हूं। हमारी कांग्रेस बड़े आदमियों की कांग्रेस नहीं है। तुम लोगों से कोई वास्ता नहीं। गरदनिया देकर यहां से निकाल दूंगा।

बसंत ने ही रोक दिया था। लेकिन जुलूस को उसने नहीं तोड़ा। लेकिन ज़्यादा देर तक रहा भी नहीं। हाट तक पहुंचकर सभा किए बिना ही खत्म कर दिया।

हाट में उस रोज़ बाज़ीगरों की एक टोली कसरत दिखा रही थी। एक ने कपाल पर बांस की एक लग्गी खड़ी की थी और उसके ऊपर नौ-दस साल की एक लड़की

तमाशा दिखा रही थी।

जुलूस के सारे लोग उसीके चारों ओर बटुरकर खेल देख रहे थे। मालती बसंत के पास थी। बांस की फुनगी पर से उस आदमी ने उस लड़की को उछाल दिया था। लड़की घूमती हुई नीचे आ रही थी। लोगों के होश उड़ गए—गिर पड़ेगी। मिट्टी पर गिरकर मर जाएगी।

मालती बसंत से सट गई और उसका हाथ कसकर पकड़ लिया था। बसंत ने भी उसके हाथ को दबा लिया था। कहा-देख तो सही।

बसंत का कहा सच निकला। उस आदमी ने लड़की को लोककर ज़मीन पर खड़ा कर दिया। खेल खत्म होने के बाद भी वह बसंत का हाथ पकड़कर ही घर आई थी। सदर रास्ते से नहीं, बस्ती के बाहर खेतों की तरफ से घूमकर।

बसन्त ने ही कहा—चलो, ज़रा घूमते हुए चलें।

वह भी बोली—चलो।

एक-दूसरे का हाथ पकड़कर चुपचाप चल रहे थे। बैलगाड़ी का कच्चा रास्ता। आकाश में चांद था। चांदनी थी। बड़ा अच्छा लग रहा था।

बसंत जैसे आदमी ने भी वह सब बात नहीं कहकर आसमान की तरफ ताकते हुए कहा था—वाह, बड़ी अच्छी चांदनी है!

उसने भी आकाश की ओर ताका था। बीच आकाश में चांद था और एकबारगी एक किनारे एक नीला चमकता हुआ तारा। उसे खोका ठाकुर के गीत की वह कड़ी याद आ गई थी—उज्ज्वल नीला तारा!

कि बसंत बोल उठा—हां री मालती?

—ऐं?

—वैरागी बहू...तेरी चंपा मौसी...एक दिन तुझसे ब्याह करने की बात कह रही थी।

मालती का कलेजा धक्-धक् कर उठा था। गला सूख गया था। बसंत ने कहा—तू प्यार करती है मुझको?

मालती की हथेली पसीज उठी थी। वह कुछ बोल नहीं सकी। गो कि गांव का और कोई होता, तो मालती कहती: नहीं, मुंह से कुछ नहीं कहती, एक तमाचा जमा देती। फिर कहती: यह रहा जवाब! आज लेकिन हां भी न निकली।

बसंत ने कहा—करती है? बता न?

अबकी वह धीमे से बोली—उस दिन भुवनेश्वर थान में...

—हां-हां। क्या?

—नहीं। वह मैं नहीं कह सकूंगी।

—नहीं कह सकोगी? क्यों?

—नहीं।

—क्या? आकाशवाणी हुई? कोई सपना?

—तुम बड़े वो हो। कुछ भी नहीं मानते तुम।

—कुछ भी नहीं। राजा, ज़मींदार, भगवान—कुछ भी नहीं। परन्तु भुवनेश्वर थान में क्या हुआ, सो तो कहो?

मालती चुप रही। हथेली मगर पसीजने लगी। कहना चाह रही थी, कह नहीं पा रही थी। बसंत ने कहा—खैर। मत बता। मगर यह तो कह, प्यार करती है या नहीं? उस दिन से तुम्हारे लिए मेरा मन बड़ा चंचल हो-हो उठता है। लगता है ...

—क्या लगता है?

—बड़ा अच्छा लगता है तुझे।

इस बार किसी तरह से उसने कहा—बसंत दा!

—बता। अच्छा लगता हूं मैं तुझे? प्यार करती है?

जी-जान से चाहते हुए भी मालती नहीं कह सकी कि हां, करती हूं। उस रोज़ भुवनेश्वर थान में ढेला बांध आई हूं। उसका गला सूख गया था। शब्द अटक गए थे। किसी तरह से कहा—वह मैं कागज़ में लिखकर बताऊंगी।

बसंत ठिठका। दोनों हाथों से उसके दोनों कंधे पकड़कर कहा—तो तू प्यार करती है!—और झट खींचकर उसे अपनी छाती से लगा लिया।

थर-थर कांपती हुई मालती बोली—बसंत दा!'

बसंत ने एक न सुनी। उसके बालों को, कपाल को बरबस चूम लिया।

—नहीं, नहीं।—मालती बोली।

मगर वह 'नहीं' बड़ी कमज़ोर थी, वह गला बड़ा क्षीण था। चांद की रोशनी में उस खुली बैहार मेंबसंत की छाती में सिर रखकर उसने अपने को खो दिया था।

अचानक पीछे से साइकिल की घण्टी बजी। चौंककर बसंत ने उसे छोड़ दिया। वह हांफ रहा था। तो भी डरते हुए उसने देखा था। एक साइकिल आ रही

थी, मगर दूर में थी, करीब में नहीं। सामने कुछ था। सादा-सा दिख रहा था। गाय थी। साइकिल वाले को उतरना पड़ा था। गाय रास्ते से हटी नहीं। और फिर कच्ची सड़क। गाय से कतराकर पार हो करके वह आदमी साइकिल पर सवार हुआ। बसंत ने कहा—खड़ी मत रह, चल।

चलते-चलते उसने धीमे-से पूछा—देख लिया न?

—शायद नहीं। और तुरन्त वह ज़ोर-ज़ोर से बोलने लगा—ज़मींदारी पाप है। एक घिनौनी प्रथा है। उठ गई, आज़ादी का यही असली काम हुआ! अब लोगों को कुछ सड़े लोगों को राजा कहकर सलाम नहीं बजाना पड़ेगा। बाबू साहब, हुज़ूर नहीं कहना होगा। अब बड़े-बड़े जोतदार जाएंगे।

साइकिल वाला उन लोगों को पार कर गया।

मालती ने पूछा—कौन था?

—सरकारी आदमी। आजकल तो हरदम ही आता है।

—हम लोगों को देखा नहीं, न?

—नहीं। और देखा हो तो क्या। मैं जात-धरम तो मानता नहीं। ब्राह्मण-वैष्णव, हिन्दू-मुसलमान—यह सब भी नहीं। मैं तुझसे शादी करूंगा। ब्याह भी नहीं मानता। लेकिन चूंकि नियम है एक, इसलिए करूंगा। वह भी रजिस्ट्री से।

—रजिस्ट्री से?

—हां। बिना उसके शादी जायज़ कैसे होगी?

मालती ने रजिस्ट्री से शादी की सुनी है। ठीक से नहीं जाने चाहे जानती है। फिर भी जी में कैसा तो लगा। लेकिन कुछ पूछ नही सकी।

इतने में वे बस्ती के पास आ निकले।

बसंत ने कहा—पिताजी की वजह से नहीं कर पा रहा हूं, समझी? वह तो कट्टर ब्राह्मण हैं न। नहीं तो...

उसके बाद एकाएक बोल उठा—मेरे साथ चली चलेगी?

उसकी छाती धड़क उठी—चली चलूं?

—हां। रात में उठकर चुपचाप...

—कहां?

—कलकत्ता। या और कहीं।

वह चुप रह गई। जवाब नहीं दे सकी। अंदर से रह-रहकर उसका मन कह

उठता था : जाऊंगी। हां, जाऊंगी। लेकिन मुंह से नहीं कह सकी। जितनी बार कहना चाहा, गले में अटक गया।

घर पहुंची तो देखा, अजीब ही एक कांड। बाप ने रुद्र रूप धारण किया है और बक-झक कर रहा है। जो भी मुंह में आता है, वही गाली बक रहा है।

चंपा मौसी ने बताया—दे बाबुओं से उसकी लड़ाई हो गई है। हाट से वह पहले ही चला आया था। गांजे की दुकान को जाना था। गांजा नहीं था। चक्का अस्त हो जाने के बाद वह दुकान बंद हो जाती है। दे बाबुओं का एक गुमाश्ता अफीम खाता है। वह अफीम खरीदने आया था। वहां गुमाश्ते ने इनके जुलूस और नारों की चर्चा की। कहा, समझे भाई साहा, भगवान के राज्य में यदि ऐसा कानून हो कि मेढक हाथी के समान हों, तो क्या हो। भेंडर ने हंसकर कहा—आप ही कहिए, क्या हो?

—मेढक टर्र-टर्र करता है और पेट फुलाता है। फुलाते-फुलाते फटास्! समझा।

श्रीमंत से अपने को जब्त करते नहीं बना। वह बोला—छुछूंदर। का बेटा चमगादड़, चुप रहो। हाथी नहीं बे, छुछूंदर, छुछूंदर।

इसीसे बात बहुत बढ़ गई। श्रीमंत ने धक्का देकर गुमाश्ता को गिरा दिया। गुमाश्ता दे बाबू के पास गया। चपरासी आया था। श्रीमंत ने उसे फटकार दिया—अबे जा-जा। मैं किसीका रैयत नहीं, गुलाम नहीं, मैं किसीके हुक्म पर नहीं जाता।

बसंत ने श्रीमंत का हाथ पकड़ा—मेरे साथ चलो, देखें।

बसंत का वह क्रोधित रूप देखकर मालती का मन गौरव से भर उठा था। उनके साथ वह भी गई थी। उसके बाद जो कुछ हुआ, मालती सोच नहीं सकी थी।

बसंत ने दे बाबू से बराबर बहस की।

बसंत से तर्क में दे बाबू नहीं टिक सके। आंखों से उसकी आग-सी निकल रही थी। वह बोला—आप सब जुल्मी की जात हैं—अंगरेज़ों के हुक्म के बंदे—आदमी का खन चूसकर बड़प्पन दिखाया किया है, उसकी कैफियत आपको आज देनी पड़ रही है। आज आपकी सुर्ख आंखों की कोई परवा नहीं करता। और भी वक्त आ रहा है। आ रहा है। यह घर, इसकी ईंटें, लकड़ियां...सब जाएंगी...

दे बाबू ने चपरासी से कहा—दे तो, निकाल दे यहां से—

चपरासी ने बसंत को ढकेला। हाथापाई हुई। वहीं पर एक रूल पड़ा था। बसंत ने उसे उठाया और चपरासी के माथे पर दे मारा। खून बह निकला।

मालती को चीख पड़ने की इच्छा हुई: हाय, यह क्या किया? गले से लेकिन आवाज़ नहीं निकली।

बसंत ने आकर उसका हाथ पकड़ा—चल। श्रीमंत से कहा—चलो श्रीमंत।

लौट आए।

लौटते ही बसत ने कहा—मैं चलता हूं श्रीमंत!

श्रीमंत ने कहा—कहां?

—अभी तो सैंथिया जा रहा हूं। ज़रूरत हुई तो बाद में और कहीं जाऊंगा। तुम भी बल्कि दो-एक दिन गांव से बाहर ही रहो।

श्रीमंत भी चला गया था। कह गया—तुम लोगों को कोई डर नहीं। हां, वे लोग बुलाएं तो जाना मत। मैं आसपास ही रहूंगा। वैसा कुछ हुआ तो आ पहुंचूंगा।

उन सबपर किसी तरह का ज़ोर-ज़ुल्म नहीं हुआ। हां, मामला हुआ। बाबुओं के उकसाए पुलिस ने उनपर दंगा और डकैती का इलज़ाम लगाना चाहा था। अदालत में वह नहीं टिका। लेकिन श्रीमंत और बसंत बेदाग भी नहीं छूटे। दोनों को क्रम से तीन और छः महीने की सज़ा हुई। लोगों ने मालती को भी समेटा था। मगर वह बेकसूर छूटी।

पुलिस ने बसंत को कम्युनिस्ट बताया। लेकिन हाकिम ने हंसकर वकील से पूछा—धनी और ज़मींदार से लड़ने से ही कोई कम्युनिस्ट होता है क्या? फिर तो कांग्रेस भी ज़मींदारी उन्मूलन का समर्थन करती है। कांग्रेस वाले भी कम्युनिस्ट हो गए? यह छोकरा तो उस रोज़ कांग्रेसी झंडा लेकर जुलूस निकाल रहा था।

उससे लेकिन बसंत बचा ज़रूर नहीं।

जेल जाते वक्त बोला—मैंने कांग्रेस को छोड़ दिया। मालती, खबरदार, उन लोगों के बुलाए मत जाना।

मालती ठीक ही नहीं गई। गौरी बाबू ने एकाध बार बुलवा भेजा थी। मालती ने ना कर दिया।

श्रीमंत की दुकान को मालती ही चलाने लगी थी। बाप के साथ दुकान में बैठा

तो करती ही थी। खरीद-बिक्री देखी थी। श्रीमंत नहीं होता तो वही बेचा भी करती थी। बाप को सज़ा हो गई, तो वही धरनी चाचा की दुकान के आधे हिस्से में दुकान किया करती थी।

धरनी भी कहता—बड़ा अच्छा किया बिटिया, वह सब में नहीं पड़ी। वह सब गौरी बाबू बगैरह के लिए ही ठीक है। युनियन बोर्ड का परसीडेंट, चुनाव, सभा-समिति, यह सब उन्हीं लोगों के लिए ठीक है। मैंने श्रीमंत से कितनी बार कहा, तू यह सब मत किया कर। और उस्ताद के बेटे की तो बात ही छोड़ो। महिरावण का बेटा अहिरावण धरती पर गिरने के बाद भी लड़ता है, यह तो उससे भी एक कदम आगे है। उस्ताद का बेटा लाट साहब। ऐसा भुइंफोड़ उस समय नहीं था। आज ही कल हुआ है। दो पन्ना अंगरेज़ी पढ़ी और बंदे मातरम् का नारा। समझ गई, इसीमें अंडा फोड़कर सांप के बच्चे-सा उनका ज़नम हो गया। सच पूछो तो यह सब गांधी ही कर गया बिटिया!

मालती मन ही मन हंसती। हंसी के बहुत-से कारण थे। युनियन बोर्ड, परसीडेंट...उसके बाद यह खौफ, इससे उसे हंसी आती। फिर कहता—तुम लोगों का समय अभी खराब है बिटिया।

चंपा मौसी भी कहती—बहन-बेटी, दिन-काल खराब पड़ा है। होशियारी से चलना।

लेकिन चंपा धरनी चाचा जैसी नहीं है। बसंत के बारे में कहती —लड़का अब लीडर हो गया। जेल हो आया। अब की ज़रूर चुनाव में खड़ा होगा। देख लेना। लेकिन हां, हिम्मत है। कलेजा है। अब की उसकी पूंछ नहीं पकड़ सकोगी। देख लेना।

मन ही मन मालती कहती: तुम देखना!

कि इसी बीच और एक घटना घट गई। खोका ठाकुर से जो पोखर खरीदा था, उसे गंधेश्वरी थान के तम्बाखू वाले बासदेव दुबे ने ज़बरदस्ती दखल कर लिया।

चंपा मालती को लेकर दौड़ी-दौड़ी गई थी।

मालती ने चिल्लाकर कहा—क्यों दुबेजी, पोखरा हम लोगों का है। आप ज़ोर-ज़बरदस्ती मछली क्यों मरवा रहे हैं? यह क्या अंधेरनगरी है। जिसकी लाठी उसकी भैंस!

बासदेव बोला—इसे मैंने बाबुओं से खरीद लिया।

—पोखर दे बाबुओं का नहीं, हमारा है। हम लोगों ने खोका ठाकुर से खरीदा है!

—दे बाबुओं ने पोखर खोका ठाकुर के बाप को यों ही भोग करने के लिए दिया था, बेचा नहीं था। दान भी नहीं दिया था। ज़बानी कह दिया था, पोखरे में मछली की खेती करो, खाओ। दान करने या बेचने का हक उसे नहीं दिया था। कोई कागज़-पत्तर हो तो दिखाओ। कचहरी की शरण लो।

मालती धरणी चाचा के पास गई थी। वह बोला—वही तो रे बिटिया, यह तो बड़ा उलझा हुआ मामला लगता है। दे बाबू ने कुछ लिखकर तो नहीं दिया था। उस ज़माने के आदमी, उनके मुंह की बात की ही कीमत थी। सो मैं कुछ कह नहीं पा रहा हूं। बल्कि चलो, ज़रा भूती सरकार के पास चलें। वह कायदा-कानून जानता है। इस हलके के ज़मीन-जिरात के हक-हकूक का उसे पता है। वह बताएगा।

भूती सरकार ने कहा—मामला पेचीदा है। उलझन वाला है। पिछले सेट्लमेंट के परचे में पोखर दे बाबू के नाम से है। लाखराज। उसके बाद बाबू ने ज़बानी दान कर दिया। कुछ लिखा-पढ़ी नहीं की। लाखराज का सेस देना पड़ता है। ठाकुर ने वह सेस भी कभी नहीं दिया। वह भी दे बाबू ही देते आए। और पांच का जैसे देते थे, देते रहे। एक ही सबूत था, दखल। वह भी बासदेव ने बेदखल कर दिया। श्रीमंत जेल में है। उसकी गैर-हाज़िरी में बेदखल किया, अब दखल जमाना आसान नहीं है। मुश्किल है भैया। असल बात यह है, श्रीमंत ने बाबुओं से लड़ाई कर ली। उस छोकरे बसंत के साथ उछल-कूद की। बाबू लोग बिगड़ गए। मौका ढूंढ रहे थे, फांक मिल गई। लिखा-पढ़ी नहीं है। सेस बाबू लोग ही देते हैं। परचा बाबुओं के ही नाम है। श्रीमंत रहा नहीं, बाबुओं ने बासदेव को बुलाकर दो सौ रुपये में दे दिया। बासदेव दुबे का पेशा ही यही है। वह फौजदारी मुकदमा खरीदा करता है। मुश्किल है भैया। खैर, थाने में डायरी तो लिखा दो। फ़ौजदारी करे तो तुम लोग रोक नहीं सकोगे। लाख हो, तुम औरतें ही तो हो।

सुनकर मालती ने कहा—मैं जाऊंगी।

उसे बसंत का उदाहरण याद आया। उसने एक दिन स्कूल के लड़कों को स्कूल जाने से रोका था। जुलूस निकालना था। इसके लिए कुछ लड़कों को स्कूल जाने से रोकने के लिए रास्ते पर लेट गया था। मालती वही करेगी। वह पोखरे के घाट पर लेट जाएगी। जब लोग जाल निकालेंगे, राह रोककर वह लेट जाएगी।

किया भी वही। मगर कोई नतीजा नहीं निकला। लोगों को गवाह रखकर बासदेव ने उसे उठवाकर दूसरी जगह लिटा दिया था। मालती आखिर बासदेव को गाली-गलौज करती हुई नाकामयाब होकर लौट आई।

श्रीमंत तीन महीने के बाद लौटा। जो श्रीमंत लौटा, वह और भी खूंखार श्रीमंत था। वह फौजदारी के लिए आमादा हुआ। लेकिन बासदेव ने थाने में खबर भेजी और अदालत से श्रीमंत पर नोटिस कराई कि वह दंगा करने के लिए पोखर पर न जाए।

श्रीमंत भी थाने गया। उसने भी बासदेव पर नोटिस कराई। लेकिन बीच ही में चरम दुर्घटना घट गई।

ओः, उसकी याद आने से देह सिहर उठती है। अंधेरी रात थी—

हाट की ओर ज़ो उजाला था, उसके नीचे भी वैसा ही अंधेरा थमथम कर रहा था। हाट टूट रही थी। धरनी अपना सामान समेट रहा था। धरनी का मोटिया सब बांध रहा था। धरनी चाचा हिसाब मिला रहा था। आलू-प्याज़ वाले अनबिके आलू-प्याज़ को बोरे में भर रहे थे। बैंगनवाले अभी भी चीख रहे थे—बहुत सस्ता लगा दिया ; बहुत सस्ता बैंगन!

कुछ बच्चे गिरे हुए आलू-प्याज़ बीन रहे थे।

खिलखिलाकर हंस कौन रही है? चुनरिया? टिकली? नहीं। वे नहीं। और कोई है। हाट में चुनरिया-टिकली बहुत हैं! क्या कह रही हैं? बात सुनाई पड़ी—हाय मेरी मां! मेरे लिए सोच रहे हो? किसके साथ जाऊंगी? मेरा मरा खसम भूत बन गया है। मेरे साथ-साथ डोलता है।

मालती समझ गई। कोई विधवा युवती बोल रही है। साहस खूब है।

धरनी बोला—आ गई बिटिया—अपनी टोकरी भी नहीं खोली, बैठी ही रही। अब तो हाट टूट रही है। घर जाऊंगा। तुम भी घर जाओ।

—हां चाचा, जाती हूं। आज बिसात नहीं बिछाई। खाहिश ही नहीं हुई। बैठी-बैठी देखती और सोचती रही। कल से ही कितनी बातें याद आ रही है।

—बात तो याद आएगी ही। लेकिन तुमने क्या दुकान करने की सोची है?

मालती ने कहा—कुछ तो करना ही पड़ेगा। पेट तो पोसना है। मौसी भीख

मांगती है। मैं तो मांग नहीं सकूंगी।

—हां। चंपा भीख मांगती है। मैंने उससे कहा था बिटिया, चंपा बहू, कुछ काम-काज करके तो खा सकती हो। लोगों का कुछ भून-भान दे सकती हो, पानी भर दे सकती हो। काफी घर हो गए हैं। हर कोई तो दाई-नौकर नहीं रख सकता है। ठीके पर पानी भरवाता है। पांच-सात घर का पानी भर दो तो पैंतीस-चालीस रुपये हो जाएं। वह बोली, वह भी करूंगी। लेकिन वैष्णव की बेटी हूं, गौर के नाम से भीख मांगकर धरम बचाऊं। दिन में तो गौर का, हरि का नाम लिया नहीं जा सकता है जेठजी! देख लो, तुम्हारा भाई वैष्णव होकर भी नाम नहीं लेता था। कमाकर खाने के गर्व से, जायदाद के ताप से सब भूल गया था। कैसा लोभ, कैसी ईर्ष्या; बात हुई कि कोई मछली नहीं मारेगा, अदालत का फैसला होने तक कोई पोखर दखल नहीं करेगा। मगर इतना भी धीरज नहीं रहा। चोरी करके मछली मारने गया!

6

श्रीमंत ने बड़े जतन से बड़ी-बड़ी मछलियां तैयार की थीं। दस सेर, बारह सेर, कोई-कोई पन्द्रह-सोलह सेर की भी। बड़ी मछलियां रोहू या भिरका थीं। पांच-सात सेर वाली तो बहुत ही थीं। लोगों के क्रिया-कर्म में कभी-कभी बेचा करता था श्रीमंत। अस्सी, नब्बे, सौ रुपया मन।

वैसी मछलियां बासदेव ने सभी पकड़वा लीं। पहले दिन तो गांव में बांट दीं।

बासदेव पछाहीं ब्राह्मण था। खुद मछली नहीं खाता। बाल-बच्चे खाते। उसने पोखर मछली के लिए नहीं खरीदा था। पोखर को पोखर के लिए ही खरीदा था, जायदाद के लिए। सस्ते में खरीदा। ऐसा ही खरीदता है वह। झगड़ा-झंझटवाली संपत्ति सस्ते दाम में खरीदा करता। मामला-मुकदमा भी वह समझता है, जानता है।

श्रीमंत के अफसोस की सीमा नहीं थी। ज़िद का भी अंत नहीं था मामले के लिए उसने उस्ताद को पकड़ा। उस्ताद के साथ शहर जाता। मामले की चाल घोंघे से भी कम थी। उसी चाल से चल रहा था मामला। रहते-रहते श्रीमंत का धीरज टूट गया। क्वार का महीना। भरा हुआ पोखरा। धूप तेज़ होने से मछलियां पानी से ऊपर उझका करतीं। जब बारिश का पानी उतरता तो किनारे आकर सेवारों को हिलाया

करतीं। बड़ी-बड़ी मछलियां।

एक दिन गहरी रात में वह चारा-काठी गाड़ आया। मछलियों को इसी तरह पकड़-पकड़ कर खा जाएगा। किसी भी दिन वह एक ही समय में नहीं निकलता। कभी आधी रात में, तो कभी रात के अंतिम पहर में। कभी-कभी लोग-बाग के सोते ही वह चारा डाल आता। चारा-काठी की फुनगी को इस चालाकी से रक्खा था कि उसके सिवाय और कोई नहीं पकड़ सकता था। मालती को अपने साथ ले जाया करता। वह पहरा दिया करती और वह चारा डालता। चुपके से पानी में उतरकर चारा की पोटली बांध देता। सात दिन के बाद पहली बार उसने मछली पकड़ी। मालती के हाथ में एक मुंगरी दे रक्खी थी। मछली ज़मीन पर आई नहीं कि उसने मारा और ले जाकर उसे एक गढ़े में गाड़ दिया। पकाने से बू होती और लोग जान जाते।

पांचवें दिन की बात।

उस दिन एक रोहू फंसी। बारह सेर की। बाप-बेटी मिलकर मछली को घर ले आए। दोनों हांफ रहे थे। चंपा दरवाज़ा बन्द किए खड़ी थी। उस रोज़ श्रीमंत ने उसे माटी में नहीं गाड़ा। कहा—रोहू है। काटो इसे। इसका माथा और पेटी खाएंगे। बाकी सब गाड़ देंगे। काटो।

मालती बचपन से ही मछली काटा करती थी। चंपा कहती—बाप रे, वह लहू मुझसे नहीं देखा जाएगा!

मालती हंसती।

वह मछली कूटने लगी। हंसिया बड़ी धारवाली थी। श्रीमंत ने फरमाइश देकर बनवाई थी। वह मछली का पेट काटकर साफ कर रही थी, श्रीमंत हसरतभरी निगाह से बैठा देख रहा था और कुढ़न के मारे कह-कह उठता था—साला!

बार-बार कह रहा था। एक-दो बार कहने से संतोष नहीं हो रहा था। ऐन इसी वक्त चंपा ओसारे पर से एक भयभीत चीत्कार कर उठी—आं...

क्या हुआ, यह समझने से पहले ही दीवार से अंदर कूद आया था बासदेव दुबे।

—साला! चोट्टा! हरामी कहीं का!

श्रीमंत बलवान आदमी था। बासदेव उससे भी बलवान था।

इसके सिवा वह औंचक कूद पड़ा था। सो श्रीमंत को नीचे दबाकर उसका

गला दबोच दिया था।—साला, चोटा!

श्रीमंत को अपने बचाव का कोई मौका नहीं मिला—सिर्फ एक शब्द, एक घर्राहट-सी उसके गले से निकल पड़ी।

मालती हक्की-बक्की-सी हंसिए के सामने बैठी थी। चंपा ने दौड़कर पीछे से बासदेव को खींचा।—हाय राम, मर गया, मर गया। अजी ओ!

बासदेव ने उसे हाथ से झटक दिया। वह झटका ऐसे ज़ोर का था कि चंपा पछाड़ खाकर गिर पड़ी थी। फिर भी वह चिल्लाई—मालती!

मालती के सिर पर खून सवार हो गया। गुस्से के मारे उसे ज्ञान नहीं रहा। उसने हंसिया उठाई और ज़ोर से बासदेव की गर्दन पर दे मारा। बाईं ओर गले में हंसिया लगभग आधी धंस गई।

बासदेव के मुंह से एक चीख निकली। जानवर जैसी। आ... उसके साथ ही चंपा चीख उठी—माला! यह क्या किया?

उधर सदर दरवाज़ा तोड़कर बासदेव के आदमी घुस आए। मालतीकी आंखों के सामने और कुछ नहीं, केवल अंधेरे में मानो गाढ़ी काली-सी बहुत कुछ थी। लेकिन गर्म। उफ्! कितनी गर्म!

श्रीमंत नहीं मरा! मरा बासदेव। अस्पताल दोनो को ले जाया गया था। श्रीमंत भी बेहोश था। बासदेव भी कुछ ही क्षण में बेहोश हो गया था, परन्तु बेहोश होने से पहले उसने इतना कहा था—उस, उस औरत मालती ने मेरी गर्दन पर हंसिए का वार किया।

मरने से पहले अस्पताल में भी उसे एक बार होश आया था—उस समय भी उसने पुलिस के सामने, एक हाकिम के सामने यह बात कही थी।

मालती ने भी इन्कार नहीं किया। अजीब बदहवास-सी हो गई थी। उसी हालत में उसने 'हां' कह दिया था। कहा, बाबूजी बेबस-से घर्रा रहे थे, मौसी छुड़ाने गई—बासदेव ने झटके से उसे गिरा दिया, मैं हंसिए से मछली कट रही थी—उसीसे मैंने वार कर दिया।

रात-भर वह हाजत में औंधी पड़ी रही। नींद आती थी, पर आतंक के मारे टूट-टूट जाती थी। अधनिदाए हाल में वह डर के मारे रो पड़ी थी। आतंकित रोना।

ओः ! रात कैसी थी वह !

सवेरे उसमें उठकर खड़े होने का दम नहीं था। दारोगा को उसपर माया हो आई थी। तेरह-चौदह साल की लड़की। उसने उसे नहलाकर भोजन कराया। उसके बाद सदर को चालान किया।

मालती ने झूठ बयान नहीं दिया। छोटी अदालत में भी नहीं, दौरे में भी नहीं। उस्ताद के साथ आकर चंपा ने सदर में उससे मुलाकात की थी। श्रीमंत उस समय तक भी अस्पताल में था। उसे भी कम चोट नहीं आई थी। गला उसका बैठ गया था। दौरा अदालत में जब सुनवाई चल रही थी, तब वह आया था। वैसा हट्टा-कट्टा, मज़बूत शरीर, वह मानो कैसा हो गया था। हड्डियां ही हड्डियां। जबड़ा उभर आया था। केहुनी की हड्डी निकल आई थी। आंखें धंस गई थीं। गाल पिचक गए थे। डरता था। हांफता था। गला बैठ गया था।

रोता था। अदालत में ही दीवाल के सहारे खड़ा रहता और आंखों से अविराम आंसू की धारा बहती होती।

पहले वह खुद भी विह्वल-सी हो गई थी। जेलखाने व ऊंची दीवारों के घेरे के अंदर दूसरी एक छोटी-सी घिरी हुई जगह। स्त्रियों की जेल। नारी-कैदी पहरा देती। एक लंबे-से बड़े कमरे में नारी-कैदी रहती थीं। उस समय आठ जने थीं। तीन मुसलमान। पांच हिन्दू। एक कम उमर की विधवा ब्राह्मणी थी। विधवा होने के बाद उसे संतति हुई थी। उस उच्चे को उसने गला घोंटकर मार डाला था। तीन ने अपने-अपने पति को मारा था। बाकी तीन चोर थीं। एक अधेड़ थी। बड़ी साफ-सुथरी। बहुत बोलती। अच्छी-अच्छी बात। गीत अच्छा गाती थी। कहती थी, मैंने कुछ नहीं किया। लेकिन दूसरी स्त्रियां कहतीं कि लड़कियों को घर से भगाकर बेच देना उसका काम था। वेश्यागिरी भी करती थी। इसके लिए उसे सज़ा हुई।

मालती को उस समय की सारी बातें ठीक-ठीक याद नहीं आतीं। कैसी तो हो गई थीवह। उसे एक बड़ा भारी खौफ था कि खून करने से फांसी होती है। उसने खून किया है।

जुबेदा अधेड़ थी ! बूढ़े मुख्तार की बीवी। उसे मुख्तार के मुहर्रिर से आशनाई थी। उससे मिलकर साज़िश करके उसने पति को ज़हर दे दिया था। बच्चा नहीं हुआ था, इसलिए बूढ़ा मुख्तार फिर से शादी करने जा रहा था। उसे दस साल की कैद हुई। और उस मुहर्रिर को पांच साल की।

ज़ुबेदा ने उससे कहा—अरी लड़की, सोच मत। फांसी तुझे नहीं होगी।

मुझे कानून मालूम है। तेरी उम्र कम है। और फिर वह तुम्हारे बाप का खून कर रहा था, उसे बचाने के लिए तुमने हंसिया चला दी। खून करने के लिए हंसिया नहीं चलाई।

अधेड़ सुशीला ने कहा—छोटी, तू चिंता मत कर। बेकसूर छूट जाएगी तू। कोमल मुखड़ा है, ढल-ढल चेहरा। अदालत में टुकुर-टुकुर ताका करना। अच्छी लड़की बनी रहना। समझ गई, तेरा यह चेहरा देखकर ही सब भूल जाएगा। वकील-फकील सब। अभी जिस तरह से हमारी तरफ ताक रही है, ऐसा ही ताकने से काम चल जाएगा।

और सचमुच ही वह सूधी-सी ताकती रहती। वह ऊंची दीवार, इतना लंबा कमरा, ऊंची छत। एक सिर्फ आकाश की धूप-हवा के सिवा वहां बाहर का कुछ भी नहीं आता। शब्द भी नहीं। कभी-कभी अचानक ही शायद हो कि कोई शोरगुल आ पहुंचे। जुबेदा वगैरह को कौतूहल होता, क्या हुआ?

स्त्री मेट से पूछती—आज बाहर क्या हुआ है, जानती हो? कभी खबर मिलती, कभी नहीं मिलती। कौतूहल भी उनका खत्म हो जाता। उसे पहले-पहल ऐसी आवाज़ सुनकर भी कोई कौतूहल, कोई प्रश्न नहीं जगता था। धूप और हवा से सिर्फ इतना ही लगता कि वह इसी दुनिया में है। इस दीवार के बाहर वही धरती है, जहां भुवनपुर की हाट लगती है। रास्ते से लारी जाती है, गाड़ी जाती है। जहां चंपा मौसी है। बप्पा है।

रात को बसंत की याद आती। रात को जेलखाना ही पूरी पृथ्वी बन जाती। लगता, इससे बाहर कुछ नहीं है। तब लगता, बसंत तो यहीं है। शुरू के दो दिन उसे बसंत की याद नहीं आई। तीसरे दिन अचानक ही याद आ गई। वसंत जेल में है। और, इसी जेल में है। रात को लेटे-लेटे सोचती। अपने-आप से पूछती: कहां है बसंत? कैसे उसे खबर भेजे।

ज़ुबेदा वगैरह के नाच की महफिल जमती उस समय। वह प्रौढ़ा गाती। ज़ुबेदा बैठकर सुनती। हमीदा और कमला नाचती। विधवा ब्राह्मणी पीठ फेरकर सोई रहती। कैसी तो थी वह। वह शायद पढ़ी-लिखी थी।

सुशीला अश्लील गाना गाती। वह सब भी भद्दी अदाएं दिखाकर नाचतीं। मालती सोचती: बसंत कहां है? कैसे भेंट होगी उससे?

धीरे-धीरे वह सहज हो आई। सब सह गया। खिड़की के पास बैठी रहती

और उन सबकी बातें सुना करती। बड़ा अच्छा लगता। रात को नाच-गाना भी देखती-सुनती।

इसी बीच मामले की सुनवाई शुरू हुई। कै दिन एक वकील आया! उसे बहुत कुछ बताया। कुछ याद नहीं रहा। एक बात याद है—कहा था, तुम एक ही बात कहना। मैं बेकसूर हूं!

पहली बार जिस दिन वह जेल के बाहर जालघिरी गाड़ी से अदालत आई थी, उस दिन वह तमाम रास्ता जाल से मुंह सटाकर देखती हुई आई थी।

ओह, कितने लोग! रास्ते पर कितने लोग, कैसे चल रहे हैं! कितनी रोशनी, कितना शोर। भुवनपुर की हाट याद आ गई।

अदालत में अपने बाप को देखा। पहली नज़र में उसे पहचान नहीं सकी। दुबली, धंसी आंखें—यह मानो उसके बलवान बाप का प्रेत हो! कंकाल। वह रोई थी। उसका बाप भी रोया था।

अदालत में खड़े होने के बाद वह फिर विह्वल-सी हो गई। जज, जूरी, वकील, चपरासी, सिपाही—बहुत-से लोगों को देखकर छाती उसकी धड़कने लगी, गला सूख कर काठ हो गया। लगा, ज़ुबेदा ने उसे झूठा दिलासा दिया, प्रौढ़ा विराज ने उससे मज़ाक किया है। ये सब लोग किस तरह से उसकी ओर ताक रहे हैं। सबकी निगाहों में उसे तिरस्कार नज़र आया। कैसी-की हो गई वह!

एक ने उससे पूछा—तुम दोषी हो कि निर्दोष?

वह बदहवास-सी बोली—ऐं!

—अपने गांव के बासदेव दुबे का तुमने हंसिया से खून कर दिया है। पुलिस कहती है...

आगे उसने नहीं कहने दिया; बीच ही में बोलना शुरू कर दिया —हां, मैं हंसिया से मछली कूट रही थी। बासदेव दीवाल फांदकर आया। मेरे बाप की छाती पर बैठकर उसका गला दबोचने लगा। चंपा मौसी चीख उठी, हाय-हाय, मर गया। बासदेव ने हाथ के झटके से उसे गिरा दिया...मैंने पीछे से उसकी गरदन पर हंसिया चला दी।

उसका वकील कुछ कहने जा रहा था। उसने कहने नहीं दिया। जज साहब ने मना कर दिया। फिर पूछा—तुमने उसे मारा था, इसलिए कि वह तुम्हारे बाप को मार रहा था, या उसपर तुम्हें गुस्सा भी था?

वह बोली—गुस्सा भी था। उसने ज़बर्दस्ती हमारा पोखर छीन लिया था। ज़बर्दस्ती मछली मरवा रहा था। मैं सत्याग्रह करके घाट पर लेट गई थी—मुझे कीचड़ लिपटाकर ज़बरदस्ती उठाकर ऊपर फेंक दिया था।

आज उसने समझा, उस समय वह बात नहीं कहनी चाहिए थी।

चंपा मौसी ने थोड़ा-सा झूठ कहा था। कहा—बासदेव ने उसे ऐसा झटका दिया कि वह बेहोश हो गई थी। जब होश आया तो देखा, घर में भीड़ लगी है। बासदेव दुबे लहू में नहा गया है। पड़ा हुआ है। गर्दन पर गहरा घाव।

चार साल की सज़ा हुई उसे।

चार साल बंद नहीं रहना पड़ा। छः महीने घट गई सज़ा। छूटकर कल घर आई है।

जेल में वह बहुत बड़ी हो गई। उमर बढ़ी। रूप तो गज़ब का हो गया। उज्ज्वल सांवला रंग गोरा हो गया। यही नहीं, चंपा मौसी ने कहा—तुमसे कहूं क्या बहन-बेटी, देखने से लगता है, कोई राजकुमारी खड़ी है। हाय रे, बलिहारी जाऊं।

अपने बाप की याद करते-करते वह स्टेशन पर उतरी और एक रिक्शा करके घर आई। स्टेशन पर रिक्शा था देखकर ज़रा अवाक् हुई? यहां रिक्शा? कोलतार की सड़क। उसके बाद एक जगह बहुतसी लारियां खड़ी देखीं। रिक्शावाले ने बताया, यह लारी का पड़ाव है। स्टेशन से माल लेकर भुवनपुर जाती है। मिल से चावल लाकर यहां पहुंचाती है। उसके बाद ऊंचे-ऊंचे खंभों पर तार नज़र आया। सुना था उसने कि बिजली आ गई है। उसका बाप श्रीमंत, दो साल हुए, मर गया। जेल में ही खबर मिली थी। उस समय वह बरहमपुर जेल में थी। पहले बड़ा शोक हुआ। कई दिनों तक खूब रोती रही। फिर जैसे कैद सह गई थी, वह भी सह गई। कैदी सुषमा ने उसे बताया था वेश्या थी वह। बहुत बड़े डकैत की माशूका थी। उस डकैत का ही उसने खून कर दिया था। क्योंकि उसे दूसरी औरत से मुहब्बत हो गई थी। सुषमा के घर से डकैती का माल भी मिला था। बारह साल की सज़ा हुई है। उमर में वह काफी बड़ी है। फिर भी मालती को मानती है। उसीने कहा—रो मत मालती। रोना नहीं चाहिए। यह जेलखाना जो है, गमखाना है। गुम होकर रह। रो मत। रोकर होगा भी क्या?

मगर वह रोई थी। बिना रोए रहा नहीं गया। सुषमा ने कहा—

खैर, रो तो पा रही है तू? रुलाई है? हमारी तो रुलाई रही नहीं। आंखों का

पानी शायद सूख गया है।

कई दिनों में इसका भी सूख गया था। महीने-भर बाद चंपा उससे मिलने गई थी। बसंत ले गया था। उस दिन चंपा रोई, मालती नहीं रोई। उसकी नज़र बसंत पर टिकी रही।

आंखों-आंखों ही बसंत से बात हुई। बार-बार उदासी को धो-पोंछकर होंठों के कोने में हंसी निखर आई थी।

आज स्टेशन पर उतरने के पहले उसे बाप की याद आई। उस याद को ही जी-जान से वह जकड़े रही। चाहकर, चेष्टा करके दूसरे लोग और दूसरी चिंता को उसने अलग हटा दिया था। उसके बाप को खिसकाकर बार-बार बसंत याद आना चाह रहा था। लेकिन उसने उसे आने नहीं दिया। यहां के अनेक परिवर्तनों को देखकर आश्चर्य भी उसकी जगह आकर खड़ा होना चाहता था। आंखों के सामने जो वास्तव प्रत्यक्ष थे—लारियां, बिजली के खंभे, पिच की सड़क, लड़कियों के स्कूल का भवन, मिल की चिमनी, दत्त की नई मोटर—इन चीज़ों को तो हटाया नहीं जा सकता। लेकिन गज़ब ढंग से इन सारी चीजों को ओट करके उसका बाप सामने आ खड़ा हुआ था। आंखों की दृष्टि उसकी या तो थी ही नहीं या अजीब ढंग से अंदर को हो गई थी। यह अनोखी अभिज्ञता मालती जेल से ले आई थी। शायद हो कि जेलखाने में यह सबको होता हो। नाना लोगों के हो-हल्ला में हठात् आंखों की निगाह अजीब तरह से आंखों में जो नहीं है, वही देखती। वह बसंत को देखा करती थी।

चंपा मौसी दरवाज़े पर ही खड़ी थी। उसने बसंत की उम्मीद की थी। लेकिन बसंत नहीं था। तो भी उसके लिए जी में कुछ नहीं हुआ। मौका ही नहीं मिला। बाप की ही याद आई। कलेजे के अंदर एक आवेग मानो कुंडली बांधकर घूम रहा था।

चंपा मौसी का परिवर्तन दिखाई देते हुए भी दिखाई नहीं दिया। कपाल पर तिलक। नाक पर रसकली। माथे पर सामने की ओर जूड़ा, गले में तुलसी की मोटी माला। चंपा की चिट्ठी से ही पता चला था, धर्म के नाते चंपा भीख मांगती है। भगवान को भजती है।

मालती की आंखों में आंसू बह आया था। ज़ोर से बप्पा-बप्पा कहकर वह रो नहीं सकी थी। चंपा उसकी ओर ताकती हुई खड़ी थी। अवाक् होकर देख रही थी। अचानक उसका हाथ पकड़कर चपा बोल उठी थी—तुमसे कहूं क्या माला, देखकर

लगता है, कोई राजकुमारी आकर खड़ी हो गई है। आह, बलिहार जाऊं!

उसकी बातों में अजीब अकृत्रिम मिठास थी, शहद जैसी, कि पल में मन से उसका बाप अदृश्य हो गया। खिली हंसी जैसा भला लगने का एक सुर मन में जग पड़ा था। शर्म भी आई थी। ज़रा हंसकर बोली—कहती क्या हो मौसी!

—कहूं क्या रे! मौसी का नाता भुलाया चाहता है। जी में आता है, तुमको राधा बनाऊं, मैं सखी वृन्दा बनूं!

मालती अब को और भी हंसी। कहा—मरण तुम्हारा!

दिन में फिर कोई खास बात नहीं हुई। पड़ोसी में से दो-चार जने। उसे देखने आए थे। देखकर वे हैरान रह गए थे। उसका रूप और साज-सिंगार देखकर दंग रह गए थे।

जो लोग खून के जुर्म में जेल जाते हैं, वे ऐसे सजे-संवरे और ऐसा रूप लिए कैसे लौटते हैं!

एक ने तो पूछ ही लिया—यह सब कपड़ा-लत्ता तुझे जेल में मिला है?

मालती ने कहा—आजकल जेल में मेहनत की मजूरी मिलती है। वह रुपया जमा रहता है। निकलते वक्त देता है। उसी रकम से मैंने सब खरीदा है।

—कौन-सा काम कराता था तुझसे? क्या कोल्हू घुमाने देता था?

मालती हंस उठी—कोल्हू? कोल्हू घुमाने क्यों देने लगा? मालती की भाषा भी सुधर गई थी। उसने कहा—औरतों को कोल्हू का काम नहीं देता है। दूसरा काम देता है, सिखाता है। तांत का काम, सिलाई, दरी बुनना भी कोई-कोई सीखती है। खिलौना बनाने का काम है। जिनसे यह सब नहीं होता, उन्हें चावल बीनने देता है। किताब पढ़ने को देता है।

—ओह हो, तब तो बड़ा अच्छा है। खाने-पीने की चिंता नहीं। कैसी खूबसूरती निखरी है! घर होती तो यह रूप हरगिज़ नहीं होता।

—जाओ न! रह आओ वहां। तुम्हारा भी रूप निखरेगा।

उसने लेकिन बुरा नहीं माना। बोली—जिसके रूप होता है, निखरता है। रूप न हो तो निखरेगा क्या? मैं वहां जाकर क्या करूंगी?

मालती बोली—जैसा रूप तुम्हारा है, उस हिसाब से तो निखरेगा। तुम्हारे पति-देवता की आंखें जुड़ाएंगी।

–अरी, उमर हो गई। अब क्या तेरा जैसा है, वैसा कलेजा है कि खून करके

जेल जाऊं!

कोई दूसरी बीच में आ पड़ी—यह सब क्या कह रही हो पाल बूढ़ी। यह भी कुछ कहने की बात है! खून कोई चाहकर करती है क्या, या कि औरतें खून कर सकती हैं? हो जाता है। छोड़ो वे बातें।

—छोड़ना क्या भाभी! खून औरतें भी कर सकती हैं, करती हैं। हमारे साथ सौ सवा सौ औरतें थीं। उनमें से ऐसी भी बहुत थीं, जो खून करके दस-बारह साल की सज़ा काट रही थीं।

—ऐं! कह क्या रही है!

—हां और मज़े की बात मालूम है, ज़्यादातर खून अपने पति का किया है या प्रेमी का? ज्यादातर ज़हर दिया। एक ने अपने पति के सिर को पत्थर से चूर दिया था।

—हाय मेरी मैया! चूर कैसे दिया?

—मैंने पूछा था। उसने हंसकर कहा: आखिर करती क्या? देवर से प्रेम हो गया था। वह प्रेम ऐसा हुआ कि पति कांटा बन गया पति दो कोस दूर एक बाबू के यहां काम करता था। शुबहा था, सो रात को अचानक आ धमकता था। एक दिन तो पकड़ ही लिया था लगभग। असह्य हो उठा। उस दिन वह छुट्टी लेकर घर आया था। हम दोनों सो रहे थे। वह तो सो गया, मुझे नींद नहीं आई। घर में चिटकनी नहीं थी ; आध मन के एक पत्थर से रोक दे दी जाती थी। मैं जगी अब तो सो गया है...देवर के पास चलूं। हिली कि बोलाः क्या? दो बार, तीन बार? और तुरन्त उसकी नाक बजने लगी। उठकर निकलना था। दरवाज़ा खोलने के लिए उस पत्थर को उठाया। उठाया, तो जी में आया, सो तो रहा है, इसी वक्त पत्थर से चूर क्यों न दूं सिर उसका! चूर ही दिया। एक ही घाव में घायल हो गया। दो-एक बार गों-गों किया। और भी दो घाव दिया। मगर मालूम है, उस हरामजादे देवर ने ही गवाही दी। छूटने दो, फिर समझती हूं उससे।

—अरे बाप रे!

—किस जात की थी रे मालती?

—थी तो छोटी ही जात की। लेकिन जिन्हें तुम भली जात की कहती हो, बराम्हन-कायथ भी है। मियां-मुसलमान भी। लिखी-पढ़ी भी।

—लिखी-पढ़ी। बराम्हन-कायथ?

—हां। निर्मला दीदी बराम्हन की बेटी थी। विधवा। युवती। मुझसे बहुत पटती थी। उसने गला घोंटकर अपने बच्चे को मारा था। भले घर की बहू भी थी। सधवा—लिखी—पढ़ी। सुरेश्वरी देवी। अपना बाल-बच्चा नहीं था। सौत का लड़का था। उसको ज़हर देकर मार डाला था। ज़ुबेदा मुख्तार की बीवी थी। बच्चा नहीं हुआ था। पति ने दूसरी शादी करने की सोची थी। उसने भी पति को ज़हर दे दिया। ज़ुबेदा बीबी अच्छी औरत थी। कानून जानती थी। हम सबकी दरखास्त लिख दिया करती थी। और...

रसीली स्मृतियों को याद कर हंस उठी। कहा—रात को जैसी कहानियां सुनाती थी न! औः।

—खूब अच्छी कहानी जानती है?

—सिर्फ कहानी? नाच...। नाचा करती थी। एक अधेड़ वेश्या थी। वह गाया करती थी।

—वहां नाच-गान भी होता है क्या?

—आधी-आधी रात तक। एक कमरे में हम दसेक जनी थीं। रोज़ ही रात को नाच-गान चलता था। वार्डर बक-बक करता। जेलर से कहता। जेलर बीच-बीच में कहा करता, यह सब नहीं। न, यह सब नहीं चलेगा। मगर ज़ुबेदा बीवी ने जवाब दिया न! मालती हंस उठी। जेलर के मुंह पर ही ज़ुबेदा बीबी ने कहा: अजी जनाब, आखिर हम लोग भी तो मनुष्य हैं। और फिर जवान हैं। हम में जवानी की आग है। गा-बजाकर दूध की प्यास मठा से मिटाती हैं। इसपर भी आप लोगों को एतराज़ है! ... तमतम चेहरा लिए जेलर चला गया। ज़ुबेदा बीबी की छूट काट ली। मगर ज़ुबेदा बीबी को इससे क्या फर्क पड़ता था।

यह सब सुनकर, मालती को देखकर वह सब अचम्भे में आ गई।

इन बातों में कब जाने मालती की एक नई ही शकल निकल आई!

पाल बूढ़ी की हैरानी तो दब गई। रस की प्रबलता से उसने पूछा—इतने तो कैदी रहते हैं वहां, सभी चोर, डकैत, खूनी। इनसे शादियां भी तो कर दे सकते हैं! भेंट नहीं होती है री? हाय मेरी मां, इन लोगों के बीच रहती कैसे है री। ऐं! पीछे नहीं पड़ जाते हैं?

नई-नवेलिन ने कहा—चाची, तुम खाक कुछ नहीं जानतीं। औरत मर्द एक ही साथ थोड़े रहते हैं। अलग-अलग जेल हैं, जेल में ही औरतों के लिए अलग जगह

होती है।

—बरहमपुर में एक जेल है। वह सिर्फ औरतों के लिए है। अरे, ओ छोरे, ऐ...

छोकरे डर से भाग गए।

मालती ने हंसकर कहा—हां। मैं खूनी हूं। हंसिया अभी भी मौजूद है। नाक काट लूंगी। भाग जा। बीच-बीच में अभी भी मेरे सिर पर खून सवार हो जाता है।

कहते-कहते क्षोभ से वह क्रुद्ध हो उठी। इन छोकरों की भयभरी निगाहों में से क्या तो तीखे कांटे-सा चुभ रहा था उसे। चुभ रहा था उन कुतूहल वाली औरतों की बातों से। चुभ तो रहा था बड़ी देर से, पर उसकी पीड़ा अभी-अभी असह्य हो उठी। उसके धीरज के बांध को तोड़ दिया। वह उठ गई। कहा—पाल दीदी, अब नहीं सक रही हूं मैं। अब तुम लोग घर जाओं।

सब चली गईं। मालती ने चंपा से कहा—मौसी, एक गिलास पानी दो। प्यास लगी है।

एक बिलकुल नई मालती को देखकर चंपा के अचरज का ठिकाना नहीं था। लेकिन उसने कुछ कहा नहीं। सब सुन रही थी। देख रही थी।

पानी देकर चंपा बोली—एक बात कहूं बहन-बेटी?

—कहो। तुमको भी डर लगता है क्या?

—नहीं-नहीं। तुम तो मुझको जानती हो। डर मुझको नहीं लगता है। और इस दुःख-दुर्दिन में गौरचंद को भजने से भय तो रही नहीं गया है।

—तुम्हारा गौरचंद तुम्हारा ही रहे। उसे छोड़कर जो कहना हो सो कहो।

—बसंत कहां है मौसी?

—बसंत! हाय रे नसीब! वह तो अब बहुत बड़ा आदमी है बहन-बेटी! लीडर हो गया है। जिले-भर में घूमता है। कलकत्ता जाता है। सभा करता है। भाषण देता है। गांव में, मुलुक में अब उसकी खातिर कितनी है!

—यहां नहीं रहता है?

— रहता है। दो दिन, चार दिन। खोका ठाकुर का मकान लड़कियों के स्कूल को बेच दिया है। वहां लड़कियों का होस्टल बना है। हाट के उस ओर जगह खरीदकर मकान बनाया है उसने। अखबारों में यहां की खबरें भेजता है।

—कब आएगा, मालम है?

—सो कैसे कहूं? लेकिन आएगा—हो सकता है, कल आए। कोई ठिकाना तो नहीं।

—हमारे यहां नहीं आता है?

—आता है। दो महीने में, तीन महीने में, कभी एक दिन।

—मेरे बारे में नहीं पूछता है?

—सो पूछता है।

—पूछता है? तो फिर वही जो एक बार भेट की, फिर नहीं गया। मैंने चिट्ठी लिखी थी, जवाब भी नदारद।

—मुझसे कहा था। कहा था कि माला ने चिट्ठी लिखी है। मैं जवाब दूंगा। काम और काम। पागल रहता है। जाए तो कब? अब तुम उसे देखोगी तो पहचान नहीं सकोगी कि वही बसंत है। मैं तो उसे प्रणाम करती हूं। ओह, कैसी-कैसी बात कहता है! मगर उसकी बात इस आग्रह से पूछ रही हो...

—उसने मुझसे वादा किया था मौसी। कहा था कि उसका बाप मर जाएगा तो वह मेरे साथ ब्याह करेगा। मैंने बाबाथान में ढेला बांधा था।

—मालती!

चंपा के स्वर में आश्चर्य और उत्कंठा छलक पड़ी।

—क्या बात है मौसी?

—यह तुम कैसे कहती हो माला। वह बराम्हन है, और हम वैष्णव...

—वह तो जात-पात नहीं मानता है। फिर मुझसे वादा किया है!

—माला!

—मौसी!

ज़रा देर चुप रहकर चंपा ने कहा—उसे तुम भूल जाओ बहन-बेटी।

हंसकर मालती बोली—भूलना तो मुश्किल है मौसी! इस वारदात के पहले उसने मुझे छाती से लगाकर...। वह नि:संकोच उस दिन की सारी बातें कह गई। कोई झिझक नहीं हुई। ज़रा देर के लिए भी ज़बान पर रोक नहीं आई।

—बोलते-बोलते वे बातें उसे कंठस्थ हो गई हैं। जेलखाने में जाने कितनों से कितनी बार कहा। नई कैदी आई। उसकी सुनी, अपनी सुनाई। खूनवाली

घटना भी कही। लेकिन सब बातों में यही बात उसकी खास अपनी ओर विशेष प्रिय थी। जो सुनती, उसे भी लगता, यही कुछ बातें प्राणों में पकड़ने की हैं। मन में संजोने की हैं।

कितनी ही रात वह बसंत को याद करती रही। कभी रोई। जेल से निकलने पर ब्याह की कल्पनाएं कीं।

गैया रंभा उठी। चंपा बोली—ओ बिटिया, सुरभि आ गई। लगता है, सांझ हो गई।

चंपा उठी। मालती ने कहा—वही गैया है?

—नहीं। उसने देह रक्खी। यह उसकी बड़ी बेटी है।

—चलो देख आएं। ब्याई है?

—हां। बछिया है। बड़ी अच्छी-सी।

—कितना दूध देती है?

—डेढ़ेक सेर देती है। आज तुम्हारे लिए खीर बना दूंगी।

एक बगूना लिए वह निकली।

—दोनों बेला दूध दुहाती हो?

—हां। गैया दूध ज़्यादा देती है। ठीक से दुहाओ तो बखूबी दो सेर। उसकी बछरू पिए। सो सवेरे बगूने में सेर-भर के करीब होते ही छुड़ा देती हूं। बछिया पीती है। मैं पानी भरने को चली जाती हूं। चार पांच घर का काम-धंधा करके लौटने पर बछिया को बांधकर मां को छोड़ देती हूं। जा, चर-चरा के आ। मगर दुसरे के घर मत जाना लछमिन। इसकी मां इतनी शैतान थी, बेटी उतनी नहीं है। किसीके घर नहीं जाती। पहले-पहल रस्सी से बांध आया करती थी। देखती थी, खींचकर खूंटे को उखाड़ देने के बाद भी पोखरे के किनारे ही चरती रहती थी। तब से अब खुली ही छोड़ देती हूं। सुरभि पोखरे के किनारे चरती है, यों पेट भरकर समय से लौट आती है। आते ही रंभाती है। मैं जाकर दुहा लेती हूं। सुबह का सेर-भर दूध रोज़वाले को देती हूं। इस शाम के दूध को गोराचांद के भोग में लगाती हूं। प्रसाद पाती हूं। आज तुम्हारी बदौलत गोराचांद को खीर खिलाऊंगी। उससे कहूंगी, देखो, विष्णुप्रिया मत कर देना कहीं। दुःख न देना।

मालती ने हंसकर कहा—दुःख मैं नहीं पाने की मौसी। तुम्हारे गोराचांद की वह मजाल नहीं होगी। मैं सुख अदा कर लूंगी।

—ठाकुर देवता को ऐसा नहीं कहते।

—कहते हैं मौसी। कैदखाने में हम सब रोज़ ही कहा करती थीं। ज़ुबेदा बीबी को तीस साल की सज़ा हुई थी। सैंतीस-अड़तीस में छूटेगी। बच्चा नहीं हुआ है। युवती-सी लगती है। कहती थी, अबकी निकलूं तो सुख को खोज़कर रहूंगी। और कुछ नहीं तो बाईजी बनूंगी।

सिहर उठी चंपा। उसने कहा—ऐसा नहीं कहते बहन-बेटी। छिः!

रात लेटे-लेटे दोनों ने जेलखाने की बातचीत की थी। उस बातचीत से भविष्य पर आईं। चंपा बोली—तुम फिकर न करो माला। मैं काम-धंधा करती हूं, भीख मांगती हूं। घर है। गैया है। मैं तुम्हारा पेट चला लूंगी। फिर तो तुम्हें जिस वजह से सज़ा हुई थी, लोग जानते हैं। तुमने हंसिया क्यों चलाई, यह भी सभी जानते हैं। रूपवती हो, शादी तुम्हारी होगी।

मालती बोली—तुम उसकी मत सोचो। आने दो उसे।

—किसे? बसंत को?

— हां!

—मौसी!

—माला!

—क्या कहूं तुमसे, मुझे तो भरोसा नहीं होता है।

—सो न हो।

—तो फिर देखो।

सवेरे जगकर उसने बाप की मनिहारी दुकान की पड़ी हुई चीज़ों को देखा। कहा—मौसी, मैं बाबूजी की तरह दुकान करूंगी।

—दुकान करोगी? होगा तुमसे?

—ज़रूर होगा। बाबूजी से अच्छा ही करूंगी।

—बाबूजी से अच्छा?—चंपा में आश्चर्य और कौतुक दोनों ही दिखाई दिया।

—हां। देख लेना। गाहकों की भीड़ लग जाएगी। अपने हिसाब से भाव बताने के बावजूद अंत में मैं जो कहूंगी, वे उसी दाम पर लेंगे। बाबूजी एक पैसा मुनाफा करते थे, मैं चार पैसा करूंगी। नहीं करूंगी?

—मैं कैसे कहूं, कहो?

—मोहिनी मंतर सीख आई हूं मैं।

—सच?

—तुम बड़ी बुद्धू हो मौसी। पहले तुम्हें अकल थी। गौर को भजकर तुम्हारी अकल गुम हो गई। मेरी जैसी खूबसूरत और जवान औरत की दुकान पर भीड़ नहीं लगाएंगे लोग?

चंपा अवाक् होकर उसे देखती रह गई—छोरी कहती क्या हैं।

मालती ने फिर कहा—हंस-हंसकर बोलने से जो भी कीमत बताऊंगी, उसी कीमत पर खरीदेंगे लोग।

—माला!

—क्या?

—तुम्हारी बात सुनकर बड़ा डर लगता है। तुम हो क्या गई हो?

मालती की भवों पर शिकन पड़ गए—यानी? क्या हो गई हूं?

—तुम खुद नहीं समझ सकती हो?

—तुम कहना क्या चाहती हो?

—तुम समझ नहीं रही हो, कैसे समझाऊं?

मालती बोली—मैं तुमसे बक-बक नहीं कर सकती। खैर। जो भी हो, तुम मेरे लिए न सोचो। सोचना नहीं पड़ेगा। मैं तुमसे कहीं ज़्यादा समझती हूं। तुम्हारा पाप-पुण्य, धरम...वह सब मेरे लिए नहीं है। मेरी तरह रहती जेलखाने में तो समझकर आती। तुम्हारी दाईगिरी और भीख के पैसे से दो मुट्ठी खाकर मेरा पेट भरेगा। लेकिन मन नहीं भरेगा। मुझे झुकाओ मत, जाओ, अपना काम करो।

और तीसरा पहर होते न होते टोकरी में पुराना माल रखकर वह हाट चली गई थी। उसे पता नहीं था कि धरनीदास ने अपनी दुकान की जगह और किसीको दी है या नहीं। दे दी है, तो ज़बरदस्ती बैठेगी, यही सोचकर आई थी। धरनी ने उसे स्नेह के साथ जो पुकारा, उसका मन नर्म हो गया। उसके बाद हाट की तरफ ताकते हुए पुरानी बातें याद करके मालती मानो पुरानी मालती हो गई।

वह सोचती ही रही।

हाट उठ गई।

रात काफी हो आई।

क्या बजे? साढ़े सात-आठ तो बज ही गए होंगे।

धरनीदास से वह बोली—आज मैं चलती हूं चाचा। अगली हाट से लेकिन

बप्पा की तरह बैठूंगी मैं। बप्पा जो देता था तुम्हें, वही दूंगी।

धरनी ने कहा—तुम्हारे बाप ने पहले मुझे दो सौ रुपया दिया था बिटिया, एक तिहाई का हिस्सेदार बना था। तुम्हारे मुकदमे के समय बेच दिया। मैंने दो सौ का तीन सौ दिया। सो—ज़रा चुप रहकर बोला—देखो, मेरी इच्छा है कि फर्श को पक्का बनाकर खंभे खड़ा कर दूं। ज़रा ठीक से दुकान करूं। इस बीच...

—तुम कुछ दिन के लिए तो दो। बाद में मैं अलग छपरी डाल लूंगी।

—कितने दिन?

—यही दो-तीन महीने।

—दो-तीन महीने?

—दो-तीन महीने से कम में होगा कैसे चाचा! —मालती ने लाड के स्वर में कहा।

धरनी को बड़ा भला लगा। सज़ा काटकर तो यह लड़की बड़ी अच्छी हो गई है। बातें जितनी मीठी हैं, उतनी ही संवरी हुई! उसके होंठों पर एक दुबली-सी मुसकान खेल गई।

वह बोला—अच्छा-अच्छा बिटिया! वैसा ही होगा। लेकिन जानती हो तो बिटिया, मेरा भी वही हाल है। लेकिन जब इस तरह से कह रही हो! खैर।

मालती ने मन ही मन कहा—ठहरो भी बच्चू! एक बार बैठ तो जाने दो!

धरनी ने कहा—तो अभी चली?

—हां, रात काफी हो गई।

—हां, सदर रास्ते से जाना। बिजली हो गई है। भुवनपुर अब वह भुवनपुर नहीं है बिटिया। इन्हीं दो बरसों में फूलकर ढोल हो गया है। किस्म-किस्म के लोग। सुंदरी युवती।

मालती की ज़बान तक आया: अच्छा बुड्ढे, रसिया तो खूब हो। याद आया जेलखाने में गोपिनी नाम की एक औरत थी! उसके बुरे स्वभाव का लाभ उठाकर उसके काका ने उसका भोग किया था। वह खूब हंसती थी। हंसकर ही कहती: अजी, सब देखा! बाप के सहोदर काका, बाल सफेद—मैं विधवा, मैं घर के नौकर से फंस गई। काका ने उसके बाद...

गोपिनी ये बातें बड़े रस के साथ कहा करती। कहती: आखिर बदला

चुकाया। एक दिन सब कुछ चुराकर नौकर के साथ निकल भागी। नसीब मेरा! शहर में जाकर हरामज़ादे ने शराब की लत लगा ली। उसके बाद चोर बन गया। एक दिन चोरी करके गहना ले आया। पहनने का शौक हो आया। रख लिया। एक दिन वह पकड़ा गया। घर की तलाशी हुई। गहना निकल आया। गहना ही नहीं, कुछ कपड़े भी मिले। सज़ा हो गई। फिर तो घूम-घूमकर यह तीसरी बार है।

अरे बुड्ढा! ....

बोली—सदर रास्ते से ही जाऊंगी चाचा!

रास्ते पर उतरी तो उसे ख्याल हो आया, बाबा को प्रणाम न कर लूं!

तुरन्त लगा, बाबा नहीं, खाक! वह गंधेश्वरी बाज़ार होकर चल पड़ी।

बिजली की बत्ती। दुकानें भी बहुत हो गई हैं। वह दुकान किसकी है? चंद की। बत्ती जल रही है। ओ! दुतल्ला मकान बन गया है। इधर मुस्लिम बोर्डिंग। उसके बगल में रेडीमेड कपड़े की दुकान में मशीन चल रही है। उसके आगे भगत की दुकान। उसके बाद ज़रा दूर अंधेरा। रास्ते की रोशनी के अलावे दुकानों में यहां लालटेनें हैं। उसके बाद थाना। इधर होटल। यहां भी झूलती किरासन-बत्ती। भीड़ धीरे-धीरे बढ़ रही है। साइकिल। घंटी। बाबुओं के मुंह में सिगरेट। हाय मेरी मां, चाय की दुकान खुल गई है! यहां भी बत्ती। इधर बिजली है। यही बिजली सप्लाई का दफ्तर है। उसके बाद हलवाई की दुकान। उसके आगे रोशनी से जगर-मगर गंधेश्वरी बाज़ार। यहां आढ़ते ही ज़्यादा हैं। अरे, यह किसकी दुकान? इतनी मनिहारी, ऐसी झकमक रोशनी! हाय राम, कपड़े भी हैं।

—ऐ! ऐ रे सूअर! सूअर का बच्चा!

फोंस करके मालती पलटकर खड़ी हो गई—ऐ, इस तरह से औरतों के बदन से सटकर चलता है। ऐ!

उसने पीछा करने की कोशिश की। नहीं कर सकी। उसकी बात पर चारों तरफ के लोग ठिठक गए। जाने का रास्ता नहीं था।

एक ने पूछा—क्या हुआ? क्या माजरा है?

—वह देखो, चला गया। सूअर का बच्चा! वह बकरा मेरे बदन से सटकर निकल गया। हरामज़ादा...

—कौन है रे, कोन? पकड़, पकड़!

शोरगुल मच गया। लेकिन वह पकड़ा नहीं जा सका। निकल गया। जाने किस गली में गुम गया।

एक ने पूछा—तुम कहां जाओगी?

—गांव में। मैं इसी गांव की हूं। आप मुझे पहचान नहीं रहे हैं कुंडू बाबू? मैं मालती हूं, श्रीमंत दास की बेटी।

बुड्ढा आंखें फाड़कर कुछ देर तक देखता रहा उसे। फिर कहा—हां, हां। सुना ज़रूर था कि तू लौट आई है। देखने में बड़ी सुन्दर हो गई है! लेकिन इतनी सुन्दर, यह नहीं सोचा था। खैर। रात में गई कहां थी?

—और कहां? हाट गई थी। दुकान का सामान पड़ा था। वही ले गई थी।

—दुकान! दुकान करेगी?

—यही सोचा है। आखिर करना तो कुछ पड़ेगा?

—हां, हां। जो बात हो गई, उससे औरों की तरह घर होना तो मुश्किल है। यानी शादी-ब्याह तो...। हां, उससे दुकान करना अच्छा है। सामान-वामान की ज़रूरत हो तो ले लेना। अब तो मैंने बहुत बड़ी दुकान कर ली। तेरा बाप मुझसे ही लेता था। तू भी लेना, एक लेना, एक देना।

रात को अचानक सन्नाटे को चीरकर गीत गूंज उठा। कहीं लाउडस्पीकर से गाना बजने लगा:

कहां ठिकाना मन को राधा, कहां भुवन में, कौन भवन में?
कह सकती है कौन सजनिया, कौन स्वजन रे!

कुंडू बोल उठा—सिनेमा टूटा रे, रोकड़ मिला। कै बज रहे हैं

—आठ।

—ठीक है। तो...

मालती ने पूछा—सिनेमा इस तरफ हुआ है न?

—हां। वही उस जगह, जहां गंधेश्वरी विसर्जन के समय आतिशबाज़ी होती है।

मालती वहीं से मुड़ी। अब उसके टोले का रास्ता आया। टोले के अंदर से भी कुछ कम दूर नहीं जाना पड़ता है। यह रास्ता कुछ अंधेरा है। फिर भी इस रास्ते पर भी रोशनी है।

गीत बजता ही जा रहा था:

किस नगरी में, किस बस्ती में
किस जंगल में, कहां विजन में?
कह सकती है कौन सजनिया कौन स्वजन रे!

अच्छा गा रहा है। जैसी मीठी आवाज़ है, वैसा ही अच्छा है गीत—कहां ठिकाना मन की राधा, कहां भुवन में कौन भवन में?

अपने घर आई। आवाज़ दी—मौसी!

चंपा ने जवाब दिया—आओ। मैं ठाकुर को शयन करा रही हूं। बैठो।

उसने टोकरी उतार धरी। खूंटे से टिककर बैठ गई। बह गीत बज ही रहा था:

देश-देश से घूम-घूमकर
आखिर पहुंचा हाय, यहां पर
पता नहीं राधा का पाया, पूछा मैंने जन-जन से!
कह सकती है कौन सजनिया कौन स्वजन रे!

चंपा बाहर निकली। कहा—हाय, ऐसे बैठ गई मौसी! ज़रा फीकी-सी हंसी हंसकर वह बोली—गीत सुन रही हूं।

—बड़ा अच्छा गाना है, है न!

—हां। गला भी मीठा है।

—चाय पियोगी? बनाऊ?

—बनाओ!—और उसने एक लंबी उसांस ली।

बड़ा अच्छा गीत है। सुर, शब्द और स्वर ने मन को कैसा तो गीला-गीला-सा कर दिया।

हाय न उसको पाऊंगा क्या
खोज भुवन में इस जीवन में
रो-रो मरा चकोर हिए का
चांद उगा है कहां गगन में,
मन की इन बातों की थाथी
लिख-लिखकर रक्खूं मैं पाती
हाय न लिया डाकघर ने ही
वापस लाया डाक-पियन ने!

कैसा तो हो गया जी। बसंत याद आ गया। वह नहीं आया! चंपा चाय ले आई! एक गिलास। कहा—लो, पियो।

—लाओ, दो।

—जी उदास क्यों है माला?

—पता नहीं।

आठ दिन के बाद

—अगले शुक्रवार को मालती खूब अच्छी तरह से दुकान सजाकर हाट में बैठी। सच पूछिए, तो उसका भाग खुल गया।

सोमवार की हाट में ही वह पहली बार बैठी थी। पर महज़ दो दिन में ठीक से संवार नहीं सकी। शनिवार को उसने कुंडू की दुकान से अस्सी रुपये का माल लिया था। वही लेकर सोमवार को बैठी थी।

पहले तो कुंडू पचास रुपये से ज़्यादा का उधार नहीं देना चाह रहा था। मगर कह-सुनकर मालती ने अस्सी रुपये का लिया। ज़्यादा परेशानी उसे नहीं उठानी पड़ी इसके लिए। आखिर को तो कुंडू आप ही काफी का उधार देने को तैयार हो गया था। शुरू में पचास से ज़्यादा को राज़ी नहीं था।

मालती बोली—पचास रुपये में माल ही कितना होगा, कहिए! कितने अदद? और उतने से मुनाफा ही क्या होगा?

कुंडू एक ही घाघ आदमी। बोला—उसका मैं क्या करूं, कहो!

—आप लोग ही ना कहेंगे तो मैं क्या करूंगी?

—शादी-ब्याह करके घर-गिरस्ती बसा। दुकान करना क्या औरत का काम है?

मालती रंज नहीं हुई। कहा—औरतें आजकल सब कुछ करती हैं। हाकिमगिरी भी—और वह हंसी थी।

—तो तू वही कर जाकर।

—लिखना-पढ़ना ही जो कम जानती हूं। जानती होती, तो करती। और शादी? कौन करेगा मुझसे?

कुंडू बोला—हां, सो तो है! मगर तू मेरा रुपया न लौटाए तो मैं क्या करूंगा? किस चीज़ से वसूल करूंगा। तेरा बाप तो मुकदमे में ही सब उड़ा गया है। घर के सिवाय तो कुछ है नहीं।

—मैं तो हूं। मैं तो नहीं भागी जा रही हूं।

—भाग ही जाए तो कौन पकड़ेगा? जो इनकिलाब-फिनकिलाब करती है! तिसपर जो रूप हआ है! तकाज़े में कहीं घर पर गया तो हंसिया लेकर दौड़ेगी। और

फिर वह बसंत है। नेता बाप रे!

मालती बोली—खैर। चलती हूं।

—जाएगी?

—और नहीं तो क्या करूं। पचास रुपये के माल से क्या होगा? छुछूंदर मारकर हाथ घिनाने से क्या लाभ?

—खड़ी रह, खड़ो।

—खड़ी रहूं?

—नहीं। बैठ। एक काम कर तो उधार दूं मैं।

—कौन-सा काम, कहिए?

—मनिहारी के साथ-साथ अगर चाय-पकौड़ी, सिगरेट-पान की भी दुकान कर सके तो मैं काफी रुपयों का माल उधार दूंगा।

मालती अवाक् हो गई थी। यह बुड्ढा कहता क्या है? मतलब क्या है? ऊं कम्बख्त देख कैसे रहा है, जैसे निगल रहा है! वही, सुशीला जो जेल में कहती थी—नज़र से निगलना। सभी...सभी... सभी मर्द। उनकी निगाह देखते ही समझ जाओगी।

कुंडू ने कहा—सुनो, वह श्रीमती है न, वह पहले मेरी ही दुकान से माल लेती थी। समझ गई...? सखी बन गई थी मेरी। दुकान अब जम गई। पक्के का घर बना लिया। गरूर हो गया। अब माल सैंथिया से लाती है। वहां मेरी शिकायत कर आई है, मैं गला काटता हूं। यहां भी लोगों से कहती है। औरत की दुकान...लोग भीड़ लगाते हैं। तू भी स्त्री है, देखने में सुन्दर है, जवान है...अगर तू चाय-नाश्ते की दुकान कर ले, तो दालान पीट देगी, देख लेना। सौतेली मां है ही। वह बना-बनू देगी। दो-एक लौंडों को रख लेना। करेगी?

मालती अवाक् ही देखती रही कंडू की तरफ। ठीक वह समझ नहीं सकी कि बुड्ढा का गुस्सा उसे गला काटने वाला कहने की वजह से है या इसलिए कि श्रीमती ने सखी वाला नाता तोड़ लिया? कुंडू के मनचले होने की कभी शोहरत थी। शराब पीता था, मेले में मनिहारी दुकान ले जाता था। उसकी बदौलत इलाके-भर में मौसी थी, फूआ थी, दीदी थी, मां थी...और यह सखी भी थी। बहुतेरी थीं।

कुंडू ने कहा—बोल। नहीं कर सकेगी? ऐसा चटकदार चेहरा है तेरा।

मालती फिक् करके हंस पड़ी, सखी का नाता भी जोड़ना होगा क्या?

कुंडू ने तेज़ निगाह से उसकी तरफ ताककर कहा—तू रे छोरी, खूब कर

सकेगी। मगर सुन, तेरा बाप मुझे चाचा कहता था। नाते में तू मेरी पोती हुई। वह नाता ही जोड़े तो कोई दोष नहीं है। मगर खैर। वे दिन लद गए। उम्र सत्तर पार कर गई। इस साल कितनी है, वह बोलना नहीं चाहिए। अगले साल तिहत्तर की होगी। छोड़ उसे।

—डर लग रहा है?

—तू बड़ी शैतान है रे छोरी। अरे नहीं, नहीं, कंडू को इसका डर नहीं है। कंडू मक्खीचूस व्यवसायी है। समझी? वह पानी में उतरा है, कीचड़ कभी नहीं लगाएगा। तू सो सब नहीं समझेगी। है तो वैष्णव की बेटी, मगर यह सखी-वखी वाला मर्म तू नहीं जानती। और, इसमें तेरा भी क्या दोष, वह रस ही सूख गया।

—सिखलाइए न मुझे?

—खैर। पहले तेरी दुकान हो ले। हाट की धूल तेरे कपाल पर लगाकर फाग धूल की तरह हाटधूल का नाता कर लूंगा। तो आज इतना ही ले जा, अस्सी रुपये का माल। बिक जाने पर पैसे दे देना। जो माल बच जाए, लगे कि अब नहीं बिकेगा, लौटा देना।

सोमवार को वह सिर्फ मनिहारी लेकर ही बैठी थी। भीड़ हुई थी। काफी भीड़। मालती बैठी भी खूब बन-ठनकर थी। सजना-संवरना वह जेल से सीख आई थी। बरहमपुर के ज़नाना जेलखाने में सौ के करीब नारी-कैदी रहती थीं। भली और पढ़ी-लिखी उनमें कम भी तो आठ-दस होंगी। कई वेश्याएं भी थीं। उनमें से एक थी नीहार दीदी। पढ़ी-लिखी। किसी कारबारी दफ्तर में काम करती थी। टाइप करती थी। उस दफ्तर के किसी गाहक ने उसे बहुत रुपये देकर जाने क्या सब कागज़ गायब कराया था। इसकी वजह से नीहार-दी को दफ्तर के मालिक के बेटे से प्रेम करना पड़ा था। मालिक के बेटे ने शादी नहीं की थी। उसके घर जाकर उसे शराब के नशे में चूर करके बैग से कागज़ निकाल लिया था; कागज़ के साथ रुपये और हीरे की कीमती अंगूठी भी थी। वह भी ले ली थी। लोभ नहीं संभाल सकी। उसी हीरे की अंगूठी से आखिर वह पकड़ी गई। ढाई साल की सज़ा हुई। जेल में वह ऐसी सजती-संवरती थी कि सब कोई उसकी नकल करती थीं। नीहार-दी काली थी। लंबी। उसके सिंगार में सबसे बहार थी बालों की संवार की। बालों में वह तेल नहीं लगाती थी। रूखे बाल फूल उठते और उसके चेहरे को घेरे रहते। हाथ से दबा-दबाकर उनमें

लहरें बनाती थी। नीहार-दी जैसी कुछ स्त्रियां ऊंचे क्लास की थीं। फर्स्ट क्लास, सेकंड क्लास की कैदी। तीसरे दर्जे की कैदियों से पहले मिलती ही न थीं। लेकिन कुछ ही दिनों में वह सभी भी आनेजाने लगीं। हंसती-गातीं। नीहार-दी तो नाचती तक थी। मालती नीहार-दी से पढ़ती थी। उसने मालती को कुछ पढ़ाया था। उसके नाम से वह प्रेम के उपन्यास मंगवाया करती थी। वह पढ़ती, बाकी सब सुनतीं। अंतिम दिनों में नीहार-दी ही उसकी गुरु थी। उससे मालती ने बहुत कुछ सीखा।

उसी नीहार-दी से सीखे हुए कायदे से उसने रूखे बालों को पीठ पर बिखेर दिया था और दुकान में बैठी थी। भीड़ लग गई थी। ज़्यादातर बाबू छोकरे। परन्तु एक सिगरेट के सिवा उन्हें वहां खरीदने लायक कुछ भी नहीं मिला। दो-एक ने बच्चों के नाम पर कुछ गोलियां और पेंसिल खरीदीं। स्कूल के छोरे भी आए थे। स्कूल की लड़कियां भी। लड़कियों ने बल्कि कुमकुम, कांटा, फीता, बाल की क्लिप कुछ खरीदी थी। एक बाबू छोकरे ने तो साफ ही कहा—अजी, तुम्हारी दुकान में खरीदूं क्या?

बहुत पीछे से कोई बोल उठा—दुकान वाली को ही खरीदिए न।

—कौन है रे उल्लू! बेहूदा!—बोलने वाला बोला।

मालती बिगड़ी नहीं। हंसकर बोली—हाट की बात को क्या लेना बाबूजी, जाने दीजिए।

और कोई बोल पड़ा—भुवनपुर की हाट है भैया।

मन की बिथा लिए जाओगे
दुख के बदले सुख पाओगे।

मालती ने हंसकर कहा—जय, बाबा भुवनेश्वर की जय!

और सबके सब हंस पड़े थे। भले आदमी का चेहरा और आंखें तमतमा आई थीं। वे बोले—बड़े अभद्र हैं सब।

मालती बोली—आप नाराज़ क्यों हो रहे हैं बाबूजी, यह इस हाट की पुरानी बोली है:

मोलो तो मन भी बिकता है,
कड़वे का मीठा मिलता है।

—लंबा-सा पद्य है। खैर। कुछ खरीदिए न बाबू, जो भी चाहें। आपसे कुछ मुनाफा कमा लूं। घर जाकर जोड़ूंगी-जाड़ूंगी, आपको याद करूंगी।

धरनीदास अवाक् होकर उसकी ओर ताकते हुए उसकी बोली सुन रहा

था। उस दिन जिस लड़की को उसने देखा था, यह लड़की तो वह नहीं है। यह तो और ही कोई है। इसे लाज नहीं, शरम नहीं—ज़रा भी नहीं। क्या कहें इसे? एकबारगी...कोई शब्द नहीं सूझा। हां, मिल गया। खौफनाक है यह! यह सब कुछ कर सकती है।

उन भले आदमी ने सारी गोलियां खरीद लीं, और जूड़े में खोंसने के प्लास्टिक के फूल खरीदे। संथाल स्त्रियों को देंगे। गोलियां देंगे रास्ते के लड़कों को।

उस दिन कुल मिलाकर दस रुपये बिके थे, कुछ आने कम। हाट टूटने के वक्त धरनीदास ने कहा—तुम कामयाब होगी बिटिया।

मालती ने हंसकर कहा—देखूं चाचा। लेकिन मनिहारी नहीं चलेगी। बस्ती-बस्ती घूम-घूमकर फेरी किए बिना लाभ नहीं होगा। और ही कुछ करूंगी। तुम्हारी दुकान में बैठने से नहीं हो सकेगा।

—तो क्या करोगी?

—देखती हूं।

सब कुछ समेटकर वह उठ रही थी कि डुगडुगी बज उठी। एक लाल झंडा उड़ाकर तीन-चार छोकरे आए। मुंह में चोंगा लगाकर चिल्लाया—सभा होगी। चीज़ों की कीमत बेहद बढ़ गई है। उसके विरोध में कल यहीं हाट में सभा होगी। इसका ज़ोर-शोर से विरोध कैसे किया जाए, इसका उपाय सोचा जाएगा। कम्युनिस्ट नेता विमल बोस का भाषण होगा। आप लोग काफी तादाद में इकट्ठे हों।

मालती एक बार तो मानो चौंक उठी। सभा होगी। वह नहीं आएगा? उसने तो कांग्रेस को छोड़ दिया है। वह?

वह तुरंत बोली—मैं अभी आई चाचा। और वह टूटी हाट की भीड़ में खो गई। हाट से बाहर बाबाथान से दाहिने वह उसी जंगल में गई। घने जंगल के बीच वह उसी पेड़ के पास जाकर खड़ी हुई। अंधेरे में पता नहीं चला। टटोलकर उसने जानना चाहा कि डालों में पत्तों के साथ काटे हैं या नहीं। अगर कांटे होंगे, तो कूंच की लतर होंगी। एक छोटे से पीपल पर कूंच की लतर चढ़ गई थी। उसीमें उसने साड़ी की कोर फाड़कर ढेला बांधा था। कांटा तो हाथ में लगा था, पर यह अंदाज़ नहीं लग सका कि ढेला है या नहीं। टार्च लाई होती तो ठीक था।

वहां से लौटी। गंधेश्वरी तला होते हुए कुंडू के यहां जाकर कह आई—मैं अब वही दुकान करूंगी दादाजी।

—दादाजी कहा? छल से या सच-सच?

—लीजिए, छल क्यों करने लगी?

—क्या विश्वास। बूढ़ा हो जाने पर छोरियां छल से ठगना चाहती हैं। रात का वक्त है, ठीक दिखाई नहीं देता। मुंह देखकर ठीक-ठीक समझ नहीं पा रहा हूं न।

मालती ने बिजली की पूरी रोशनी में मुंह ले जाकर कहा—देखिए।

—उंह, तू आसान लड़की नहीं है। रात की रोशनी में काली गोरी दिखती है। तिसपर बूढ़े की नज़र में युवती! दादाजी बनूंगा या नहीं, यह आज नहीं, कल बताऊंगा। नहीं, कल नहीं, दस दिन के बाद। मगर कल आना। तेरे रूप से बेहाल नहीं हुआ हूं मैं, तेरी माया से गल नहीं गया हूं। मेरा गुस्सा उस श्रीमती पर है, समझ गई? वह विधवा हुई। चटक थी, जवान थी। दुःख नहीं था। मेरे साथ मौज-मज़ाक करती थी। उस समय उमर थी और हंसी-मज़ाक मैं पसंद करता था। लोग उसे बुरी कहते थे। मेरे पास आकर बोली, समधीजी, अब तो नहीं चलता। मैं उसे समधिन कहता था, वह मुझे समधी कहती थी। मैंने कहा, अच्छी-सी दुकान कर लो। मूल पूंजी मैं देता हूं—उधार सौदा। और वही मुझे बुड्ढा कहती है! मैं गला काटने वाला महाजन हूं! मैं एक जवान औरत की तलाश में था—बढ़िया नाक-नक्श हो—दुकान पर बैठे तो बर्र की भीड़ टूटे—उससे अधिक ग्राहक जुटें। तेरे दोनों हैं। शादी-वादी तेरी होगी नहीं। कोई करेगा नहीं। आखिर को कुपथ-विपथ में जाएगी, उससे अच्छा है कि दुकान कर ले। कल आना।

मालती को ये बातें अच्छी लगी थीं। बुड्ढा सयाना है—बात भी दो टूक करता है। वह बोली—ठीक है। कल आऊंगी।

—क्या-क्या चाहिए फेहरिश्त बना लाना।

—मैं भला वह सब जानती हूं दादाजी! आप ही बना दीजिएगा।

—यह लो, जो बोले सो धी को जाए। बैठने को कहा, तू गरदन जकड़ लेना चाहती है।

—बैठना भी होगा तो दायें बैठेगी दादाजी, बायें नहीं।

—अलबत्। खुब कहा! खैर कल आना।

दूसरे दिन सवेरे कुंडू ने कड़ाही, परात, थाली, कलछुल, चक्का, बेलन सब खरीद दिया। छोटी-सी बेंच, एक बड़ी बेंच, उसके साथ छोटीसी एक मेज़, लोहे की एक कुर्सी, दो तिपाई भी। छोटी बेंच पर बैठकर लोग बड़ी बेंच पर खाएंगे। मालती कुर्सी पर बैठेगी। मेज़ पर पैसे बाला बक्स रहेगा। काठ की दो बड़ी, दो छोटी कठौती। खुद से हाट गया। बढ़ई को बुला ले गया। फ्रेम बनवाए और घर से टिन

मंगवाकर दो दिन में घर बनवा दिया। फर्श पर ईंटें बिछवा दीं। जोड़ों पर सीमेंट करवाया और कहा—ले, कम्पलीट हो गया।

पहले दिन श्रीमती ज़रा हक्की-बक्की-सी हो गई थी। खास करके खुद कंडू को देखकर। उसके बाद भांप गई। आगे बढ़कर पूछा—यह सब क्या हो रहा है?

यह मंगलवार के दिन दस बजे की बात है। कुंडू ने कहा—बाघ का तमाशा होगा।

—बाघ का तमाशा?—अवाक् हो गई श्रीमती।

—हां-हां। बाघ नहीं, बाघिन का। मालती की दुकान होगी। उसने मेरी ज़मीन किराये पर ली है। दुकान खोलेगी।

—मनिहारी?

—चाय, काटलेट, सिंघाड़ा, कचौरी, चाय-पान, सिगरेट। उसके साथ कुछ मनिहारी। बिस्कुट। डबलरोटी।

—हूं। तो—श्रीमती चुप हो गई। अपनी दुकान में गई और एक अज्ञात आदमी को घायल करने के लिए बातों के तीखे-तीखे तीर छोड़ने लगी—कैसे तो कहते हैं, इल्लत धोए नहीं धुलती। यह बुढ़ापा। सालभर हुआ, बुड्ढे की बीवी मरी है। घर में अधबूढ़ा बेटा, बहू, नाती-पोते। उसे यह अट्ठारह साल की वैष्णवी! छिः, छिः! लाज के घाट पर मुंह नहीं धोया। जमराज के दरबार में जवाब क्या दोगे?

कुंडू नाराज़ नहीं हुआ। खिक-खिक-खिक-खिक हंसने लगा।

ज़रा देर बाद वहां से जाते समय मालती से कहा—मनमाफिक काम करा ले। खबरदार, मिज़ाज मत खराब करना। खबरदार।

कुंडू को अपना रिक्शा है। उसीपर चढ़कर वह चला गया। मालती अब उस ओर गई, जहां कम उमर के पीपली पर कूंच की लतर चढ़ी है। पूरे पेड़ में फटे फलों में दाने जैसे लाल-लाल कूंच वहां हाल के बंधे कुछ ढेले झूल रहे थे, पुराने कहां गए? वह पीछे की तरफ से जाकर खड़ी हुई। अब दिखाई दिया: हां, हैं तो पुराने ढेले। लटक रहे हैं। उसका वाला? उसका वाला कहां है, लंबा-सा था। चुनकर लाई थी। वहां बीच में थोड़ा दबा सा। गिर न जाए जिसमें। कहां है? रस्सी भी मज़बूत थी। अपनी महीन साड़ी की कोर फाड़कर बांधा था।

ढेला गिर जाने का मतलब है, कामना पूरी नहीं होगी। मनोकामना पूरी करने की इच्छा नहीं है बाबा को। ढेला नहीं गिरे तो जानिए, मनोकामना पूरी होगी। पूरी होने पर जाकर ढेले को अपने हाथ से खोल देना पड़ता है।

ढेला झूल रहा था।

खुशी-खुशी लौट आई। रास्ते में बाबा को उस रोज़ प्रणाम किया। बाबा भुवनेश्वर, इच्छा पूरी करो। मन में उसके बाबाथान का वह पुराना गीत गूंज उठा था।

श्रीमती ज़ुबान के तीर तब तक भी चलाती ही चली जा रही थी। अब उसपर। खूब कहती है श्रीमती। खूब। उसके तीर कतराकर आदमी को बेधते हैं। आदमी पूरब को खड़ा रहता है, तो वह दक्खिन को मुंह किए खड़ी होती है और पश्चिम कोने को तीर छोड़ती है। तीर घूमकर पश्चिम से उत्तर, उत्तर से पूरब में आदमी को घायल करता है। कलेजे में बिंधता है। लाल झंडा वालों ने कल सभा करने का ऐलान किया है। वे श्रीमती से अच्छा नहीं बोल सकेंगे।

खूब कहा—नवयुवती, नई जवानी। अगर यही भुनाकर खाना था तो भुवनपुर की हाट में पकौड़ी लिए क्यों बैठी? अरे बाबा, शहर में जा, बाज़ार में जा। यहां एक रसिया बुड्ढा है भी तो कम्बख्त गला काटनेवाला महाकंजूस है। वहां कौड़ी-कौड़ी पाएगी!

शुक्रवार की हाट के दिन सवेरे उसने दुकान खोली। आम के पल्लव लगाए। पानी-भरे दोघट रक्खे। कूंड़ू बाबू ने दो नारियल भी भेज दिए थे। बाबाथान के एक पंडे को बुलवाकर सबसे पहले उसने उसीको चाय पिलाई। चाय का पहला गाहक खुद कुंडू बना।

चंपा मौसी की राय नहीं थी। वह बोली थी—मालती, तुम यह क्या कर रही हो, मैं समझ नहीं रही हूं। अच्छा नहीं लग रहा है मुझे। कूंडू को लेकर जो अफवाहें उड़ रही हैं, अच्छी नहीं लगती हैं माला।

—कैसी अफवाहें?—कौतुक से पूछा उसने। उसका अनुमान वह कर सकती है। उधार देने के बहाने कूंडू आखिर उसीको खरीद बैठेगा।

चंपा बोली—समझती नहीं हो? श्रीमती के मुंह से सुना नहीं?

—सुना है। देख तो लें खेल-खेलकर।

—नहीं, नहीं। यह अच्छा नहीं है। उसके साथ खेलना ठीक नहीं।

—ठीक है। मैं खेल लूंगी। मैं खूनी औरत हूं!

—माला, तुम्हें हाथ जोड़ती हूं मैं।

—ठीक है। तुम मत जाना। तुम जो कर रही हो, वही करो। इसमें मैं तुमको नहीं घसीटूंगी। मगर मैं यह मौका हाथ से नहीं जाने दूंगी। आखिर मैं करूं क्या, कह

सकती हो? हां। है। श्रीमती ने कहा था, बाज़ार में बैठकर रूप और जवानी भुनाकर खाओ। कहो वही करूं?

—मेहनत-मजूरी करके ख़ा सकती हो माला। कल ही तो दे कह। रहा था, तुम्हारी सखी गोपा का बाप। कह रहा था, कुछ सीखती तो ठीक था। नर्स का काम, सिलाई का काम। दरकार होती तो सिलाई की मशीन खरीदने के रुपये मिल जाते। यह दुकान...

—उंहूं मौसी, मुझपर इसका नशा सवार हो गया है। तुमसे न बने...

—यह मुझसे बनने न बनने की बात नहीं है।

—तो फिर क्या? वैष्णव की बच्ची हूं, भीख मांगकर न खाऊं तो अधरम होगा?

—वह भी नहीं माला!

—फिर?

—ठीक-ठीक समझा नहीं पा रही हूं। तुम यही सब करोगी—घर-गिरस्ती नहीं करोगी?

—घर-गिरस्ती? माने ब्याह? सो नहीं जानती।

—उसकी उम्मीद पर तुम न रहो।

—माना, नहीं रहूंगी।

—फिर?

—गांव में लड़कियों का स्कूल खुला है मौसी। दीदियों को देखा है? उनमें से कितनों ने शादी की है?

—वह मैं सोचती हूं। कोई किनारा नहीं मिलता।

—मेरा किनारा तुम खोजो भी मत।

—वह सब तो अपनी विद्या के बूते पर रहती हैं।

मुंह की बात छीनकर मालती ने कहा—मैं यही लेकर, रुपया लेकर रहूंगी। तुम बको मत। यह बताओ कि काम छोड़कर दुकान का काम करोगी कि मैं आदमी तलाशूं?

—तुम्हारा ही काम करूंगी माला। तुम्हें बेटी की तरह, छोटी बहन की तरह पाला है। मां जैसा प्यार कर बैठी हूं। तुम्हारा ही काम करूंगी।

हाट तीसरे पहर लगती है। उन लोगों ने दो पहर से ही सामान बनाना शुरू कर दिया। पहले दिन के लिए कुंडू ने ऐसे एक आदमी को भेज दिया था, जो सिंघाड़ा, कचौरी बनाना जानता है, पकौड़ी बनाना, चाय-काटलेट बनाना जानता है।

श्रीमती ने भी अपनी दुकान को अच्छी तरह से सजाया। रंगीन कागज़ की

कुछ बेलें लाकर लगा दीं। एक काम और किया, उस काने लंगड़े की बेटी चुनरिया को साफ कपड़े-लत्ते पहनाकर दुकान में बहाल कर लिया।

चुनरिया के बाप के गले में एक मोटी काली डोरी-सा जनेऊ सदा से है। वह कहता है: मैं बराम्हन हूं। उसका माटी-सा और चुनरिया का तांबे-सा रंग उसके इस कथन का गवाह हो जाता है। वह ब्राह्मण है कि क्या है, यह बात उससे कभी किसीने नहीं पूछी। श्रीमती ने आज उसका उपयोग किया। चुनरिया बन-ठनकर रात को रास्तों पर घूमा करती है, बाबाथान के बड़-बेल-पीपल के जंगल में घूमती है, यह भी सभी जानते हैं। लेकिन भुवनपुर की हाट में यह बात कोई उठाएगा ही नहीं। चुनरिया दुकान में चाय देगी, बर्तन धोएगी। लोगों से पूछेगी: और क्या लाएं बाबूजी? मुसकराएगी। लेकिन श्रीमती की भूल है। चुनरिया भुवनपुर की हाट में धूल की चीज़ है। उसपर पड़कर भी लोगों की नज़र नहीं पड़ती। मालती का मोह उससे कहीं ज़्यादा है।

टिकली उसके पास आई थी। कहा था—तुम मुझे रख लो।

मालती ने हंसकर कहा—तू करेगी क्या? तेरे हाथ का तो कोई खाएगा नहीं!

टिकली बोली—नहीं खाएगा? तो मैं गाहक बुलाऊंगी। इस दुकान में आओ। जूठे बर्तन धोऊंगी। लोग आएंगे—कहकर वह हंसी।

भालती ने उसे रख लिया।

भुवनपुर की हाट। इस हाट में सब कुछ बिक जाता है, सब चल जाता है।

कुर्सी पर बैठी हाट की ओर देख रही थी मालती। मन में उसके सचमुच ही एक नशा था। शायद हो कि काम का नशा हो। उसके साथ-साथ भविष्य का भी। अच्छा लग रहा था। सवेरे चाय, सिंघाड़ा, बिस्कुट, सिगरेट की अच्छी बिक्री हुई। लोग सवेरे से ही हैं। ये सब हाट के लोग हैं, गाहक नहीं। जो लोग बैलगाड़ियों से यहां माल लाते है, वे लोग। रेलगाड़ी से उतरकर जो लोग मोटिया-मजूरों पर, किराये की बैलगाड़ी पर माल लेकर आते हैं, वे लोग। कुछ वैसे खरीदार भी आए हैं। उन्हें हाट की सौदा-पाती के सिवाय भी काम है। किसीको थाने में, किसीको रजिस्ट्री आफिस में, किसीको प्रखंड विकास पदाधिकारी के दफ्तर में, किसीको स्कूल, लड़कियों के स्कूल में। लड़कियां होस्टेल में रहती हैं, उनसे मुलाकात करनी है। कोई गांव से बोर्डिंग में चावल लाकर देता है। सवेरे जो आए, जो हाट के सामने से गुज़रे, वे सभी टिन की छौनी वाली इस नई दुकान और दुकानदारिन को देखकर ठिठक गए। बिलकुल

शहरी औरत! उन सबने वहां जाकर चाय पी। सिगरेट पी। कुंडू बाबू हिसाबी आदमी हैं। सिगरेट की बीस डिबिया दी हैं। वह भी ज़्यादातर दामी सिगरेट। कह दिया—देखो, सस्ता माल मत रखना! तेरी दुकान सस्ती नहीं है। टिकली को तू रख रही है, रख, मगर उसे सजाना-गुजाना मत। वह दाई है, दाई की तरह रहे। हां।

सवेरे चालीस प्याला चाय बिकी। सिगरेट पूरा एक टिन। पचास सिगरेट। डिबिया भी चार। डिबिया के अलावे कुंडू ने सिगरेट की कई टिन भी दी थीं! टिन से इज़्ज़त बढ़ती है और खुली-खुदरी सिगरेटों की बिक्री भी होती है। कुंडू ने सब समझा दिया था।

आलूवालों ने गाड़ी से बोरे उतारे। आलू की ढेरी लगाने लगे। तम्बाखूवाला पहुंच गया। कटवा के फलवाले टब के बक्सों पर फल सजाने लगे। फीता-कार का फेरीवाला आ गया। सब पेड़ तले बैठकर बीड़ी फूंक रहे हैं। उसकी दुकान की तरफ ताक रहे हैं। टिकली कभी-कभी हाथ के इशारे से उन्हें बुला रही है। हंस रही है। यह सर पर बोझा लिए आठ-दस जने आए। ये बगल की बस्ती के नामी खेतिहर हैं। भुवनपुर की हाट में उन्हींकी बैंगन-मूली के लिए बैंगन-मूली का नाम है।

चंपा ने कहा—वह देखो मौसी, आकुल के खेत का बैंगन आ गया। बैंगनी बनाने के लिए ले लो। लंबा, गोल बैंगन। लंबी फांके और गोल चकत्ते, दोनों अच्छे रहेंगे।

मौसी पर भी नशा चढ़ गया है। पहले आकर चुपचाप काम कर रही थी। कभी-कभी हाथ रोककर सोचने लगती थी। अब वह आच्छन्नता जाती रही है। टिकली से कह रही है। हुक्म दे रही है। काम कर रही है।

बोली—जा। चुनकर ले आ।

वे आ गईं चटाई वालियां। मुसलमान औरतें खजूर की चटाई लिए आ रही हैं। वे आ गईं मोढ़ा-टोकरी।

मौसी रुपया लेकर चली जा रही थी। मालती ने रोककर कहा— सुनो।

—क्या?

—तीती-तीती मिर्च लाना। और...

—कहो।

—रंगाई हुई खजूर की पत्ती की दो चटाइयां, एक मोढ़ा। खैर, यह हाट उठते समय लेने से भी चल जाएगा। वह आ रहा है एक मनिहारी वाला। पुराना

आदमी है, उसके बाप के ज़माने का। यह भी मछली मारने का सरंजाम बेचता था। अभी भी बेचता है। वह रहा धरनी चाचा। तैयार कपड़े वाला। वह आ रहा है। वह रहे किताब वाले। तसवीर वाला। उसके पास से औरत की अच्छी तसवीर वाले कुछ कैलेंडर लेने होंगे। टिन की दीवालों पर लगा दिए जाएंगे। एक दल और आ रहा है। दो बैलगाड़ियां, कद्दू-कोंहड़े लदे हैं। ये लोग मयूराक्षी के किनारे के हैं। वह रही बंदगोभी की गाड़ी। अब तो हुड़-हुड़ करके चले आ रहे हैं लोग। घुसते ही ठिठककर खड़े हो जाते हैं; हाट की माटी को उंगली से छूकर कपाल से लगाने के बाद हाट के अंदर दाखिल होते हैं। दौड़ते हुए आ रहे हैं। अच्छी जगह दखल करेंगे। वे सबके सब मुसलमान हैं। अच्छे-अच्छे खेतिहर। व्यापार में भी भले व्यापारी। उनकी लाई हुई चीज़ें कभी लौटती नहीं। यों प्रवाद तो है, पर भुवनपुर की हाट का वह पहला नियम अब नहीं है कि अनबिका माल मालिक खरीद लेंगे।

साइकिल चढ़े खरीदारों का एक दल आया। साइकिल थामे सभी हाट में आ रहे हैं। लकड़ी की उस दुकान के सामने बरगद के नीचे रक्खेंगे। ज़ंजीर लगाकर ताला बंद कर देंगे। वे लोग इधर ताकने लगे। मालती को देखने लगे। मालती के होंठों पर ज़रा हंसी कांप गई। मन की ज़मीन पर घास सरीखा सरस कौतुक उग आया। वह उठ खड़ी हुई। माथे का झटका देकर बिखरे बालों को सामने लाकर हाथ से ठीक कर लिया। कंधे के कपड़े को ठीक करके फिर से बैठ गई।

पीछे से टिकली ने कहा—कुछ लोग आ रहे हैं।

—देख ले, चाय का पानी ठीक से उबल रहा है या नहीं।

कोयले के चूल्हे पर अलुमुनियम की एक बड़ी-सी देगची में चाय का पानी गरम हो रहा था। टिकली ने कहा—टगबग-टगबग कर रहा।

मालती ने रसोइए से पूछा—ठाकुर, कड़ाही चढ़ाइएगा कि जो बना-बनाया है, वही देंगे?

ठाकुर ने कहा—वही ठीक है। अभी-अभी तो हमने कड़ाही उतारी है।

आठ जने एक ही साथ आकर दुकान के सामने खड़े हो गए। मालती ने कहा—आइए!

वे सब बेंच पर बैठ गए। जगह की किल्लत होने लगी। एक आदमी को बैठने में कठिनाई होने लगी।

मालती ने अपनी कुर्सी बढ़ा दी—बैठिए।

जो खड़ा था, उस आदमी ने कहा—नई दुकान खोली?

—जी हां। आप ही लोगों के भरोसे खोल ली।

छोकरा गल गया। बोला—बेशक। हम लोग अभी खड़े-खड़े यही तो बतिया रहे थे। पुरानी वाली दुकान श्रीमती की है। बड़ी गंदी है। यहां चूंकि दूसरी कोई दुकान थी नहीं, लाचारी वहीं खाया करता था। अच्छी दुकान खोली आपने। साफ़-सुथरी है।

मालती को हंसी आ रही थी। हंसी को ज़ब्त करके ही बोली—क्या मंगवाएं?

—पहले चाय तो दीजिए।

—न, पहले एक-एक सिगरेट दीजिए। वाह, कैप्सटन है, गोल्ड-फ्लैक है। दीजिए, एक-एक कैप्सटन दीजिए।

—और नाश्ते का? चाप है। दिलवाएं?

—चाप? वाह! उस दुकान में बस बैंगनी और बैंगनी। दीजिए-दीजिए!

टिकली फिक्-फिक् करके हंस रही थी। एक ने कहा—अरे, यह यहां क्या कर रही है?

—वह जूठे बर्तन धोती है।

—खाने का सामान तो नहीं छूती है न!

—नहीं, नहीं। गरीब बेचारी...

—गरीब?

—क्यों जी? मैं कोई अमीर हूं? उहं।—टिकली बोल उठी। उसके बाद हठात् क्रुद्ध स्वर में बोल उठी—उंः, मैं छोटी जात की हूं। टिकली छोटी जात की...

—ऐ, चुप! अभी बाहर जाकर बैठ। जा।

टिकली बाहर जाकर बैठी।

कि इतने में हाट के शोरगुल को दबाकर ग्रामोफ़ोन बज उठा—

भुवन हाट में सौदा लाया, पूंजी सारी खोई
तेल नून की बांध पोटली रतन गंवाकर रोई।
सखि री, ढूंढे मिले न अपना मन!

कहां बज रहा है? जिज्ञासा-भरी निगाह उठाकर मालती देखने लगी, कहां बज रहा है? श्रीमती की दुकान में?

टिकली ने उसके मुंह की तरफ ताककर उंगली से दिखा दिया—हां। वहीं

बज रहा है।

ओ! श्रीमती ग्रामोफोन बजाकर ग्राहक बुला रही है। वह हंसी।

जी चाहे जितना बजा लो श्रीमती, पूंजी तुम्हारी गायब हो गई है सखी! लाख कह लो, लोगों को माया नहीं होने की।

जाकर हाट-घाट पर बैठी जल में मारी डुबकी
मोती मिला झकाझक उससे खिली जवानी दुबकी
फिर जो डूबी, हाय, खो गया रूप और यौवन,
मेरा खोया रे मूलधन!

एक कोई बोल उठा—वही! मन की राधा वाला। नवीन बाऊल हैं।

—मन की राधा?

—बेशक।

—उसके तो एक ही 'मन की राधा' का रेकर्ड जानता हूं!

—यह भी है। बाज़ी रक्खो। ज़्यादा नहीं। एक डिब्बी सिगरेट।

उधर गाहक आकर खड़े हैं। खूब हैं ये छोकरे! उठने का नाम नहीं! बातें भी उसकी तरफ ताक-ताककर कर रहे हैं। मालती हंसी। अच्छा लगता है। बुरा नहीं लगता। लेकिन अच्छा लगने से तो नहीं चलेगा! उसने टिकली से कहा, बैठी क्या कर रही है? गाना सुनने से ही चलेगा? बर्तन सब धो ले। नये गाहक आए हैं। सुना?

टिकली बेंच के सामने जाकर खड़ी हुई। मालती ने नये गाहकों से कहा—जी, बस। इन लोगों का हो गया। ज़रा देर रुकिए। उठ जाएं ये लोग।

लाचार वे लोग उठ गए। नये लोग बैठे। टिकली ने लत्ते से बेंच को पोंछ दिया। उन्होंने आपस में एक-दूसरे का मुंह देखा। मालती समझ गई। बोली—ठहरिए, मैं पोंछ दूं ज़रा।

वह आगे बढ़ी। गाहकों में से एक बोल उठा—रहने दीजिए, हो गया।

—ठीक है तो? नहीं तो मैं पोंछ दूं ठीक से।

एक ने कहा—हां, हां। शहर में चाय देनेवालों की जात कौन देखता है? और जात तो गई। साहबों ने जात मारना शुरू किया था, देश स्वाधीन हुआ और खत्म। लो, बैठो।

—क्या मंगवाऊं? खाने की चीज़ टिकली नहीं छूती है। सामान ठाकुर तैयार करता है। परोसते हम हैं।

चंपा बैंगन कूट रही थी। बोली—हम लोग सब कुछ बड़ी शुद्धता से बनाते हैं। और फिर वैष्णव, ब्राह्मणों के दास। हमारे हाथ का खाने में क्या दोष? हम देते हैं।

मालती प्लेट में चाप लाने लगी। बैंगनी तली जा रही थी। उन लोगों ने बैंगनी मांगी।

उधर हाट में शोरगुल मचा। चावल-धान के व्यापारी ब्राह्मण जगन्नाथ बाबू दो आदमियों के बाल पकड़कर खींच रहा था। खींचकर हाट से बाहर ले जा रहा था। लोग-बाग उसी तरफ ताकने लगे। कुछ लोग सौदा-पाती करना छोड़कर उसी तरफ जाने लगे।

क्या हो गया?...मालती ताकने लगी! गाहक भी उधर को ताकते हुए खाने लगे। टिकली दौड़कर चली गई।

मालती ने ज़ोर से पुकारकर कहा—जल्दी आना टिकली।

दुकान के अंदर से एक गाहक ने हाट के एक जने से पूछा—ऐ सुरेन्दर, क्या हुआ जी?

सुरेन्द्र दुकान के सामने से ही जा रहा था। वह दांत निपोरकर हंसते हुए बोला—पिकपाकेट। पाकिटमार। जगन्नाथ बाबू ने रंगे हाथों पकड़ लिया।

—मार, मार सालों को! यहां का है?

—नहीं, पछांही है। साले, घूमते रहते हैं तमाम। आज ही सवेरे गाड़ी से उतरे हैं शायद। फीता-कार वाले ने बताया, परसों इन्हें सैंथिया में देखा। सैंथिया की हाट में उस दिन एक बेचारे के अस्सी रुपये निकल गए। यही साले थे।

मालती चुप बैठी रही। उसे जेलखाने की बात याद आने लगी। अधेड़ भुवन और छोकरी संध्या जेब काटने के कसूर में जेल आई थीं। वे बताती थीं। जेल में कोई कुछ छिपाता नहीं है।

उन दोनों और जगन्नाथ बाबू को घेरकर काफी भीड़ बटुर गई। अचानक कान के इस ओर डुगडुगी बज उठी। बड़े ज़ोर से बज रही है। बाज़ीगर की डुगडुगी जैसी। गरदन फेरकर मालती ने देखा। बाजीगर ही है। एक भालू लिए आम के नीचे खड़ा है।

—अरे बाप रे! जानती हो मालती दी, तीन तरह की पोशाक पहने हुए हैं वे!

टिकली लौट आई। एक गाहक ने पूछा—तीन तरह की कैसी?

टिकली बोली, पाजामा पहने हुए है न! उसके अंदर हाफ-पैंट और उसके

अंदर फिर कपड़ा।

—क्या मिला?

—ढेरों चीज़ मिली। पुलिस के हवाले करेगा।

—पुलिस के हवाले क्यों बाबा, बाबा भुवनेश्वर के दरबार में! यहां तो नकद वसूली है। दुःख के बदले सुख, मन के बदले मन। चोरी के बदले मार। मार तो पड़ चुकी। अब फिर पुलिस में क्यों?

—सो जो कह लो। भुवनेश्वर की हाट का वह महातम अभी भी है। उस दिन सूखो घोषाल रो रहा था। बेटी का ब्याह टूट गया। है न! कल सूखो घोषाल से भेंट हुई। बड़ा व्यस्त। मैं खेत पर धान की कटनी की निगरानी कर रहा था। पूछा, ऐसे हनहनाते हुए किधर चले घोषाल? बड़ी चुस्ती देख रहे हैं। घोषाल भर गाल हंसकर बोला, चुस्ती की बात तो है नहीं। बेटी की शादी पक्की हो गई। बाबाथान के सिंदूर से लग्न-पत्नी तक लिख दी। हाथ जोड़कर प्रणाम करते हुए बोला, बाबा का महातम झुठा नहीं है घोष। उस रोज़ हाट गया था। बाबा के सामने बड़ी विनती की, बाबा, लड़की के ब्याह के लिए बेतरह परेशान हूं। दया करो। वहां से निकला। दे की दुकान में चटर्जी से मुलाकात हो गई। दे बाबू को बात मालूम थी। वह बीच में पड़ा। कह-सुनकर बात पक्की कर दी। चटर्जी का बेटा एक मास्टरनी के पीछे पागल था। उसीसे ब्याह करेगा। चटर्जी ने मुझसे नहीं बताया, किंतु दे से कह बैठा। दे ने उसके बेटे को बुलवाया। डांट-फटकारकर राज़ी किया। कहा, चटर्जी आज ही तै कर लो। लग्नपत्नी लिखी गई। कहा, सीधे बाबाथान चले जाओ। सिंदूर लगा लेना। दे के ही पास जा रहा हूं। उसकी ज़मीन के पास एक टुकड़ा खेत है अपना। उसे बेटी के ब्याह के लिए बेचना है। उसीको बेचूंगा। इसीलिए जा रहा हूं।

—तो फिर खेत का महातम कहो, बाबा का महातम क्यों कह रहे हो।

—क्यों न कहूं? बाबा का महातम न होता, तो तुम्हारा बांधा हुआ ढेला गिर क्यों पड़ता? बाबा उसे पूरा क्यों करे? पराये घर की विधवा लड़की...

—देखो, खबरदार। मुंह संभालकर बोलो! तुमने मुझे देखा है ढेला बांधते?

—तुमने खुद ही मुझसे कहा है। नहीं कहा है, कहो?

—नहीं!—चीख उठा वह।

—हां, कहा है!—इसपर वह आदमी भी उतने ही ज़ोर से चिल्लाया।

यह आदमी उठ पड़ा। मालती के पास जाकर बोला—एक चाप, एक प्याला चाय। कितना? उसने एक चवन्नी फेंक दी।

मालती मन ही मन हंस रही थी। खुदरा पैसे हाथ में लेकर पूछा—सिगरेट दूं?

—नहीं। खुले पैसे लेकर वह चला गया। ज़रा दूर जाकर वह फिर लौट आया। दुकान के सामने होकर बोला—तुम? तुम जो चाय-नाश्ते को यहां ले आए, वह बात कह दूं?

इस आदमी ने कहा—कह दो। तुम क्यों, मैं ही कहे देता हूं। मैंने कहा, दुकान अच्छी है। दुकानवाली और भी अच्छी है। चलो, खूबसूरत औरत के हाथ की चाय पी आएं! क्यों जी, मैंने कोई बुरी बात कही? यह कोई बुरी बात है? तुमने इसका कुछ बुरा माना?

मालती का चेहरा तमतमा उठा। फिर भी वह बोली—न, न। यह बात बुरी क्या है? मैं क्यों बुरा मानने लगी?

चंपा बोली—दुखियारी है बाबूजी। आप ही लोग इसके बाप-चाचा, भाई-बंद हैं। आप लोगों को अच्छी लगती है, यह तो सौभाग्य है उसका।

—ठीक है। मैं ढेला बांधने नहीं जा रहा...

भालू वाला दुकान के सामने आकर खड़ा हुआ। बोला—चाय मिलेगी?

आसपास के लोग, खास करके स्त्रियां दुकान में घुस आईं—मैया री मैया!

—कोई डर नहीं माताजी। भालू कुछ नहीं करता।

—सो हो। तुम उसे हटा लो। और चाय प्याले में नहीं मिलेगी। क्या तुम्हारे पास कोई बर्तन है?...हमारे पास माटी का चुक्कड़ नहीं है।

—ऐ, हटो भैया, ओ वन का भालू वाला। भालू को हटाओ।

चंपा बोल उठी—मालती, भूती सरकार-सा लग रहा है?

हां, भूती सरकार ही तो है। पांव के नीचे की ओर के कपड़े को घुटने तक उठाए, बदन पर फतुही, काला गुलथुल चेहरा—भूती सरकार आकर दुकान में घुसा! —पहचान रही है रे मालती? तुझी को पहचानने में तकलीफ हो रही है! वह वा, देखने में तू खासी हो गई है! रास्ते में देखने से लगता, शायद शहरी औरत हो। वाह, वाह! मैं यहां था नहीं न, बर्दबान में था। तेरी सखी गोपा की जायदाद में झंझट हो गई है। गोपा का बाप मुझे ले गया था। बड़ा झमेला है। आज यहां

आते ही सुना कि तू आई है। आई ही नहीं, हाट में रेस्टुरेंट भी खोला है। और गांव में उथल-पुथल कर दी है। गोपा भी तो आई मेरे साथ। वह विधवा हो गई है, सुना है न?

मालती को पता है। ब्याह के कुछ ही दिन बाद विधवा हो गई। चंपा ने बताया। वह जानती है। उसने खुब दुःख नहीं पाया। खुशी हुई, विधवा होते हुए भी गोपा आज बहू है, उसके घर-द्वार हैं। चंपा ने बताया है, अच्छे घर की बहू है वह।

गोपा का जेठ चुनाव में जीता है। विधान-सभा का सदस्य हुआ है। बसंत ने उसे जिताया है। इसी चुनाव में जीतकर बसंत का नाम हुआ है। वह लीडर बना है।

जेठ से गोपा के पति की बड़ी अनबन थी। ये बातें उसने सुनी हैं।

मालती ने सरकार को अगवानी की—आइए, आइए।

चंपा ने कहा—सरकार बाबू का एहसान सदा याद रहेगा। जेल में तुमसे मैंने तीन बार भेंट की थी। इन्होंने ही दरखास्त लिख दी थी। तीनों बार।

सरकार ने कहा—यह ऐसा कौन-सा विशेष किया।—वह बैठा।

मालती ने पूछा—चाय तो पिएंगे न?

—नहीं पिऊंगा? तो फिर दुकान में आया किसलिए? ला, चाय दे। चाप दे। और वह कड़ाही में क्या हो रहा है? बैंगनी है? वह भी चार दे दे।

चाप तोड़कर मुंह में डाला। कहा—वाह, बड़ा अच्छा बना है। रेस्टुरेंट किया, बड़ा अच्छा किया है। तू दुकान पर बैठेगी तो खूब बिक्री होगी।

मालती को यह मालूम है।

—अकल आखिर कुंडू की है न! खलीफा आदमी है। उसके साथ कुछ लिखा-पढ़ी हुई है? दिखलाना! वह देख, स्कूल के लड़कों की जमात आ रही है। बेशक यहीं आ रही है। मैं उठता हूं। ठोंगे में थोड़ी-सी बैंगनी दे दे, घर ले जाऊं।

चंपा ने पूछा—गोपा का क्या हुआ सरकार बाबू?

—होगा क्या? थाना-पुलिस करके उसे ले आया। मुकदमा दायर हो गया।

—गोपा आ गई? —मालती ने पूछा।

—हां। मामला कुछ आसान थोड़े है। उसका जेठ एम० एल० ए० है। कड़ा आदमी है, बड़ा आदमी है। मगर मैं भी भूती सरकार हूं। अपना बसंत लेकिन बसंत ही है। खूब किया उसने, खूब। सच पूछो, तो गोपा का जेठ जो एम० एल० ए० हुआ है, बहुत कुछ उसीके ज़ोर से। रुपया रहने से ही तो वोट नहीं मिलता। वह फिर बताऊंगा। गाहक आया है।

सच ही गाहक आए। लड़के। दस-बारह जने। मालती लेकिन चुप खड़ी रही। बसंत के बारे में पूछ नहीं पाई। बसंत? कहां है वह? खूब किया है! कहां आया वह? उसे देखने नहीं आया? गाहक लोग बात कर रहे थे। मालती को उसका ख्याल नहीं। वह हाट की ओर ताक रही थी। अनमनी हो गई थी। गोपा! बसंत! बसंत, गोपा! कैसा तो! घिसे कांच के उसपार-सा नज़र नहीं आ रहा है।

—मालती!

मालती ने जवाब नहीं दिया।

—गाहक आ रहा है।

मालती ने कहा—देखो मौसी, क्या चाहिए।

चाहिए सब कुछ। लड़कों की जमात है। बैंगनी खाएगा, चाप खाएगा, सिंघाड़ा खाएगा, चाय पिएगा। दो-एक के अलावा सभी सिगरेट भी लेगा।

चंपा ने ठाकुर से कहा—आप भी हाथ लगाएं ठाकुर!

घिसे कांच के उसपार-सा सारा कुछ खोता ही नहीं जा रहा है, जेल की दीवार के अन्दर जैसे आवाज़ भी नहीं आती थी, वैसे ही शब्द भी नहीं सुन रही थी मालती।

बसंत। बसंत गोपा। बसंत ने गोपा के लिए बहुत किया।

इसी बीच शुक्रवार की हाट खत्म हो गई।

चंपा ने कहा—मालती, हो क्या गया तुम्हें। उठो।

—ओ, हां। घर जाना होगा। वह आदमी आ गया जो रात को रहेगा?

—आया है। वही तो, बाहर बैठा है।

—टिकली कहां है?

—टिकली? अरे राम, वह तो शाम से ही चंपत है। उस दुकान से चुनरिया और इस दुकान से टिकली, दोनों ही शाम से भागी हुई हैं। प्रेतनी-सी घूम रही

हैं कहीं।

—हूं।

हाट की बत्ती बुझने लगी।

केवल बीच के खम्भे में एक बत्ती जल रही है। इतनी बड़ी हाट में कैसा धुंधला-धुंधला लग रहा है। हाट वाले लोग अक्सर जा चुके। जिन के गाड़ी है, उनकी गाड़ी लद रही है। धरनी चाचा की छपरी अंधेरी है। वह चला गया है। हठात् उसे याद आया, भूल हो गई। धरनी चाचा को बुलाकर चाय पिलाना चाहिए था। ठोंगे में थोड़ी-सी बैंगनी और चाप दे आने से बूढ़ा खुश होता।

बैठकर गिन-गिनकर उसने रुपये-पैसे की थाक लगाई। कागज़ में लिखकर जोड़ा। साठ रुपये दस आने तीन पैसे।

रुपयों को थैली में भरकर बांधा।

रात में दुकान में सोनेवाले को कुछ खाने के लिए दिया। और एक ठोंगा उसके हाथ में देकर कहा—टिकली को दे देना।

चंपा ने कहा—माला!

—मौसी!

—न: चल। रास्ते में कहूंगी।

चलते-चलते चंपा ने फिर कहा—टिकली को कल जवाब दे देना। उसकी ज़रूरत नहीं। वह लड़की अच्छी नहीं है।

—भली और बुरी। उससे हमारा क्या मौसी?

—तुम कुछ समझ नहीं सकी हो।

—क्या?

—उसके बच्चा होगा।

—बच्चा होगा?

—हां। वह गर्भवती है। अपनी दुकान में कहां ज़च्चाखाना करेगी?

—हां। बात तो ठीक है। लेकिन उसकी मां के तो झोंपड़ी है। पेड़तला है। हमारी दुकान में क्यों आएगी?

—छूत-पवित्र है माला—

मालती हंस उठी। हठात् फिर चुप हो गई! कहा—छोड़ो मौसी, अच्छा नहीं लग रहा है।

उसका मन सब कुछ को झाड़-फेंककर फिर मानो शून्य हुआ जाने लगा।

बसंत। बसंत गोपा। बसंत एक बार आया तक नहीं! बसंत ने गोपा के लिए बहुत किया! सब झूठ है। भुवनपुर की हाट की बात झूठी है। भुवनेश्वर झूठ हैं। दुःख के बदले सुख, कड़वे के बदले मीठा मिलना तो दूर, यहां कुछ भी नहीं मिलता है। बसंत ने गोपा के लिए बहुत किया। और उसे आए सात दिन हो गए, वह एक बार आया भी नहीं?

ज़्यादा या नहीं, इसका लेखा तो नहीं लगाया है। लेकिन हां, किया है। जो मुझे करना चाहिए, जो मैं कर सकता हूं, सो किया है—बसन्त ने यह खुद ही कहा।

तीन दिन के बाद सोमवार के सवेरे ही बसंत आया। चंपा और मालती तड़के ही जगी थीं। दुकान जाने का इंतज़ाम कर रही थीं। हाट को ऐसे ही जाती हैं। और-और दिन देर से जाती हैं। हाट के करीब ही है सब-रजिस्ट्री आफिस। ज़रा दूर की दूरी। वहां रोज़ ही लोग आते हैं। आफिस के सामने सदर रास्ते पर चाय-नाश्ते की दुकान भी है। भीड़ वहीं ज़्यादा होती है, मगर हाट की दुकानों में भी कुछ-कुछ बिक्री होती है। मालती की दुकान में सबसे ज़्यादा होती है। हाट के दिन सुबह से ही खूब बिक्री होती है। जो लोग पिछली रात गाड़ी से माल लेकर आते हैं, वह सब सवेरे ही चाय पीते हैं। भुवनेश्वर थान में अभी भी यात्री आते हैं। बीमारी के लिए, मन्नत के लिए आते हैं। उनमें से जो रोगी होते हैं, जिन्हें मानता होता है, वे तो बगैर पूजा किए नहीं खाते। पर उनके संगी-साथ जो आते हैं, खाते हैं। सोमवार को ऐसों के लिए मूढ़ी-मुड़क, बुताशा-मंडा बिकता है। उन चीज़ों को लेकर सोमवार को सवेरे चंपा अलग बैठा करती है।

भोर में वे जाने की तैयारी कर रही थीं कि दरवाज़े पर पुकार हुई—मालती? कहां है मालती?

मालती चौंक उठी थी। कौन? कलेजे के अंदर धड़कन होने लगी—किसका गला है? वह ...वही नहीं है?

—कहां हो, वैष्णवी मौसी?

—अरे, बसंत सोना! अहोभाग। आओ आओ!

मालती मानो पत्थर हुई जा रही थी। केवल दिल के अंदर की उथल-पुथल बढ़ती ही जा रही थी। अवाक् हो गई थी वह। धप्-धप् साफ पाजामा, गेरुआ रंग का लंबा कुरता, आंखों पर ऐनक, माथे के बाल रूखे, बिखरे-बिखरे—दूसरा बसंत हो जैसे।

बसंत भी अंदर आकर ठिठक गया। अवाक् होकर मालती की ओर ताकता

रह गया। यही...यही मालती है!

निढाल-सी खड़ी होकर भी मालती ने यह महसूस किया। उसके दोनों कान गर्म हो गए। एक बार उसकी तरफ ताककर उसने फिर से नज़र झुका ली। चंपा ने कहा—देख क्या रहे हो सोना? ऐं?

बसंत ने बेझिझक ही कहा—मालती को देख रहा हूं मौसी। कितनी सुन्दर हो गई है यह। और, सुन्दर ही नहीं, एकबारगी माडर्न स्त्री।

चंपा ने मालती से कहा—प्रणाम करो माला।

मालती ने बढ़कर प्रणाम किया। बोली—और तुम?

—मैं क्या? मेरा क्या हुआ?

—शहर के लीडर बन गए। आंख-मुंह से चमक निकल रही है।

चंपा ने कहा—बैठो, बैठो सोना।

उसने एक आसन डाल दिया।

मालती उसके पास ही खड़ी रही। गज़ब है! वैसी बोलती ही रहने वाली मालती कैसी तो झुक गई है, गूंगी हो गई!

चंपा ने कहा—चाय नहीं पियोगे सोना?

—नहीं पिऊंगा भला? तुम्हारे यहां भात खाया है। अब तो चाय का रेस्तरां खोल लिया है। चाय नहीं पिऊंगा भला! कल रात मैंने सब सुना। मन ही मन तारीफ की। वाह रे मालती! सोच रक्खा था, सवेरे सीधे हाट ही जाऊंगा। रेस्तरां में बैठ जाऊंगा। कहूंगा, एक प्याला चाय तो दीजिए! तुम सब अवाक् हो जाओगी।

हंस उठा वह।

मालती हंसी नहीं। पूछा—गोपा के यहां ठहरे हो, क्यों?

—हां। और कहां ठहरूं? गोपा की बदनसीबी की तो सुनी ही होगी! मैं उसमें उलझ गया हूं। आया भी हूं उन्हीं लोगों के काम से।

—सुना है। सरकार बाबू कह रहा था, तुमने बहुत किया।

ज़रा हंसकर बसंत ने कहा—बहुत या नहीं, इसका लेखा तो नहीं लगाया। लेकिन हां, किया है। जो मुझे करना चाहिए, जो मैं कर सकता हूं, सो किया है।

गोपा बसंत को बर्दवान लिवा गई थी। गोपा का ब्याह बर्दवान से कुछ कोस दूर एक गांव में हुआ था। उसकी ससुराल वाले दत्त लोग ज़मींदार और व्यवसायी, दोनों थे। गोपा के ससुर राय साहब थे। आज़ादी के बाद भी वे कांग्रेस से समझौता

नहीं कर सके थे। पिछले चुनाव में गोपा के जठ जनसंघ से खड़े हुए थे। हार गए थे। जो उसमें जीते थे, हठात् उनके मर जाने से गोपा के जेठ स्वतन्त्र उम्मीदवार होकर फिर खड़े हुए। उस समय तुरत-तुरत ब्याह हुआ था गोपा का। गोपा ने अपने पति से कहा था—जेठजी से कहो, वह हमारे गांव के बसंत बनर्जी को बुलावें। बहुत अच्छा बोलता है। वोट-ओट की बात खूब समझता है। कितना अच्छा बोलता है कि क्या बताऊं!

गोपा के जेठ इसी बात पर बसंत को अपने यहां ले गए थे। बसंत ने सचमुच ही काम करके अपना कृतित्व दिखाया। वह उनके चुनाव का सर्वेसर्वा ही नहीं बना, उनका राजनैतिक परामर्शदाता भी बन गया। चुनाव के बाद भी उनके साथ रहता था। उन्होंने एक साप्ताहिक पत्र निकाला था। संपादक उसका था बसंत।

उसके बाद गोपा का पति सहसा चल बसा। और उसके महीनेभर के ही बाद गोपा के ससुर चल बसे।

गोपा के कोई बच्चा नहीं हुआ था। उसके जेठ ने कहा—जायदाद सब मेरी है।—यही नहीं, पति के जीते-जी गोपा स्वाधीन-सी धूमती-फिरती थी—बंद करा दिया उन्होंने। शुरुआत सिनेमा देखने से हुई। घर की गाड़ी के लिए तिल का ताड़ हो गया। गोपा के पिता उसे लिवाने गए। लौटा दिया।

बसंत से झगड़ा हो गया।

बसंत ने उसी साप्ताहिक में लिखा, जो लंका जाता है, वही रावण बन जाता है। जो नेता बनता है, वही स्याह-सफेद का मालिक बन बैठता है। वही हिटलर हो जाता है। वही गरदन काटने पर आमादा हो जाता है। मनुष्य के अधिकार को रौंदता है, नारी को ज़ंजीर से जकड़ता है। दासी बनाता है। इस बात के जलते हुए उदाहरण हमारे नेता दत्त बाबू हैं।

इतना ही नहीं, दत्त के सामने ही सुना दिया, मैं अपने किए पाप का प्रायश्चित्त करूंगा। गांव-गांव में जाकर सभा करूंगा। आपके ज़ुल्मो-सितम का कच्चा चिट्ठा खोलूंगा।

दत्त इससे डर गए। गोपा को मैके जाने दिया। उसके गहने दे दिए। जायदाद का अब मुकदमे में जो हो।

बसंत ने कहा—आखिर कितना मिला? गोपा के ससुर की जायदाद तीन-चार लाख की होगी। उसका कितना-सा मिला, कहो?

एकटक उसकी ओर देखती हुई सुन रही थी मालती। बसंत थम गया। उसने

धीमे से कहा—और मैं? मेरे लिए कितना किया है, सो कहो?

बसंत हंसा। बोला—तेरे लिए क्या करना था, बता?

—कुछ नहीं था?

—बता, क्या था?

एक लंबा निश्वास फेंककर मालती ने कहा—नहीं। कुछ नहीं था। मेरी ही भूल है।—और वह अन्दर चली गई।

—अरे, रे! मालती! मालती!

उसके पीछे-पीछे बसंत अन्दर चला गया। मालती उस ओर की खिड़की पकड़कर खड़ी हो गई थी। बाहर की तरफ ताक रही थी।

—मालती!—बसंत ने फिर उसे पुकारा।

मालती ने पलटकर देखा। वह रो रही थी। दोनों आंखों में आंसू थे।

—रो रही है तू?

मालती एकटक उसकी ओर देख रही थी। अजीब थी उसकी वह नज़र। वह नज़र देखकर बसंत दंग रह गया। स्थिर, अपलक।

—बसंत, तुम्हारी चाय?

चाय लिए चंपा आई। लेकिन फिर भी उसे कोई संकोच नहीं, कोई हड़बड़ी नहीं। मालती की नजर को देखकर चंपा ने शंकित होकर पुकारा—मालती, माला!

मालती की निगाह मानो दप से जल उठी। वह चीख पड़ी—मौ...सी!

—मालती!

मालती खूंखार जानवर-सी उसकी ओर दौड़ी—जाओ यहां से, जाओ कहती हूं।

चंपा डर से पीछे हट गई। अस्फुट स्वर में बोली—माला!

—मार डालूंगी मैं तुम्हें। जाओ!

चंपा चली गई। किवाड़ भिड़काकर मालती बसंत की ओर पलटी। उसकी आंखें अभी लहक रही थीं। आंसू के नीचे नज़र की वह आग मानो हर पल अनेक रंग निखार रही हो।

बसंत देख रहा था। वह चंचल नहीं हुआ। स्थिर होकर खड़ा था। बल्कि होंठों पर ज़रा हंसी खेल गई थी। मालती ने कहा—उन खेतों की राह आते हुए एक दिन... याद है?

—तुझे वह बात याद है?—बसंत के होंठों के एक ओर वह हंसी ज़रा और

ज्यादा फैल गई।

—तुमने मुझसे विवाह करने की कही थी। मुझे जकड़ लिया था—। अब मालती टूट पड़ी! झर-झर करके रो पड़ी। बसंत ने करीब जाकर उसके सर को छाती में खींच लिया।

मालती ने कहा— कैदखाने में साढ़े तीन साल तक मैं केवल तुम्हारी ही बात सोचती रही थी। तुम्हारा ही सपना देखती रही थी।

बसंत ने उसे छोड़ दिया। कहा—बह बात मैं भूला नहीं हूं। मुझे याद है।

—नहीं-नहीं, नहीं है। फिर तुम आए क्यों नहीं?

—काम से...

—काम! गोपा का काम?

—नहीं। काम! मेरा काम। अब मुझे बहुत काम है!

—जानती हूं। अब तुम बहुत बड़े आदमी हो। बड़ा नाम है तुम्हारा।

—फिर भी मैं तुझे नहीं भूला। आज भी तुझको प्यार करता हूं। मालती ने दोनों हाथ बढ़ाकर उसके गले को लपेट लिया। मुंह पर मुंह रखकर बोली, तुम्हारे बिना मैं जिंदा नहीं रह सकूंगी। नहीं, नहीं, नहीं! वह फिर रो पड़ी।

—बसंत!

बाहर से चंपा ने आवाज़ दी।

पागल की तरह क्रोधित आंखों से गरदन घूमाकर मालती ने दरवाज़े की ओर ताका। चिल्लाकर ना कहना चाहा। परन्तु हाथ से उसका मुंह दबाकर बसंत ने जवाब दिया—ज़रा देर बाद वैष्णव बहू।

—तुमको बुला रहे हैं। दस बारह आदमी आए हैं। बाहर खड़े है सब।

—अजीब मुसीबत है! छोड़ मालती। देख लूं। मैं तुझे आज भी चाहता हूं। छोड़।

मालती ने उसे छोड़ दिया। उसके ज़रा देर पहले के खूंखार और क्षब्ध चेहरे पर गज़ब की लचीली हंसी निखर आई। बोली—बड़ा बनने की मुसीबत है! जाओ।

बसंत बाहर निकल गया।

मालती ने आंखें पोंछीं।

कुछ क्षण वह स्तब्ध खड़ी रही। बाहर निकलने में शर्म आ रही थी मानो। चंपा मौसी के सामने तो लाज का अंत नहीं रहा। एक अपराध-बोध ने उसे जैसे नवा दिया। छिः, छिः! यह क्या किया उसने पागल जैसा। कुछ देर में अपने को

संभालकर वह बाहर आई। आवाज़ दी—मौसी!

चंपा सिमटी बैठी सिर पर हाथ रक्खे नीचे को नज़र किए सोच रही थी। दुकान का आदमी आंगन में बैठा था। सामान सब सजे-बजे पड़े थे। चंपा ने मुसकराकर कहा—कहो, क्या कहती हो?

—नाराज़ हो गई?

—नाराज़?—चंपा हंसी—नहीं। गरदन हिलाई।

—मेरा दिमाग ठीक नहीं था मौसी!

—वह बात रहने दे।

—वह मेरा कन्हैया है मौसी!

—माला! इसी तरह से ठीक भज पाओगी?

—ज़रूर।

—कन्हैया पर विश्वास करती हो?

—नहीं। सो नहीं करती।

—तो? विश्वास के बिना तो नहीं बनता माला।

—देखना।

वह आदमी बैठा बीड़ी पी रहा था। बीड़ी को फेंककर वह बोला—बड़ी देर हो गई। हाट का दिन है। चलिए!

—उठ जा मौसी!

—चलो।

हाट जम गई। शोर-गुल। आज की हाट ज़्यादा जमी है। आज लकड़ी की गाड़ियां ज़्यादा आई थीं—सखुए की सिलपट—बने दरवाज़ों से भरी गाड़ियां बड़-पीपल के जंगल में आकर जमा हुई थीं। वह सब वैरागीतला के मेले में जा रही हैं। वह मेला बंगाल का सबसे बड़ा मेला है। तिसपर श्रीपंचमी और शीतला-षष्ठी करीब है। स्कूल के लड़के और लड़कियां सरस्वती पूजा का सामान खरीदने के लिए टूट पड़े हैं। गृहस्थ शीतला-षष्ठी का बाज़ार करने आए हैं। गाड़ी बंदी डंठले आज बिकने को आई हैं। षष्ठी के लिए खासकर कटवा के आलमपुर की डंठलों की आज बड़ी मांग होती है। मटर की छीमी, सेम, बैंगन भी बहुत आया है। उबला मटर, सेम-बैंगन की तरकारी और साग की डंठल तथा पोस्तादाने की तरकारी शीतला-षष्ठी के लिए अनिवार्य है। होनी ही चाहिए। उधर लकड़ी की दुकान के सामने वाले बरगद के नीचे पैकार लोग बकरे बहुत ले आए हैं। लड़के-

लड़कियां सरस्वती पूजा के लिए खरीदेंगी। षष्ठी के दिन बाबू लोग दिन में बासी खाएंगे, रात को बाहर ईंट के चूल्हे पर मांस और खिचड़ी पकाकर खाएंगे। जाड़े के अब रहे कै दिन! उस तरफ कुम्हार लोग सरस्वती की छोटी-छोटी प्रतिमाएं ले आए हैं। दो-चार मंझोले कद की मूर्तियां भी हैं। कलकत्ते में आजकल जिस फैशन की मूर्तियां बनती हैं, वैसी ही।

एक कार वाला हांक लगाता चल रहा है—बसंती रंग, बसंती रंग!—कार-फीते के साथ आज वह रंग भी ले आया है। लड़कियां बसंती रंग से कपड़े रंगाकर पहनेंगी।

मालती की दुकान में भी आज भीड़ ज़्यादा है। मालती आज जैसे खिले कमल-सी टलमल कर रही है। जीवन में खुशी की धूप लगने से उसकी सारी पंखड़ियां मानो फूल गई हैं।

मन की कामना हजारों धार में बह निकली हो जैसे; और उसने भय, संकोच, संस्कार—सब कुछ को ऐरावत की तरह बहा दिया। कोई कुछ भी कहे। जो होना हो, हो। उसकी कोई चिन्ता नहीं, झिझक नहीं, परवा नहीं। बेखौफ है वह। बसंत उसको प्यार करता है। बीचबीच में वह खिलखिलाकर हंसती है।

श्रीमती की दुकान में ग्रामोफोन बज रहा है—

मिलनमधु माधुरी भरी
यह रात स्वप्न की बीते ना;
जीवन के बिरवे से सुख की
यह शेफाली रीते ना। रीते ना।

बड़ा अच्छा लग रहा था। कभी-कभी आसपास को भुलाकर गुनगुनाती हुई वह सुर में सुर मिलाने की कोशिश कर रही थी।

उसकी निगाह आज घिसे कांच-सी धुंधली न थी, आर-पार मिलकर एकाकार हो गया था। लोग और लोग। काले-काले सर, घूंघटवाले सर। उसीके हज़ार मुंह—औचक ही एक चेहरा दिख जाता है और फिर तुरन्त खो जाता है। या तो वह झुककर कुछ खरीदता रहता है या पीछे हट जाता है। या इधर से कुछ माथों का पिछला हिस्सा उसे ढक देता है। बेमानी। मगर अच्छा लग रहा था।

शन्न की आवाज़ हुई। चंपा ने अफसोस के साथ कहा—तोड़ दिया।

मालती ने मुड़कर देखा। धोने में कुछ प्लेट-प्याले टिकली ने तोड़ डाले। अप्रतिभ होकर खड़ी हो गई वह। मालती रंज नहीं हुई। हंसकर बोली—टूटे टुकड़ों

को बटोरकर कूड़े के टिन में डाल दे। चल, मैं बर्तन धो देती हूं।

कमर में फेंटा बांधकर वह बढ़ गई।

टिन की दीवाल के उस तरफ खड़ा होकर कोई धीमे से कह रहा था—छोकरी देखने में खूब है भई!

—हंसी देखी है?

मालती को ज़ोरों की हंसी आ गई। वह खुक-खुक करके हंसने लगी।

बर्तनों को धोकर उसने चंपा के सामने रख दिय। आर चाय-भरे प्यालों को उठा-उठाकर गाहकों के सामने रखने लगी।

—कपड़ा लीजिएगा? कपड़ा। रंगीन, डोरिया।

कपड़ा वाला आकर खड़ा हो गया।

—बड़े रसिया हो जी? यह कपड़ा देखने का समय है! कपड़ा वाले के पीछे से किसीने कहा—अरे हटो-हटो, ऐ!

मालती का कलेजा धक से रह गया। आवाज़ बसंत की थी। भारी गला। भारी ही नहीं, गंभीर भी! मंझले कद का आदमी—कपड़ा वाले की पीठ के बोझे की तरफ सिर्फ बाल ही दिखाई दे रहा था। कपड़ा वाला लंबा है।

—सुनते हो?

कपड़ा वाला हटकर खड़ा हो गया। बसंत हल्का-हल्का हंस रहा था। हंसते-हंसते ही बोला—चाय पीने आया हूं। बसंत के साथ स्कूल के कई लड़के थे।

जाड़े के दिन। फिर भी मालती के कपाल पर पसीना आ गया। हंसकर बोली—आइए।

'आओ' नहीं कह सकी!

बसंत दुकान के अन्दर आया। चारों ओर गौर करके बोला—शुरुआत अच्छी हुई है। लेकिन इस घर को पक्का बनाना होगा। बिजली लेनी पड़ेगी।

उसके बाद लड़कों से बोला—देश के बारे में यहां हाट में क्या बातचीत होगी भैया! किसी और समय आना।

लड़कों ने कहा—कहां मिलें आपसे? कब?

—कल तीसरे पहर। इस मालती का घर जानते हो? वहीं आना। मैं वहीं रहूंगा।

मालती खुश हो उठी। अपनी कुर्सी उसकी ओर बढ़ाकर बोली—बैठिए।

—बैठ गया। ज़रा बढ़िया से चाय बनाओ। अरे, सिगरेट तो है। देखता हूं। एक डिब्बी दो मुझे।

सिगरेट देकर मालती उधर गई। चंपा ने चाय का पानी उतारा था। उसके पास जाकर बोली—हटो तुम मौसी, मैं बनाती हूं।

चंपा ने पूछा—चाप दूं?

—नहीं। रहने दो।

बसंत ने कहा, उसने बात सुन ली थी—चाप नहीं। बैंगनी निकाल दो थोड़ी-सी! अच्छी तरह से तल दो।

मालती को बड़ा अच्छा लग रहा था। बसंत उसकी दुकान में आया है। यानी उसने मेरे दुकान करने की बात को बुरा नहीं माना है! बड़ा अच्छा लग रहा था। सोचने लगी: चीनी थोड़ी-सी ज़्यादा दे या नहीं।

—बसंत! नसीब अच्छा है कि भेंट हो गई।

—क्या बात है, खबर क्या है?

—हाट करने आया हूं।

मालती ने मुड़कर देखा। अच्छे कपड़ों में एक भला आदमी। वह अन्दर आया।

बसंत ने कहा—चाय दो कप बनाना।

उस आदमी ने कहा—चाय नहीं पीऊंगा। तुमसे एक बात पूछनी है।

—कहिए?

—तुमने यह जुलुम क्यों किया?

—जुलुम मैं बहुत किया करता हूं। आप कौन-से जुल्म की कह रहे हैं। पहले यह कहिए।

—मेरे भांजे का ब्याह कायस्थ लड़की से क्यों करा दिया? उसकी जात क्यों मार दी? उसको तुम्हींने उकसाया!

—तैयार तो वह आप ही था। उसने कहा, उससे शादी करूंगा। मैंने इसमें कोई बुराई नहीं देखी। कहा, करो।

—कोई बुराई नहीं देखी? ब्राह्मण का लड़का, कायस्थ की लड़की...

टोककर बसंत ने कहा—नहीं। कोई बुराई नहीं।

—तुम हिन्दू सभा के...

—मैं किसी सभा का नहीं हूं। मेरी राय मेरी अपनी है। मैं स्वतंत्र हूं। हिन्दू-

कायस्थ से शादी क्या, मैं इस ब्याह की ही ज़रूरत नहीं समझता। नियम के नाम पर समाज द्वारा लादा हुआ यह एक अनियम है। प्यार स्त्री-पुरुष में होता है। प्यार होने पर दोनों एकसाथ रहेंगे। इसमें यह ब्याह की धूमधाम क्या है?

—तुम बड़े भारी पाखंडी हो।

—आप भी ढोंगी हैं। धरम के सांड!

—बसंत!

—आप डांट किसे रहे हैं? —बसंत ने कहा। वह हंसा। गज़ब है। बसंत हंसते ही हंसते बोल रहा है। एक सिगरेट फूंक दी। दूसरी सुलगा रहा है। मालती चाय का प्याला हाथ में लिए ही बैठी है। समझ नहीं पा रही है, उठकर दे कि नहीं।

बसंत ने यह देखा। कहा—चाय दो मालती।

मालती ने चाय का प्याला बढ़ाकर उतार दिया।

वह आदमी अब तक चुप बैठा था। अब एकाएक बोल उठा—आप? आप क्या करोगे?

—मैं? मुझे बहुत काम है मुखर्जी बाबू। ब्याह करने की फुरसत नहीं है। और खाहिश भी नहीं है। ब्याह मैं नहीं करूंगा।—बसंत हंसा।

—ब्रह्मचारी बनोगे? इधर तो यह सुना कि शराब शुरू कर दी

—गलत नहीं सुना आपने! शुरू की है! रात को पीता हूं, सेहत के लिए। और ब्रह्मचारी रहूंगा, यह भी नहीं कहता। यदि किसीसे प्यार कर बैठूंगा तो कहूंगा, आओ, हम दोनों मिलकर घर बसाएं। बसाए तो ठीक है, वरना जो बसाने को तैयार होगी, उसीकी खोज करूंगा।

चाय की चुस्की लेकर बसंत ने कहा—वाह, क्या खूब चाय बनाई है। दो, दो, मुखर्जी बाबू को एक प्याला दो। पीजिए, पीकर मिज़ाज ठंडा कीजिए।

वह आदमी बिना कुछ बोले ही उठकर चला गया। बसंत हा-हा-हा-हा हंस उठा, चार-पांच गाहक दुकान में आ गए।

—हां भई, दो-दो चाप और चाय।

वह सब बेंच पर बैठ गए। बसंत उठ खड़ा हुआ।—तो चलता हूं। दाम नहीं लोगी?

मालती ने उदास होकर देखा। कहा—नहीं।

बसंत हंसते-हंसते दुकान से बाहर चला गया। सारी हाट पर नजर दौड़ाकर

बोला—पो; बड़ी भीड़ है आज तो!

चंपा ने कहा—होगी नहीं? तुम तो शहर में रहकर सब भूल गए हो। लीडर बन गए हो...

—क्यों, उससे क्या हुआ? क्या भूल गया हूं?

—आज काहे की हाट है, बता सकते हो?

—ओ। हां, हां। सरस्वती पूजा की हाट। इसीलिए स्कूल के लड़कों और कन्या विद्यालय की दीदियों की भीड़ है।

—सिर्फ उन्हीं लोगों की? सरकारी दफ्तर के बाबुओं की। दो हैं। क्लब की। स्टेशन की। उस दिन हम लोगों ने कितनी गिनी थी मालती? दस न? एक हाट की... हां।

—हाट में भी सरस्वती? यह कैसी...लाभ विद्या की?

—जो कह लो। तुम लोग पंडित हो। लीडर। सिर्फ सरस्वती पूजा ही नहीं है। दूसरे दिन शीतला-षष्ठी। बासी भोजन।

—टिकली!—बसंत ने पुकारा। टिकली ने उधर ताका।

बसंत ने कहा—ज़रा देख तो आ, मुर्गी कैसे बिक रही है? सरस्वती पूजा है। शीतला-षष्ठी है। लोग मुर्गी को खाएंगे नहीं। जा। मां सरस्वती की जय-जयकार हो!

—तुम खाओगे?—चंपा ने अचरज के साथ पूछा।

—ओ, तुम्हें शायद नहीं मालूम? मां सरस्वती मुर्गी खूब पसंद करती हैं! नहीं तो लोग भला इतने विद्वान् हों!

चंपा हंस उठी। मालती ने कहा—गाहक क्या मांग रहे हैं, देखो मौसी।

एकसाथ ही पांच गाहक आ पड़े—वाह! खासी दुकान खुल गई है। साफ-सुथरी...

हाट में बड़े कौतुक से 'हरि बोल' बोल उठे लोग। उस भीड़ को ठेलकर एक-एक करके दो जने बाहर निकल आए।

—आ! आ...आ।

—चल-चल।

—हां, चल।

—हां, हां चल। चल न।

—चल। मैं बाबा के आगे पैसे फेंक दूंगा। तुझे उठा लेना पड़ेगा।

—ज़रूर उठा लूंगा। तू बाबा के माथे पर ही रख देना।

—कोढ़ फूटेगा।

—तुम साले को जो हुआ है। हुं, साले मेरे दोस्त बने हैं। हाट धूल। चोट्टा कहीं का!

कहते-कहते दुकान के सामने से ही वे बाबाथान की ओर चले गए।

ठाकुर ने कहा—दो मित्तन में झगड़ा हो गया। तरकारी वाला मित्तन पाल और बोडिंग में जो चावल देता है मित्तन पाल। अजीब है!

मालती भी उन्हें जानती है। बाप के समय में देखा है। बाप से, धरनी चाचा से उनके बारे में सुना है। कहते थे, दस साल पहले तो दोनों ने हाट धूल का नाता जोड़ा था। दोनों ही मृत्युंजय पाल। तरकारी वाले मित्तन पाल को जगह-ज़मीन नहीं थी—खरीदकर तरकारी बेचने के लिए लाता था। बाजार में चावल खरीदता था। हमनाम होने की वजह से दोनों में मिताई हुई थी। गाढ़ी मिताई। चावल बेचकर चावल वाला मित्तन कभी सेर-भर, कभी डेढ़ सेर चावल खाने के लिए तरकारी वाले मित्तन को देता था।—खीर बनाकर खाना। खुशबू वाला चावल है। तरकारी वाला मित्तन कभी-कभी उसे खीर खाने के लिए कद्दू दिया करता। कभी अच्छा बैंगन देता, भुरता बनाना हाटधूल! मक्खन जैसा है। पिछले दस साल, फिर ढाई साल—बारह साल से ज़्यादा दिनों के दो मित्रों में झगड़ा। ऐसा झगड़ा देखकर उसे भी अचरज हुआ।

मालती की दुकान का एक गाहक हठात् खड़ा हो गया। हाथ उठाकर चिल्ला उठा—अरे, य...हां। चटर्जी यहां है। घो...ष।

अब कान में आया कि हाट के शोरगुल को दबाकर जो कुछ चीख उठ रही है, उनमें से एक पुकार है-चटर्जी, चटर्जी—

बीच-बीच में कार वाला पुकार रहा है—ऐ...का...र

कोई कह रहा है—आलमपुर का डांट। (साग की डंठल) ख... त...म हो गया।

कोई चिल्ला रहा है—बैंगन।

—बंदगोभी।

उसीमें कोई चिल्ला रहा है—चटर्जी।

दुकान के उस आदमी ने खड़े होकर हाथ उठा करके आवाज़ लगाई—केवल जवाब से काम नहीं चलेगा। साक्षात् सामने होना चाहिए। हाट में अभी सिर ही सिर नज़र आ रहा है। उसमें औरतों के सादे घूंघट छींट बना रहे हैं। कहीं-कहीं रंगीन कपड़ा भी है। वह सब सादे कपड़े के बूंघट जैसा ठीक दिखाई नहीं पड़ता।

चटर्जी—यह रहा! घोष!

घोष आकर खड़ा हो गया। बोला—खुब है। चाय पीने बैठ गए?

—बड़ी प्यास लगी थी। रात रहते ही निकला हूं। बैठो, एक प्याला चाय पियो। दो चाप खा लो। पेट ठंडा करके सौदा करेंगे।

—नई दुकान है!

—हां। बड़ी अच्छी दुकान है!

—दुकान वाली और भी अच्छी है!

मालती की भवें सिकुड़ गईं।

चंपा ने कहा—आप लोग अच्छी कहें तो अच्छी हैं हम। नहीं तो बुरी।

मालती ने अब हंसकर कहा—आप सबके ही भरोसे तो यह दुकान है! आप लोग ठीक से यहां खाएं, जब तो!

—तो और दो-दो चाप दो।

—दो मौसी।

—कहां घर है तुम्हारा? कहां से आई हो? पूर्वी बंगाल की रिफूजी हो शायद। तुम्हीं लोग यह सब कर सकती हो। हमारे यहां की औरतों में यह जुर्रत नहीं है।

—मैं यहीं की हूं।

—यहीं की? किसकी लड़की हो?

—मेरे बाप का नाम था श्रीमंत दास।

वह आदमी 'हां' किए उसकी ओर ताकता रह गया। मालती ने समझा, उसने उसे पहचाना। कम्बख्त की हां कैसी भद्दी! सामने के कई दांत ही नहीं हैं। जो कई हैं, काले हो गए हैं। डर गया क्या? हंसी आई। फिर भी बोली—श्रीमंत दास यहां मनिहारी की दुकान करते थे। उनकी लड़की ने बासदेव दुबे को मछली वाली हंसिया से काट डाला था...

—हां।

मुंह से निकलकर थोड़ा-सा चाप तश्तरी पर गिर गया। मालती ने दूसरी ओर मुंह फेर लिया। सभी तरफ हाट। अभी हाट में मधुमाछी के छत्ते की भनभन-सी आवाज़ चल रही थी। वे दोनों क्या फसफुसा रहे थे। ताकने को जी हो रहा था, पर ताक नहीं पा रही थी। ताकते ही हंस पड़ेगी। बसंत चला गया। वह वहां मुरगी का मोल-भाव कर रहा है। पैकार उसे बार-बार सलाम करके बात कर रहा है।

—पैसा। पैसा लो जी।

उन्हीं दो जने में से एक था चटर्जी। पांच रुपये का एक नोट फेंक दिया। कहा—सामान तुम्हारा अच्छा है। चाप अच्छा बनाया है।

—आपके दस आने हुए। चार...

—ठीक है। काट लो। एक डिबिया सिगरेट दे दो। उसका भी दाम जोड़ लो।

—दो डिबिया ले लो!

—दो?

—वृषोत्सर्ग श्राद्ध का बाज़ार करना है, उसमें दो डब्बा सिगरेट ज़्यादा है?

—दो भई, दो ही डब्बा दो। हां, एक बात और।

—कहिए।

—तुम्हारी दुकान के इस तरफ टिन की दीवाल से लगाकर हम सामान रक्खेंगे। मिट्टी के बर्तन अंदर रक्खेंगे। नहीं तो लोग तोड़ देंगे।

ठाकुर ने पूछा—सरस्वती पूजा है? कहां की?

—नहीं, नहीं। श्राद्ध है। जाओ घोष। गोभियां यहां रखने को कहो। जाओ।

घोष चला गया।

ठाकुर ने पूछा—किसका श्राद्ध है? कौन गुज़र गए?

—श्राद्ध नहीं, सपिंडीकरण। वर्षा के दिन...दस दिन में सब हो नहीं पाया। अब हो रहा है। जगतपुर में। मानव बाबू के बाप का श्राद्ध। जीवन बाबू का। उनका तो यह नियम है। अन्नप्राशन, जनेऊ, ब्याह, श्राद्ध, इस दशकर्म का सौदा-पाती भुवनपुर की हाट के सिवाय और कहीं नहीं ली जाएगी!

जगतपुर के बाबुओं की तरक्की इसी हाट से हुई है। तीन पुश्त से पहले की पीढ़ी के बाबू थे नरपति चटर्जी। मानव बाबू के बाप जीवन बाबू, उसके बाप गणेश बाब, उसके बाप नरपति चटर्जी। नरपति गरीब थे। भुवनपुर के दे बाबू के यहां बही लिखते थे। तनखा थी—खाना-पीना और पांच रुपया महीना। बही-खाता लिखने के अलावा कोई ब्राह्मण-अतिथि आता तो रसोई भो बनानी पड़ती। दे बाबू के यहां उस समय रसोइया नहीं था। दे बाबुओं को बहुत कारोबार था। धान-चावल, उड़द का कारबार, तेल-घी-नमक, मसाले की गद्दी, कपड़ा, सब व्यवसाय। नरपति चटर्जी के मालिक ने इसके साथ रुई का कारबार खोला था। सेमल की रुई पेड़ से उतरवाकर बाहर भेजते थे। आठ कोस पर नामी मसान घाट था। वहां के बिस्तर-तकिये की रुई खरीदकर

उसे भी कलकत्ता भेजते थे। मसान की रुई डोमड़े लोग कपड़ों को फाड़कर निकालते और गट्ठर बांध देते थे। एक बार वैसी एक छोटी-सी गांठ नरपति ने खरीदी थी। बेतरह बदबू होने की वजह से वह गांठ उसके मालिक ने नहीं ली थी। उसे बिछौना बनाने को सोचकर नरपति ने ही दो रुपया में खरीदा था। उसकी बदबू मिटाने के लिए उन्होंने उसे धूप में सुखाने के लिए खोला। खोलते ही उसमें नोटों का एक बंडल मिला। उसी रुपये की पूंजी से कारोबार करके जगतपुर के चटर्जी धनी हुए। नरपति लखपती हो गए थे। कलकत्ते में भी गद्दी खोली थी। बड़ा बाजार में। लेकिन क्रियाक्रम की चीज़ें इस हाट के सिवा और कहीं से नहीं ली जाएंगी, अपने, वसीयत में यह लिख गए थे। यहां तक कि मौजूदा मालिक मानव बाबू की शादी कलकत्ते में हुई थी, लेकिन साग-भाजी यहां से गई थी।

दो गाड़ी गोभी। एक पहाड़-सा लग गया। उसके पास आलू बड़ा-बड़ा नैनीताल आलू। यहां नैनीताल आलू भी आता है। अच्छी किस्म का। मटर की छेमी दो बोरा। बड़ा भारी श्राद्ध है। सात गांव का न्यौता।

मालती की दुकान में एक आदमी मिट्टी का ग्लास जमा कर रहा था। उनके यहां का धोरई, कमिया, कोई होगा। जो भी हो, देखने में बड़ा सुंदर था। बड़ी अच्छी बनावट। सुंदर चेहरा।

—हां, मांजी, वह क्या है? कड़ाही में क्या भूना जा रहा है? चाप या क्या तो कहते हैं...क्या दाम है उसका?

मालती ने मुड़कर देखा। काली-सी लड़की। कम उमर की। हाथ में पैसे को घुमा रही है। चाप का दाम पूछने में भी बड़ी संकुचित हो रही है।

टिकली ने पूछा—क्यों री, चाप खाएगी? खूब अच्छा है। खा। मालती ने कहा—दो आने में एक।

उस लड़की ने इस बात का जवाब नहीं दिया। —सुना और सों करके घूम गई। हनहनाती हुई हाट की भीड़ में जा मिली।

मालती ने पुकारा—सुन-सुन!

मगर वह नहीं लौटी।

टिकली बोली—इतना पैसा वह कहां पाएगी?

मालती ने पूछा—पहचानती है तू?

—हां। हाट में आती है।

—घर कहां है?

—कोमरपुर। ससुराल में नहीं रहती। बाप के घर चली आई है। इससे पूछा, चुमौना (दूसरा ब्याह) क्यों नहीं करती, तो कहा, मेरी इच्छा।

—बुरी लड़की है?

—ऐसा तो नहीं लगता। कमा-कोड़कर खाती है। हाट के दिन गोंइठे लाती है। गांव-बाज़ार में बेचती है।

मालती को अच्छा लगा। बोली—उससे कहना न, हमें गोंइठे देगी। जा, बुला ला उसे। एक चाप दूंगी।

टिकली चली गई। ठाकुर ने कहा—ऐ, ऐ बर्तन धोकर जा। मालती बर्तन उठाने लगी। चंपा ने कहा—हाय राम, यह क्या कर रही हो माला! कितने लोग खाते हैं, आखिर सब बराम्हन-कायथ ही तो नहीं हैं। बहुत जात के। अभी-अभी एक मियां खा गया। मैं पहचानती हूं उसे।

मालती हंस उठी—जेल में मैंने जुबेदा बीबी का जूठा धोया है मौसी।

—सो जेहल में दोष नहीं है। वहां की बात और है—मालती ने कहा—चाय-वाय की दुकान की बात और ही है मौसी। और फिर यह तो हाट है। भुवनपुर की हाट। यहां मुसलमान भी मन्नत मानकर ढेला बांधते हैं। वे पहले बड़-पीपल के जंगल में मुरगा छोड़ जाया करते थे।

—हरि बोल!

टूटी कमर वाला एक भिखमंगा आकर सामने बैठ गया। भिखमंगे हाट में आते हैं। काने, लंगड़े, कोढ़ी। और बाऊल आते हैं। आल की दुकान में एक-दो आलू, मिर्च वाला दो मिर्च, बैंगन वाला कभी कीड़ा लगा बैंगन दे देता है, प्याज़ देता है। जो बड़ी चीजों के व्यापारी हैं, वे लंगड़े, काने, कोढ़ी को एक-एक पैसा देते हैं। कुछ लोग भगा देते हैं। लेकिन हां, अलखल्ला वाले बाऊल या गेरुआ वाली वैरागी को नहीं दुतकारते। और वे हर हाट में आते भी नहीं।

टी कमर वाला भिखमंगा बैठे-बैठे चलता है। उसने फिर आवाज़ लगाई—हरि बोल!

मालती ने बर्तन मलते-मलते ही कहा—यह लंगड़ा कब से आ गया? कहां से आया? वह बुड्ढा लंगड़ा कहां गया?

लंगड़ा बोला—मैं मेदिनीपुर से आया हूं मां जी। तुमने दुकान की है। खूब बिक्री होगी तुम्हारी। खूब। उस बुढ़िया की दुकान में कोई नहीं जाएगा, देख लेना।

चंपा ने उसे बैंगन के दो पकौड़े दिए—लो, जाओ।

—कोई नई चीज़ बनाई है, सुना। लोग कहते हैं, बड़ी अच्छी है। वह नहीं दोगी?

मालती ने एक टूटा हुआ चाप उसके हाथ पर रख दिया। उसे मुंह में डालकर बैठे-बैठे चलते हुए वह बढ़ गया।

टिकली लौट आई। बोली—नः। नहीं मिली वह। एक आदमी ने बताया, वह दौड़ती हुई भाग गई!

मालती को उस पुराने लंगड़े की याद आ रही थी। पिछली कई हाट में याद नहीं आई। आज इस लंगड़े को देखकर एकाएक याद आ गई।

बोली—उस लंगड़े को क्या हो गया मौसी?

—उसने देह रक्खी। पानी में डूबकर मर गया।

—पानी में डूबकर?

—हां। रात में एक खंदक में गिर पड़ा था।

लंगड़ा मर गया! जी गया बेचारा। लेकिन भुवनपुर की हाट में उसकी जगह खाली नहीं रही। ठीक दूसरा आ गया।

धरनी चाचा दुकान के सामने से बोलता हुआ चला जा रहा था—भुवनपुर की हाट। आज लगी कल फाट। वाह बाबा, दस-पंद्रह साल की प्रीत...गई!—धरनी ठिठककर खड़ा हो गया। हंसकर बोला—वाह, तुम्हारी तो खूब चल रही है बिटिया।

मालती ने कहा—चाय पीजिए न।

—ठीक है। पी ही लं, तुमने दुकान की है!—धरनी अन्दर गया। वहां बैठे एक ग्राहक ने कहा—क्यों भई दास, क्या हुआ? चुक गया? निबटा सके?

—नः। वह भी भला निबट सकता है। इस कदर थप्पड़-मुक्का के बाद? दोनों ही थाने पर गए।

वही चावल वाला मित्तन और तरकारी वाला मित्तन। दोनों ही थाने पर गए।

धरनी ने कहा—कसूर दोनों ही का है। पहले ऐसा था कि यह उसके यहां छोड़कर तरकारी नहीं खरीदता था और वह इसे छोड़कर चावल नहीं खरीदता था। अब तरकारी वाले मित्तन की हालत सुधर गई है। ज़मीन खरीदी है। धान होता है। चावल कम खरीदता है। चावल वाला मित्तन धीरे-धीरे इससे-उससे

तरकारी खरीदने लगा। आज चावल वाला मित्तन लालचांद से पांच मन आलू खरीद रहा था। तरकारी वाले मित्तन को इसीका गुस्सा हुआ। जाकर कहा, तुम तो अच्छे-भले आदमी हो जी। चौदह आना पैसा तुम्हारे लिए कुछ नहीं है! तुम बड़े आदमी हो। मेरे लिए लेकिन वह बहुत है। चावल मित्तन ने कहा, काहे का पैसा? कह क्या रहे हो तुम! तरकारी मित्तन ने कहा, तुम मुझसे कोंहड़ा ले गए हो, याद नहीं है? कोंहड़ा चावल मित्तन ने लिया था, मुझे मालूम है। कोहड़ा कंधे पर लिए वह मेरे यहां गमछा खरीदने आया था। बड़ा अच्छा था। मैंने पूछा, इतना अच्छा कोंहड़ा कहां लिया मित्तन! 'हाट धूल' मेरे लिए ले आया था। लोग इसका डेढ़ रुपया तक दे रहे थे, उसने नहीं दिया। मैं बोला, तो यों ही दे दिया? उसने कहा, चौदह आने की खरीद है। उसी दाम पर दिया। लेकिन मैंने यह नहीं पूछा कि नकद कि उधार। अब तरकारी मित्तन कह रहा है कि दाम दिया नहीं है। चावल मित्तन कहता है कि दे दिया है। इसी बात पर विवाद हुआ। मुझे गवाह माना। जो जानता था, मैंने कहा। कोंहड़ा लिया है, दाम भी चौदह आना ठीक ही है। लेकिन नकद लिया कि उधार, कैसे बताऊं? इसपर चावल मित्तन ने कहा, कोढ़ फूटेगा। कहना था कि तरकारी मित्तन ने झट एक तमाचा जड़ दिया। कि चावल मित्तन ने एक मुक्का जमा दिया। आखिर दोनों थाने गए। अब लो, दो फौजदारी मुकदमे में गवाही! हाट का प्रेम यही होता है। सस्ता। दो, नहीं दिया कि बुरे आदमी हो गए। आज तुम सस्ता दो, दोस्त हो, कल कोई और देगा, तो वही दोस्त। देने-लेने का व्यापार। एक बात कही जाती है, भुवनपुर की हाट, आज जुड़ी कल फाट। यह हर हाट में होता है।

मालती बैठी सुन रही थी। अच्छा ही लग रहा था। बात धरनी चाचा ने ठीक ही कही। गलत नहीं कहा। धरनी उठा। बोला—अच्छी चाय है बिटिया, लो। पैसे लो।

—नहीं! आपसे मैं पैसे नहीं ले सकती।

—नहीं, नहीं, ऐसा नहीं होता बिटिया। नुकसान होगा। यह तुम्हारा व्यवसाय है।

—जिस व्यवसाय में चाचा से चाय का दाम लिया जाता है, मैं वह व्यवसाय नहीं करती!

धरनीदास कुछ कहने जा रहा था, बोल नहीं पाया। जगतपुर के चटर्जी ने उसे ठेलकर हटाते हुए कहा—मेरा वह आदमी कहां गया? वही, वही जो माटी के

बर्तन सहेज रहा था।

मालती ने कोने की तरफ ताककर देखा। सच तो, वह आदमी नहीं है। मिट्टी के ग्लास और सकोरे वैसे ही अधसजे पड़े हैं। वह कहां गया? मालती ने कहा—सो तो नहीं जानती। कहीं गया होगा।

—कहां गया?

—यह कैसे जानूं, कहिए? कहकर तो गया नहीं। इतनी भीड़ में देखा भी नहीं।

—लछमी, अरे ओ लछमी! लछमनवां...? अजीब आफत है! रख...पेठे उतारकर वहां रख।

—बोरा-बंदी पेठा। ढालकर रखने लगा।

मौसी ने कहा—आः। एक कोंहड़े के लिए। और यहां इतने कोंहड़े फेंके चल रहे हैं। ऐं!

चंपा को अफसोस हो रहा था, एक कोंहड़े के लिए दो मित्तनों में इतना झगड़ा हो गया!

मालती हंसी। चंपा मौसी खूब है!

बसंत फिर आया। पीछे-पीछे हाथ में एक जलती बत्ती झुलाए एक आदमी। बसंत ने कहा—ले, इसे रख ले। जलाकर ही लाया। रख दे रे।

मालती का चेहरा एक बार दप् से दमक उठा। पर दूसरे ही क्षण वह दमक नहीं रही। पूछ।—कहां से ले आया?

—ले आया। इतना जानने की तुझे क्या पड़ी है? मिली। दुकान पर लटका दे। सुना, पिछली हाट में श्रीमती ने यही बत्ती जलाई थी। रख।—बसंत हंसा।

बसंत दुकान में आकर बैठा। कहा—और एक प्याला चाय दे।

चंपा ने कहा—बत्ती तो नई लगती है बसंत सोना।

—हां, नई है।

मालती ने चाय का प्याला लाकर सामने रख दिया। सवाल उसके जी में जगा था, लेकिन दुकान पर कई ग्राहक बैठे हैं इसलिए पूछ नहीं सकी।

बत्ती को झलाने के लिए बसंत तार भी ले आया। ठाकुर और टिकली, बत्ती देकर सभी खुश हो गए। ठाकुर ने तार के सहारे बत्ती को झलाकर कहा—वाह!

चाय पीकर बसंत जाने लगा, तो मालती बोली—बसंत दा!

बसंत पलटकर खड़ा हो गया

—कितनी कीमत दी इस बत्ती की?

—क्यों?

—आखिर देनी पड़ेगी न!

बसंत उसके मुंह की ओर ताकने लगा। फिर बोला—वह बत्ती मैंने तुझे दी।

—दी?

—हां।

वह रुका नहीं, चला गया। मालती बत्ती को देखती रह गई। दिन का प्रकाश डूब गया, लेकिन रात का अंधेरा अभी गहरा नहीं हुआ। बत्ती की जोत अभी फीकी और निस्तेज थी। मालती के मन में कैसी तो एक बेचैनी होने लगी। बसंत मानो दिन की रोशनी में उस बत्ती की जोत-सा एकाएक निष्प्रभ हो गया। आज हाट की पहली बेला में बसंत ने उस आदमी से जो सब बातें कहीं, वही बातें उसके मन में चक्कर काट रही थीं। बसंत जैसे उसका अचीन्हा हो गया है। समझ नहीं पा रही है। जुबेदा बीबी कहती थी—अरी ऐ कच्ची छोरी, सुन ले। सुन ले। तेरे काम आएगी...

कि सामने श्रीमती आकर खड़ी हो गई। काली और मोटी श्रीमती के पहनावे में हाथीपंजा साड़ी, कलाई में सोने की दो बालियां; सर के बाल खींचकर बांधे हुए। छोटा-सा जूड़ा। कान में दो फूल, नाक में कील; मुंह में पान। दोनों हाथ कमर पर रखकर श्रीमती बड़ी अदा के साथ खड़ी हुई। मालती ने पूछा—बात क्या है फूआ?

कटे-कटे शब्दों में श्रीमती ने कहा—बात क्या होगी? देखने के लिए आ गई।

—क्या देखने के लिए?

—यह बत्ती।

चंपा ने कहा—नई आई है।

—हूं। बसंत ठाकूर दे गया। सुना। वही देखने आई। यह बत्ती तो देखी है, लेकिन प्रेम मार्का बत्ती की रोशनी कैसी खिलती है, यही देखने आई।

मालती ने कहा—तुम्हारी वह बत्ती अब शायद विरह मार्का हो गई है फूआ।

—क्या? क्या बोली रे बेशरम लड़की...

—जो कहा, सो तुमने सुना।

—मालती! —चिल्ला उठी श्रीमती।

मालती ने झट एक छंकनी उठा ली। कहा—सुनो फूआ, अब अगर और ज़्यादा चिल्लाईं तो इसीसे तुम्हारा मुंह चूर डालूंगी।

श्रीमती डर से पीछे हट गई। मालती चिल्लाकर बोली—हां, जलाई है। प्रेम मार्का बत्ती ही जलाई है। खूब किया है। मैं बेशरम हूं, जेल खट चुकी हूं। तुम किरपा करो।

चंपा ने आकर उसे जकड़ लिया—मौसी! मालती!

मालती मानो हठात् पागल हो उठी। वह थर-थर कांप रही थी। देखते ही देखते भीड़ लग गई। हाट के लोग, जो सामने के टूटे-फूटे रास्ते से जा रहे थे, ठिठक गए। जो दूर में थे, दौड़कर आ गए। और भी लोग आने लगे। श्रीमती भीड़ में दुबककर अपनी दुकान में चली गई। बाबाथान में घंटा बज उठा। अंधेरा धीरे-धीरे बढ़ने लगा। और पेट्रोमेक्स की रोशनी। धीरे-धीरे उज्ज्वल प्रकाश होकर झिलमिलाने लगी।

अब मानो मालती को होश आया। हाथ की छंकनी फेंककर उसने कहा—दुकान में धूप दो मौसी। सामने भीड़ मत लगाइए। हटिए। अब तो कुछ नहीं है।—वह अपनी कुर्सी पर बैठ गई।

भीड़ छंटने लगी। किसी एक ने कहा—ले भैया, आज हाट में नारद आया है।

जगत्पुर का चटर्जी दुकान में आया। उसके साथ घोष। घोष ही नहीं, और भी तीन आदमी। उनसे चटर्जी ने कहा—ले, सारा सामान गाड़ी पर रख। पहले मिट्टी के बर्तन उठा ले भैया! दुकान को छेंके हुए है। ले। हां, हमें चाय दीजिए। कुछ चाप भूनकर ठोंगे में दाल दीजिए।

चटर्जी बैठ गया। घोष ने कहा—देखना, बोतल टूट न जाए। फिर तो चाप लेना ही बेकार हो जाएगा।

मालती ने अपने हाथ से उनकी चाय ला दी। अब वह शांत हो गई थी। पूछा—सिंघाड़ा-कचौरी?

—दो-दो अंडे दो। ज़्यादा नहीं। हां, ठोंगे में गाड़ीवानों के लिए कुछ सिंघाड़े दे दो।

मालती ने बर्तन उठाने वाले की तरफ मुड़कर ताका। उसे उस छोकरे की याद आ गई। खूबसूरत उस छोरे की। अचानक चला कहां गया था वह? उसने पूछा—जी, वह मिला? आप लोगों का वह लछमनवां?

चटर्जी हंस उठा—उसकी मत कहिए। कम्बख्त की ससुराल पास ही है। वहां

जाने की वह कह ज़रूर आया था। कहा था—हाट का काम खत्म करके ससुराल जाऊंगा। कल आऊंगा। मगर कम्बख्त को धीरज नही रहा। चार ही बजे चंपत हो गया।

ज़ोरों का 'टन्' शब्द करके बाबाथान का घंटा चुप हो गया। बहुतों के कंठ की ध्वनि उठी—जय बाबा भुवनेश्वर!

'मन की वांछा पूर्ण करो बाबा!' हाट वाले खड़े हो-होकर प्रणाम करने लगे।

घर में सामान संजोकर, बदन धोकर चंपा मालती के इंतज़ार में बैठी थी। मालती दुकान बंद करके, बाबाथान में प्रणाम करके आ रही है। चंपा ने उसके साथ रहना चाहा था। एक युवती को वाबाथान और उजड़ी हाट में रात को अकेली कैसे छोड़ दे! लेकिन मालती हठात् बिगड़ उठी थी। आज जाने उसे क्या हो गया था। बोली—उस रात तो मेरे बगल में खड़ी थीं तुम? तो क्या बासदेब दुबे की गरदन उतारने से रोक पाई थीं? तुम मुझे उखाड़ो मत मौसी। घर जाओ। तुम्हारे रहने से मेरा नहीं चलेगा। जाओ।

करुण होकर उसकी ओर ताकते हुए चंपा ने कहा—तुम आज ऐसी क्यों हो गई हो माला?

मालती ने कहा—तुम्हारे पैरों पड़ती हूं मौसी! तुम जाओ।—और फिर तुरन्त बोली—टिकली तो है ही। वह मुझे घर तक पहुंचा आएगी।

—टिकली! माला...

—समझ गई मौसी। टिकली साथ रहेगी तो लोग मुझे ज़्यादा बुरा कहेंगे। कहें—कहने दो। लोग जो कहें, मैं वही हूं। तुम जाओ, चिंता न करो।

सो चंपा अकेली ही घर लौटी। बदन धोया। कपड़े बदले और इन्तज़ार कर रही है। मालती आ जाए, तो वह गोरांग को शयन कराके जप करेगी। चूल्हे में उसने लकड़ी-काठी डाल दी है। धुआं हो रहा है। आग सुलगे तो भात चढ़ा देगी। ओसारे पर पेट्रोमेक्स जल रही है। मालती आकर बुझाएगी।

—वैरागी बहू! मालती!

पुकार सुनकर चंपा चौंकी। बसंत ने पुकारा। बसंत आया है। मालती के लिए वह शंकित और उत्कंठित हो उठी। बसंत को यह मालूम होगा कि मालती अभी भी हाट ही में अकेली घूम रही है,घर नहीं आई, तो वह नाराज़ होगा। ज़रूर रंज होगा। मर्द नाराज़ होते हैं। क्या करे वह? ज़िद्दी लड़की ने एक बार तो अपना सर्वनाश किया है, फिर करेगी।

—मालती! मालती!

लाचार चंपा ने दरवाज़ा खोल दिया।

बसंत ने कहा—इसी बीच सो भी गई थी क्या?

—सो जाऊंगी? गरीब का ऐसा नसीब! तुमने लीडर होकर यह बात कैसे कही? लो, बैठो।—उसने एक आसन डाल दिया।

बसंत बैठा। पूछा—मालती कहां है?

—वह!—ज़रा रुककर सोच करके बोली—आज उसे क्या जो हो गया है, वही जानती है। आज तो वह पागल हो गई! ओह, क्या रूप धारण किया! रण-रंगिनी हो जैसे।

—श्रीमती के साथ न?

—तुमने सुना?

—सुना नहीं? सुना। हाट का हल्ला है!

—लड़की बड़ी तेज वाली है। क्या जो है उसके भाग में...

—भाग में अच्छी ही है। सोचो मत। सुनकर मुझे कितनी खुशी हुई, क्या कहूं। जभी तो मैं आया।

—ऐं? सचमुच खुश हुए हो?

—सचमुच।

ज़रा चुप रहकर चंपा बोली—तुम उसे प्यार करते हो बसंत सोना, वह भी तुम्हें प्यार करती है। भरी हाट में उसने क्या कहा, जानते हो? हां, हां, वह बत्ती मेरी प्रेम मार्का बत्ती है। तो...।—फिर ज़रा रुककर बोली—तुम उससे ब्याह कर लो बसंत! जात-पांत तो तुम मानते नहीं हो। लीडर भी हो। देश में तुम्हारा नाम होगा। धरम भी होगा।

बसंत हंसा। बोला—ज़रूरत क्या है? कहा तो है। मालती अगर सचमुच ही प्यार करती है तो तुम लोगों की राधा जैसी कलंकिनी ही होगी। सिर-आंखों उठा लेगी।

—कहते क्या हो बसंत? आदमी की बेटी कहीं राधा हो सकती है?

—हो सकती है। हो सके तो हो सकती है।

ऐन इसी वक्त मालती बाहरी दरवाज़े से अन्दर कदम रखकर ठिठक गई। कहा—बसंत दा?

—हां रे। आ गई तू? अच्छा ही हुआ उसीसे पूछ देखो वैष्णव बहू, उसीसे पूछ देखो।

—क्या? मालती राधा हो सकती है या नहीं?

—हां। सुन लिया है तूने? बाहर खड़ी सुन रही थी, क्यों?

—सुन रही थी।

—तो फिर माला, वो बता दे। तूने हाट में श्रीमती से जो कहा, इसे यकीन नहीं हुआ?।

मालती ने उसके मुंह की ओर ताकते हुए कहा—बिगड़ जाने से मुझे होश-हवास नहीं रहता है बसंत दा। बात मैंने बिगड़कर ही कही थी। मौसी ने ठीक ही कहा। किसी बाप की बेटी राधा हो सकती है या नहीं, यह मैं नहीं जानती, मगर मुझसे तो रोना-धोना नहीं चलेगा। आज उस बेला भी, जब बहुत दिनों के बाद तुमसे भेंट हुई, मेरा दिमाग सही नहीं था। क्या कहते, क्या कह गई! जुबेदा बीबी का कहा याद नहीं आया। जुबेदा बीबी ने कहा था, किताब की, गीत की बात बिलकुल झूठ है रे मालती। ये मर्द जो हैं, सो शैतान, बदमाश की जात हैं। ये लोग नरकोयल की तरह बोलते बहुत खूब हैं, पर बसेरा नहीं बांधते। दो दिन पास-पास रहते हैं, साथ-साथ उड़ते हैं। उसके बाद छोड़कर चल देते हैं। स्त्री कोयल रोती नहीं है। कौए के घोंसले में अंडे दे देती है, बस। लेकिन मनुष्यों में स्त्रियां ऐसा नहीं कर सकतीं। रोती हैं! उसने कहा था, मालती, कोई स्त्री शादी न करके अगर मुहब्बत करती है, तो या तो वह गले में फांसी लगाए, नहीं तो...

मालती चुप हो गई।

बसंत उसकी ओर ताकता ही रह गया था। विचित्र चरित्र बसंत इस ज़माने की नई रोशनी का आदमी, मालती की बातों से उसे कौतुक का अनुभव हुआ। मालती के चुप होते ही वह बोला—नहीं तो क्या?

—बुरी बात है। जेल में ज़बान रुकती नहीं थी, बोल पड़ती थी। यहां जीभ रुक जाती है। खुद को ही अचरज लग रहा है।

—समझ गया। जुबेदा बीबी ने कहा होगा, नहीं तो वेश्या होती है। लेकिन मैंने तो वैसी मुहब्बत की बात नहीं कही है। मेरी इच्छा है, तुम आज के युग की एक अनोखी स्त्री बनोगी। पढ़ोगी। सदा दुकान क्यों करोगी? पढ़-लिखकर मेरे साथ काम करोगी! आजकल कितनी ही स्त्रियां लीडर बन रही हैं। शादी नहीं करतीं, ज़िदगी-भर देश की खिदमत करती हैं।

—नहीं। —अजीब-सी हंसी हंसकर मालती ने कहा—नहीं। वह मुझसे नहीं होगा। खाहिश भी नहीं है। तुम बल्कि दूसरी चेली मूड़ो।

—तू कर सकती थी मालती।

मालती बोली—नहीं। नहीं कर सकती। बड़ा सिर दुख रहा है बसंत दा! मैं सोने जा रही हूं। जाते समय तुम अपनी बत्ती ले जाना।

दूसरे दिन चंपा और मालती ने सवेरे दुकान खोली। चूल्हे पर चाय का पानी चढ़ाकर बैठते न बैठते गाहक आया। श्रीमती की दुकान अभी खुली नहीं थी। ठाकुर अभी तक आया नहीं। टिकली बैठी थी। वह बोली—ठाकुर शायद नहीं आएगा दीदी।

—नहीं आएगा? किसने कहा?

—कल ठाकुर कह रहा था।

—क्या कह रहा था?

—कह रहा था, इतनी मेहनत है। मुझसे न होगा। तनखा कम है।

—तनखा तो मैंने नहीं तै की है। कुंडू बाबू ने ठीक की थी।

—सो मैं नहीं जानती।

—तू ज़रा देख तो आ।

टिकली गई। ठाकुर ज़रा दूर पर गंधेश्वरी बाज़ार के पास रहता है। ब्राह्मण है! इस बुढ़ापे में गलती कर बैठा है। छोटी जात की एक स्त्री के साथ घर-गिरस्ती करता है। रसोई अच्छी बनाता है। कभी दे बाबुओं की कलकत्ते की गद्दी में काम करता था। वहां भी एक बुरी औरत के चंगुल में फंस गया। बड़े-बड़े कष्ट से उससे पिंड छुड़ाकर भागा तो यहां आकर भी वही हरकत करके जात से अलग हो गया है। कोई भी उसे अपने यहां नहीं रखता। सामाजिक भोज-भात में भी उसकी गुंजाइश नहीं। अब तक यहां-वहां दावत-वावत में पकाता-चुकाता फिरता था। और कुंडू की दुकान में बैठा रहता था। कुंडू का प्रिय पात्र है।

कुंडू गांजा पीता है। गांजा यही ठाकूर उसे बनाकर देता। मालती की दुकान खोलने के बाद उसने उसे यहां भेज दिया है। समाज में न चले, घर में न चले, चाप-चाय की दुकान में कोई चर्चा न होगी, यह कुंडू को मालूम है। आदमी बुरा नहीं है। अच्छा ही है। अचानक उसके दिमाग में तनखा का कीड़ा हिला है। इस ज़माने का धरम ही यही है।

इधर गाहक आया। दरअसल ये लोग बैलगाड़ी वाले हैं। रात को गाड़ियां लिए

चल रहे थे। यहां गाड़ी खोलकर आराम कर रहे हैं। अभी चाय-चूय पी-पा कर फिर चल देंगे। कि यहीं गंधेश्वरी बाज़ार में खरीद-फरोख्त करेंगे। हाट में गाड़ी रखकर सो गए। दिन-भर यहां हाट-बाज़ार करके रवाना हो जाएंगे। हो सकता है, रजिस्ट्री आफिस में आए हों। कोई पट्टा-कबाला हो। घर दूर हो। रात ही आ पहुंचे हैं कि पहली ही बेला में काम-काज करके लौट जाएंगे।

भुवनपुर का रजिस्ट्री आफिस हाट के सामने ही है। सड़क के उस ओर, ठोक सड़क पर। सच पूछिए तो रजिस्ट्री आफिस भी हाट में ही शामिल है। फर्क सिर्फ लाइन का है। हाट के उस तरफ रास्ते के ऊपर पांच-सात कमरे में रजिस्ट्री आफिस के दलाल लोग काम करते हैं। शिनाख्त करते हैं। हां, दस्तावेज़ पर 'गणेशाय नमः' की जगह 'श्री भवनेश्वर सहाय' लिखते हैं। बहुत लोग बाबाथान में जाते हैं। प्रणाम करके कहते हैं, बाबा साक्षी हैं, राजी-खुशी बेचा है; बाल-बच्चों के साथ भोग करो। कोई कहता, बाबा की किरपा से बिक्री के दाम में ही तुम्हारा काम पूरा हो। दुःख हो, तो वह दूर हो जाए। अभाव हो, तो वह मिट जाए। उसके बाद प्रसादी खाकर सरोवर में पानी पीकर घर जाते हैं। आजकल इस जगह एक कुआं भी खुदा है। सरोवर का पानी गंदा हो जाता है। वह पानी कोई पीता नहीं, लेकिन उसका स्पर्श करता है।

मालती ने अपने से चाय बनाई। चार गाहक थे। चार प्याला चाय देकर बोली—बिस्कुट दूं? अच्छा बिस्कुट है।

—बिस्कुट? खैर, चार-चार दे दो; सिंघाड़ा नहीं बना है?

—नहीं। बासी सिंघाड़े गरम करके हम गाहकों को नहीं देते हैं। बस, अब बनेगा। घंटे-भर में हो जाएगा।

वह मौसी के साथ जुट गई। निमकी, सिंघाड़े की बिक्री सवेरे ही होती है।

—जल्दी-जल्दी बना लेना है। तबीयत ठीक नहीं है। कल रात नींद नहीं आई। भोर-भोर तक जगी ही रही प्रायः। तंद्रा-सी आई थी ज़रा, मगर महज तंद्रा। बिखरे-बिखरे सपने आते रहे।

कल रात बसंत को वे बातें कहकर मालती कमरे का दरवाज़ा बंद करके सो रही थी जाकर। मन कैसा तो हो गया था। अभी-अभी गुस्सा हुआ था, फिर तुरन्त उसका मन मानो रुलाई से टूट पड़ा था। फिर तुरन्त मन दुकान की ओर जा लगता था। वह रंजिश और रुलाई दोनों को झाड़ फेंकना चाह रही थी। थोड़ी देर में आप ही आप मन उदास हो उठता था।

—तुम आप ही जुट पड़ीं!

मालती मैदे में पानी डालकर नमकीन का मैदा तैयार कर रही थी।

उसने नज़र उठाकर देखा। ठाकुर बोल रहा था। ठाकुर आ गया। उसकी भौंहें सिकुड़ गईं! मानो मन की कल वाली अवस्था अभी भी है। रहनी ही है। एकाएक गुस्सा हो आने लगा। भवें सिकोड़े ही वह बोली—क्या करती, गाहक आए। टिकली ने कहा, तुम आज नहीं आओगे। तनखा...?

रुक गई। ख्याल हो आया, गाहकों के सामने तनखा के लिए हुज्जत न करना ही ठीक है।

चंपा ने कहा—छोड़ो भी माला। ये बातें फिर होंगी। लो, काम शुरू कर दो भैया। इतनी देर करके!

ठाकुर ने कुरता उतारकर रस्सी की अलगनी पर डालते हुए कहा—तनखा की बात मैंने नहीं कही है। टिकली ने गलत सुना। कल रात से ही बुखार-सा लग रहा है। इसीलिए कहा, कल तो मंगल है। हाट नहीं है। कल शायद। खैर...छोड़ दो।

मालती मैदा मलना छोड़कर अपनी जगह पर आ बैठी। उसका मन फिर उदास हो उठा। बसंत ने कल रात उसे उसके बाद भी पुकारा था।

—मालती! सुनो?

उसने जवाब दिया—नहीं बसंत दा। वह सब बातें मैं नहीं सुनती। लीडर मैं नहीं हुंगी। तुम्हारा वह प्यार मुझे गवारा न होगा। मैं एक मामूली स्त्री हूं। जिसपर जेल हो आई हूं। तुम बहुत बड़े लीडर हो। तुम लौट जाओ। अपनी बत्ती ले जाओ। कहा तो, मेरी तबीयत ठीक नहीं है।

इसके बाद बसंत चला गया था। इसके कुछ ही क्षण बाद चंपा ने उसे आवाज़ दी थी।...

—कितने पैसे हो गए?

—चार प्याला चाय। सोलह बिस्कुट। आठ आने।

—बिस्कुट पैसे में एक?

—हां।

एक रुपये का नोट बढ़ाकर उस आदमी ने कहा—दो बंडल बीड़ी।

कुल कीमत काटकर बाकी पैसे मालती ने रख दिए। वह बोला—सौंफ-

सुपारी, कुछ नहीं है?

—अरे हां।—सुपारी वाली तश्तरी निकालना भूल गई थी मालती। अभी भी मन उसका कल की ही बातों में घूम रहा था। बात वह कल की ही नहीं, आज की भी बात है। और सिर्फ आज की ही क्यों? भावी कल की भी है। परसों की भी। जेलखाने के पहले धक्के को संभालने के बाद से वह बसंत की ही बात सोचती रही थी। बीचबीच में जुबेदा उससे कहा करती: जेल से बाहर जाने के बाद खूब होशियारी से चलना मालती। खबरदार...बहुतेरे लोग फुसलाएंगे तुझे। खूब सख्त बन जाना। शादी करनी हो तो ओर-छोर बांधकर करना। सही मानी में शादी। नकली न हो जाए। और अगर देह बेचने की ही नौबत आ जाए, तो गांव में मत रहना, शहर चली जाना। प्रेम के नाम पर न भूलना। खबरदार। वह हंसती थी। कहती थी: मेरी शादी तै हुई-हवाई है। वह भी जेल गया हुआ आदमी है। जुबेदा बीबी ने उसकी कहानी सुनी थी। जानती थी। संदेह से वह बोली: वही, जिस ने एक दिन खेतों के रास्ते से जाते हुए तुझे छाती से लगा लिया था? कहा कि छोकरा बिरहमन है। लेकचर देता है। ज़रा रुककर उसने हंसते हुए कहा: तेरा जेल और उसका जेल एक नहीं है मालती। वह जेल से बाहर निकलेगा तो उसका काला रंग भी गोरा हो जाएगा। इज़्ज़त बढ़ेगी। वह तुझसे शादी करेगा, ऐसा मुझे नहीं लगता। मालती को रंजिश होती। कहती: तुम उसे जानती नहीं हो जुबेदा दीदी। जुबेदा ने इसपर कोई जवाब नहीं दिया। रात को लेटी-लेटी वह कल्पना करती थी, बसंत उसे देखते ही दोनों हाथ बढ़ाकर अपनी छाती में खींच लेगा। कहेगा, मैं तेरे इतज़ार में बैठा हूं। चल, शहर चलकर रजिस्ट्री कर आएं। फिर कैदखाने के मोटे सीखचों और ऊंची दीवारों के अंदर वह कितनी कल्पनाएं करती थी। ब्याह के बाद क्या करेगी? इरादा तो लीडरी ही करने का था। लेकिन उस कल्पना से अजीब ढंग से जुबेदा और नीहार दीदी की नाना कल्पनाओं की कहानी आ मिलती। बाधा-बंधन, पाप-पुण्य, न्याय-अन्याय सब कुछ को तोड़फोड़कर चूर-चूर किया हुआ कामना-वासना का चाहे राज्य कहिए, चाहे संसार।

जुबेदा बीबी सबसे समझदार थी। सबसे ज़्यादा जाननेवाली। कानून जानती थी, आदमी के मन को समझती थी। पंडित जैसा विचार करती थी। वकील-सा तर्क। बसंत से भी अच्छा। उस बार, वह जो एक बड़े आदमी की दूसरी बीवी अपनी सौत के लड़के को ज़हर देकर जेल आई थी, उसी बार जुबेदा

बीबी ने उससे कहा था। शाम के बाद जुबेदा बीबी की किस्से की महफिल जमी थी—बुरी-बुरी कहानियां कह रही थी। वह बड़े आदमी की स्त्री दूर बैठी सुन रही थी। वह अचानक उठकर आई और कहा—कैसी हो जी तुम? ऐसे-ऐसे किस्से सुना रही हो?

उसके मुंह की तरफ ताककर जुबेदा ज़रा देर के लिए अवाक् रह गई थी। उसके बाद उसकी आंखें जल उठी थीं।—तुमने कभी नहीं सोचा? नहीं? मन ही मन?

—नहीं।

—झूठ। दूसरी बीवी, जो सौत के बेटे को ज़हर खिलाकर मारती है वह ऐसा नहीं सोचती? हाय री मेरी सती! पुण्यवती! तू जप करती है। तेरे इष्ट देवता हैं—उन्हें गवाह रखकर बोल कि नहीं सोचा?

—नहीं, नहीं, नहीं। वह मेरी तरफ बुरी नज़र से ताकता था इसीलिए...

—झूठ। झूठ। तू चाहती होगी, वह नहीं चाहता होगा। शायद हो कि बाप से कहने की धमकी दी हो, इसीलिए तूने उसे ज़हर खिलाकर मारा है। देख, मैंने अपने खाविंद को मारा है, इसलिए कि दूसरे से मुहब्बत करती थी। तू तो मुझसे भी पापी है। अपने प्रेमी को नहीं पाया, इसलिए जहर देकर मार डाला।

वह औरत कैसी तो हो गई। एक कोने में अपनी खाट पर औंधी पड़कर लेट गई।

जुबेदा ने कहा—पाप! पुण्य! काहे का पाप-पुण्य!—उसके बाद उसने आदमी के मन के चेहरे के बारे में जो बताया, उसे सुनकर सभी सिहर उठी थी या नहीं, मालती यह नहीं जानती। लेकिन सबने चुपचाप सुना था, बहुतेरी मुसकरा रही थीं, पर मालती सिहर उठी थी। अवाक् भी हुई थी। जैसे जुबेदा सत्य ही कह रही हो।

बाद में उसने जुबेदा से यह बात कही थी। एकांत में, शांत अवसर पर। जुबेदा हंसी थी। कहा था—तेरा मन बडा कोमल है रे मालती। बड़ी शिशु है तू! आदमी का मन सुख के बगैर नहीं बचता। सुख के लिए पाप-पुण्य का विचार वह नहीं करता। विचार नहीं करना चाहता। यही दुनिया का नियम है। मनुष्य ने पाप-पुण्य को चुना है, बनाया है। दुःख सहकर पुण्य करके रोते हुए जिन्हें सुख मिलता है, उन्हें सलाम। पाप करके लाज से, भय से जहर खाती हैं,

फांसी लगाती हैं और फिर पुण्य करने के दुःख को न सह पाकर भी फांसी लगाती हैं, ज़हर खाती हैं। यह भी जैसा झूठ है, वह भी वैसा ही झूठ है। देख ले, मैंने अपने सुख के लिए अपने पति को ज़हर दिया है। बड़े आदमी की यह बीवी और भी पापी है। तू पापी नहीं है। अपने बाप को बचाने के लिए अचानक खून कर बैठी। मैं अगर जज होती, तो तुझे छोड़ देती, तू फिर भी दागी हो गई। बाहर आने के बाद इतना ही याद रखना कि किसीको दुःख मत देना। दुःख करके दुःख की भी तलाश मत करना। और सुख के लिए पागल होकर सुख की भी खोज मत करना।

ढाई साल में गले तक कामना की प्यास लेकर वह लौटी थी। रोएं-रोएं में कामना। लेकिन यह अपार आशा भी थी उसे कि बसंत ने बेकरार हो-होकर उसका इंतज़ार किया है। सारा कुछ अजीब तरह से गोलमाल हो गया। लेकिन, छूटने के बाद सात-आठ दिन तक, जब तक बसंत नहीं आया था, उसकी आशा, उसका सपना ठीक था, जेलखाने के हवा-पानी से तैयार हुए वासना के राज्य से भी कोई विरोध नहीं था। भुवनपुर में कदम रखकर वह चकित हो गई थी, कुछ भी चीन्हा नहीं जाता। सब बदल गया है। ठीक बदल नहीं गया है, सब झकमक, झलमल हो उठा है। उसकी भी उम्मीद और चमक उठी थी। मौसी ने कहा था, बसंत भी चमक गया है। कल सवेरे भी जब बसंत ने ब्याह न करके प्यार की बात कही थी, तो उसने नशे में उसपर हामी भरी थी। लेकिन कल तीसरे पहर हाट में उसने हंसते-हंसते जो बातें उस आदमी से कहीं, उससे उसे एक आतंक हो गया। जो आशा उसकी चमक उठी थी, वह स्याह हो गई। शायद हो कि बसंत देवता हो, शायद हो कि वह बहुत बुरा हो। दोनों ही दृष्टि से हाथ बढ़ाना उसकी पहुंच से बाहर है।

—ब्याह मैं नहीं करूंगा।—इस बात पर खेत वाली उस दिन की बात याद आ गई।—मैं तुमको प्यार करता हूं। जात-पात मैं नहीं मानता। बाप के मरते ही मैं तुझसे ब्याह करूंगा।...

खच् से कलेजे में जैसे कांटा चुभ गया।

बासदेव दुबे पर हंसिये का बार करके उसके लहूलुहान शरीर को देखकर जैसा एक निष्ठुर आघात लगा था, वैसा ही आघात लगा। कैदखाने में जाते हुए जैसा डर लगा था, वैसा ही डर लगा। अदालत में फैसला सुनते वक्त वह जैसी निढाल हो गई थी, वैसी ही निढाल हो गई।

इसीलिए हाट टूटने के बाद रात को दुकान बंद करके और मौसी को घर भेजकर वह बाबाथान के उस पीपल की ओर गई थी, जिसपर कूंच की लतर-लतराई थी। वह एक टार्च ले गई थी। एक झंझरा। झंझरे से बांधे हुए ढेले को तोड़-तोड़कर फेंकने के बाद ही वह घर लौटी थी।

भुवनपुर की हाट में जाने कितनों का बांधा ढेला गिर पड़ता है। बाबा कहते हैं, मनोकामना पूरी नहीं होगी। ढेला माटी में गिरकर धूल में मिल जाता है। लाभ की उम्मीद में आकर कितने लोग नकसान उठाकर लौट जाते हैं। उसका भी ढेला जाए!

घर गई तो बसंत को लौटा देने के बाद भी वह निश्चिंत नहीं हो सकी। रोने की इच्छा हो रही थी, रोई नहीं। कभी-कभी बेहद गुस्सा आ रहा था, उसने उसको भी संभाल लिया। कभी जी में आ रहा था, मर जाए। परन्तु वह भी मानो नहीं हो सकता। ठिठकना पड़ता। डर लगता।

मौसी ने आकर पुकारा। दरवाज़ा खोलकर वह फिर लेट रही आकर। मौसी उसके सिरहाने बैठ गई। सिर पर हाथ फेरते हुए कहा—माला!

मालती ने जवाब नहीं दिया।

मौसी बोली—लिखना-पढ़ना सीखकर...बसंत ने जो कहा...लीडर नहीं बन सकोगी?

—नहीं!

फिर कुछ देर के बाद मौसी ने कहा—इससे तो हम दोनों नवद्वीप चली चलें माला। मौसी और बहिन बेटी, मां-बेटी...

मालती ने बीच ही में टोककर कहा—नहीं!

मौसी ने फिर कुछ देर के बाद कहा—तो क्या करोगी?

—जो कर रही हूं। भुवनपुर की हाट में खरीद-बेची करके ही दिन कट जाएंगे मौसी!

—सारी ज़िंदगी?

—हां, मौसी। खूब मुनाफा करूंगी। पैसे जमा करूंगी। हंसुंगी-खेलूंगी। कट जाएगा।

मौसी ने फिर कुछ नहीं कहा।

मालती ने पूछा—बत्ती वह ले गया।

—हूं।

—चलो, अब खा लें। भूख लगी है। कल एक बत्ती खरीदंगी। निमकी-सिंघाड़ा निकालने की गंध आई। डालडा की गंध। आवाज़। कड़ाही में डालडा उबल रहा था।

दो आदमी हाट की चौहद्दी में आए। अभी भी उस ओर की दुकानें नहीं खुली थीं। अभी बहुत सवेरा है। हाट खो-खो कर रही है। जमादार बैठा झीम रहा है। हाट के दिन वे भरपेट पीते हैं। गुईं की दुकान में झाड़ लग रहा था। अजीब है, आज श्रीमती की दुकान अभी तक खुली नहीं है। कुछ हनुमान गुईं की छत पर उछल-कूद रहे थे, खेल रहे थे। पेड़ पर बैठा नर रह-रहकर चिल्ला उठता था।

मौसी ने कहा—टूलू चौधरी आ रहा है। साथ का मुवक्किल भारी-भरकम लग रहा है। तुम इसे जानते हो ठाकुर?

ठाकुर ने देखकर कहा—नहीं। बाहर का आदमी है।

—भारी-भरकम लगता है न?

—हां!

—इधर ही आ रहा है।

—चाय पिएगा। वही तो, उंगली दिखा रहा है। टिकली, बेंच को पोंछ दे। ठीक से।

मालती ने गौर किया। हां, टलू चौधरी ही तो है। यहां आने के बाद से मालती ने उसे नहीं देखा। चौधरी रजिस्ट्री आफिस में दस्तावेज़ लिखता है। यहां की जगह-ज़मीन की खबर, खतियान, दाग, नंबर, सब उसके हाथ में है। मामले-मुकदमे की पैरवी भी करता है। उमर काफी हो गई है। बसंत उसे टूलू पंडा कहता था। आज के युग का असली पंडा। विषयेश्वर का पडा! रजिस्ट्री आफिस विषयेश्वर का मन्दिर है। आदर कम हो जाने से भुवनेश्वर अब विषयश्वर होकर आए हैं। भूतों सरकार को भी यही कहता था।

भूती और टूलू के मुंह पर ही कहता था।

टूलू कहता—अरे रुक भी बाबा। नोबू ठाकुर के घर में बैठकर लीडरी का दफ्तर खोला है। केंदुली मेले का यही पंडा था, इसीलिए उस घर का कागज़ तैयार हुआ था। खतियान निशान, नंबर, सब मेरे होंठ पर हैं। तेरे बाप ने हाथ पकड़कर कहा। मैंने लिख दिया। श्रीमन्त ने अपने कागज़ की लिखाई दो रुपये दी थी। तेरे बाप से पैसा नहीं लिया! आज मुझे पंडा क्यों नहीं कहेगा!

अचानक उसे खोका ठाकुर की याद आ गई। उसका गीत गाना याद आ गया। अपने बाप के साथ उसका गांजा पीना याद आ गया। और फिर याद आ गया धरनी चाचा का कहना—अरी बिटिया, कहा कि वह दस्तावेज़ पर सही बनाकर चला गया।

बसंत कहता था—पागल है, उल्लू!

उस्ताद कहता—गधा है। दिमाग में गोबर भरा है।

टूलू चौधरी और वह भला आदमी दुकान के अन्दर आया। टूलू ने कहा—चाय की दुकान तुम्हारी बड़ी अच्छी हुई है मालती। मुझे पहचान रही हो न?

गाहक आने पर उदासीनता में भी मालती को सजग होना पड़ता है। इन कई दिनों में थोड़ा-थोड़ा करके इसकी आदत पड़ती जा रही है। वह मुसकराकर बोली—पहचानती कसे नहीं? आप टूलू चाचा है।

—ठीक पहचाना है। हमें चाय दो। और खाने को क्या बना है? निमकी-सिंघाड़ा? वही लाओ। ठाकूर भी अच्छा मिल गया है। ठाकुर, ये बर्दवान शहर के आदमी हैं। अच्छी तरह से बनाओ। समझ गए?

मालती ने खुद आकर बेंच को साफ कर दिया। जहां चाय बनती है, वहां गई। टूलू चौधरी और बर्दवान के वह सज्जन धीरे-धीरे बात करने लगे। हठात् टूलू बोल उठा—मालती, अच्छी सिगरेट कौन-सी है? दो।

उस सज्जन ने कहा—गोल्डफ्लैक। टिन है, खुला है या भरा हुआ?

—पूरा टिन भी है।—चाय में दूध मिलाते-मिलाते मालती ने कहा। दो प्याला चाय लाकर दी। फिर सिगरेट का टिन लाकर दिया। टूलू ने कहा—मालती, ये सज्जन बसंत की तलाश में आए हैं। बसंत तुम्हारे यहां है क्या?

चकित होकर मालती ने उसकी तरफ देखा। तुरन्त उसे गुस्सा हो आया। भंवों पर बल पड़ गए—मेरे यहां?

—हां। गाड़ी से उतरकर ये सीधे गोपा के बाप के पास गए थे। उसने कह दिया, यहां नहीं है। कहां है, नहीं जानते हैं। बसंत ने घर भी बनाया है। वहां भी गए थे। वहां भी नहीं है। वहीं श्रीमती ने बताया, बसंत तुम्हारे यहां ठहरा है।

खासे कठिन स्वर में मालती ने कहा—नहीं। मेरे यहां क्यों ठहरेंगे वे? हां, कल आए ज़रूर थे।

—हां, हां, वही कल दुकान में आया था। श्रीमती ने कहा, नई पेट्रोमेक्स खरीद दी है। फिर...

—हां, सांझ के बाद भी एक बार गए थे। मगर मेरे यहां क्यों ठहरेंगे?

—तुम नाराज़ क्यों हो रही हो? पहले तो तुम्हारे ही यहां बसंत का अड्डा रहता था। तुम्हारे घर वह भात तक खाता था।

मालती स्तब्ध रह गई। यह चौधरी कहना क्या चाहता है? टूलू ने कहा—नहीं खाता था?

मालती ने कहा—खाता था। रहता था, मेरे यहां अड्डा था उसका।

—वही तो कह रहा हूं।

—उस समय उसे अच्छा लगता था, हम लोगों को भी अच्छा लगता था...

—अच्छा लगता था?

—नहीं, प्यार करती थी उसे। आता था, रहता था, खाता था। अब अच्छा नहीं लगता, प्यार नहीं करती। कल आए थे, चले गए। मगर आप चाहते क्या हैं, कहिए तो?

भले आदमी ने कहा—नाराज़ तुम नाहक ही हो रही हो! मैं महज़ यही जानना चाहता हूं कि वह ठहरा कहां है।

—वह मैं नहीं जानती।

—तुमसे कहा नहीं है?

मालती को अचानक याद आ गया कि उसने कहा था, गोपाल के यहां ठहरा हूं। फिर भी वह बोली—नहीं।

टूलू ने कहा—प्यार में आंच कैसे आ गई मालती? कल ही तो तुम्हें नई बत्ती खरीदकर दे गया, सुना मैंने!

—हो गया आप लोगों का?

—ऐ ठाकुर, दो निमकी, दो सिंघाड़ा और दो।

भले आदमी ने उससे कहा—तुम ज़रा उससे कह देना, बर्दवान के...

बीच ही में टोककर मालती ने कहा—माफ कीजिए, मैं किसीसे कुछ नहीं कह सकूंगी।

—कहने से उसका भला होगा।....

—अपना भला वह आप देखेगा। उसके भले-बुरे से मुझे कोई वास्ता नहीं।

सवेरे-सवेरे सारा संसार जैसे कड़वा हो गया।

कड़वा ही मन लिए वह बैठी थी। गाहक आ-जा रहे थे। आज ज़्यादातर रजिस्ट्री आफिस वाले लोग थे मालती चुपचाप बैठी ही थी। इसी बीच एक अजीब घटना घट गई। हनुमान सब गुईं की छत पर और आसपास के पेड़ों पर खेल रहे थे। उनमें से दो बच्चों ने उछलकूद करते-करते बिजली के तार को पकड़ लिया और चीख उठे। उसके बाद धप्प से माटी पर गिर गए। मर गए। मां दौड़ी आई। ओह, उसकी वह तड़प, वह आकुलता! हिलाया-डुलाया, दुलारा...उसकी वह आकुलता देख मालती की आंखों में आंसू भर आए। आखिरकार मां उस मरे बच्चे को ही छाती से लगाकर एक हाथ से पेड़ पर चढ़ गई।

बैठे-बैठे उसे लगा, वह भी ठीक इसी तरह मुहब्बत की लाश को कलेजे से लगाए बैठी है।

—अजी, वह चाप कि क्या कहते हैं—हैं? —एक युवक और एक युवती! मालती के अचरज की सीमा नहीं रही। कल का वही लछमनवां था और वही काली-काली-सी लड़की, जो कल चाप की कीमत सुनकर ही भाग गई थी।

—तुम लछमन हो न?

—हां।

और तुम तो कल चाप खरीदने आई थीं। दाम सुनकर भाग गई थी!

लछमन ने कहा—नहीं। यह कल मुझको देख करके भाग गई थीं।

—तुमको देखकर! क्यों?

—यह मेरी घरवाली है। तीन महीने से मैके भाग आई है। कल इसे चाप खाने की इच्छा हुई थी। खरीदने आई और मुझे जो देखा...

लछमन मुसकराकर चुप हो गया।

मालती ने कहा—इसीलिए तुम शायद इसके पीछे-पीछे दौड़ पड़े थे?

—हूं। अब इसे अपने घर लिए जा रहा हूं। इसीलिए कहा, चाप खा लो। कल यही खाने आई थी, खा नहीं पाई!

प्रसन्न कौतुक की खुशी से पल में मालती का चेहरा हंसी से खिल उठा। मालती अकेली ही नहीं, चंपा हंस उठी, ठाकुर हंस उठा, टिकली खिलखिला उठी। वह लड़की शर्म से घूंघट काढ़कर उधर को मुंह किए खड़ी होकर धीमे से बोली—नहीं खाऊंगी चाप। तुम चलो!

मालती ने कहा—नहीं, नहीं। बैठो। तुम दोनों जने बैठो। अंदर आ जाओ। ठाकुर, बना दो चाप। सब काम छोड़कर चाप निकाल दो। उस बेला के लिए सब कुछ तो बनाया ही हुआ है।

—बस, दस मिनट। अभी देता हूं।

वह लड़की लेकिन हरगिज़ अंदर नहीं आई। दुकान के एक ओर एक खूटे को थामकर खड़ी रही। मालती हंसमुख-सी धूलभरी बिना हाट के दिन की हाट की ओर ताकने लगी। जहां पर हनुमान का बच्चा मरा था, उस जगह से उसकी नज़र ही नहीं हट रही थी।

धूप झलझला रही थी। सवेरे पूरब के कुछ बरगदों की छाया पड़ती है। सूरज पेड़ों के माथे पर आ गया था। थोड़ी-थोड़ी गरमी लिए धूप मीठी लग रही थी। मालती का मन भी खुशी से भर गया था। वहां न तो टूल चौधरी था, न बसंत। कोई नहीं। उसके मन के एक कोने में बासदेव दुबे का सिर पड़ा रहता है। वह रक्खा ही हुआ है, सड़ता नहीं है। भुवनेश्वर थान से लाखों-लाख ढेले गिरकर गुम हो गए, लेकिन बासदेव का माथा उसके मन से न तो खोता है, न ही वह सड़ता है। वह गज़ब ढंग से जब-तब उसके मन की निगाहों के सामने आ जाता है। वह गोल सर, गोया ढालवें से लुढ़ककर बीच में रुक जाता है। आज वह माथा भी नहीं आ रहा है।

भुवनपुर को हाट का महातम सत्य है। अभी सुख, अभी दुःख। अभी दुःख, अभी सुख। आज मुनाफा, कल नुकसान; कल नुकसान, परसो लाभ। आज' जुड़ी, कल फाट; यही है भुवनपुर की हाट। आज फटकर जो कल नहीं जुड़ता, उसका नसीब जला हुआ है जानो।

चौंक उठी मालती।

घर्र घर्र आवाज करती हुई तीनेक जीप गाड़ियां रास्ते से मुड़कर बड़-पीपल की बाहर निकली जड़ों पर से उछलती-लुढ़कती हाट में घुस आईं। सामने की जीप से एक आदमी रास्ता दिखा रहा था। जीप रुक गई। उसके साथ पीछे की भी।

उनपर से टपाटप हवाई शर्ट और पैंट पहने देशी साहब लोग उतर पड़े। आठ-दस आदमी।

—देखो, चाय है? जल्दी करो।

एक ने आकर कहा, अच्छे पिचे-प्याले हैं तो? देखें!

मालती ने हड़बड़ाकर कहा—नये हैं, सर। निकाल देती हूं।

यह 'सर' शब्द उसने जेलखाने में सीखा। पोशाक, रंग-ढंग देखकर समझ गई, ये सरकारी कर्मचारी हैं।

चाय के प्याले खरीदे हुए थे। दुकान में रक्खे रहते हैं। टूटते ही रहते हैं प्याले।

पिचे-प्याले निकालकर वह स्वयं ही धोने बैठ गई।

एक ने पूछा—वह बड़-पीपल तला तो भुवनेश्वर का है? ठाकुर ने कहा—जी हां।

प्याले धोकर मालती ने मेज़ पर सजा दिए। चाय का पानी ठीक से उबला नहीं था अभी। आगे बढ़ कर बोली—बढ़िया बिस्कुट है सर, लाऊं?

सभी लोग आश्चर्य से उसकी ओर ताक रहे थे। मालती शर्म से ज़रा लाल हो उठी। मुंह को नीचे झुकाए बोली—ले आऊं?

—क्या, बिस्कुट?

—थिन अरारूट, सर्कस...

—वाह! चार-चार दो।

कांच के बर्तन से मालती बिस्कुट निकालने लगी। मालती के बोलने-चालने का ढंग देखकर चंपा अवाक् हो गई थी। ज़रा भी झिझक नहीं! झिझक तो खैर उसे नहीं है। जेल में उसने जेल सुपरिटेंडेंट को देखा, कभी-कभी ज़िलाधिकारी भी आया किए। उन सबसे बात करने की आदत है उसे। बिस्कुट निकालकर उसने ठाकुर से कहा—ठाकुर, दोनों बेंच निकाल दो। साहब लोग बैठें।

इस बीच और लोग भी आए। टूल चौधरी भी था।

साहबों ने चाय पी। दाम-वाम चुकाकर बोले—तुम्हारी दुकान अच्छी है। साफ-सुथरी है। उस पार सेट्लमेंट का कैंप आ रहा है हमारा। दुकान को ठीक से करो!

साहब लोग जीप लिए उस बड़-पीपल के वन की तरफ चले गए। दुकान के सामने से, भवन सरोवर के किनारे-किनारे बाल बनाने वाले चौंतरों को मड़मड़ाते हुए घरघराती हुई जी निकल गईं।

मालती खूब खुश हो गई। साहब लोग खुश हो गए। उसने ज़रा भी भूल नहीं की। जरा भी नहीं घबराई।

ठाकुर ने कहा—मौसी, अब आदमी बढ़ा लो। बड़ी भीड़ होगी। मालती

सोचने लगी, मेज-कुर्सी हो तो अच्छा। जगह कुछ और ज़्यादा हो, तो अच्छा हो।

टिकली थी नहीं। वह लछमन और उसकी बहू से बतियाती हुई चली गई थी। लौट आई। बोली—मजे की खबर है मालती दी! छिरीमोती ने दकान क्यों नहीं खोली है, जानती हो? वह, कौन तो उसकी होती है अपनी...विधवा है, कम उमर की है, उसीको लाने के लिए गई है। दुकान में बैठाएगी।

मालती हंसी। लेकिन उसके लिए उसके मन में कोई हलचल नहीं हुई। वह अपनी दुकान की सोच रही थी। अच्छी-सी, सुन्दर-सी दुकान!

दो साल के बाद।

"भुवनेश्वर की हाट में सोमवार की हाट के दिन सवेरे। हाट तीसरे पहर लगती है, लेकिन सवेरे से ही मानो जम गई। बहुत-से लोग आ पहुंचे। कम से कम सौ-डेढ़ सौ दुकानें भी लग गईं। लेकिन शाक-सब्जी का कच्चा बाजार नहीं। ताड़ के पत्ते की चटाई, सूप, टोकरियां नहीं आई थीं। खसी-मुरगी भी नहीं, पर कटा पांठा एक डाल से लटक रहा था। कार-फीता का फेरीवाला नहीं पहुंचा। खाने-पीने की दुकानें खुल चुकीं। चाय की दुकान में बेहद भीड़। धरनीदास वगैरह ने कपड़े की दुकान खोल दी। पान-बीड़ी-सिगरेट की दुकान लग गई—फल वालों ने बक्सों पर फल सजा दिए।

हाट की शकल-सूरत भी बदल गई है। हाट के बीचोंबीच चारों तरफ स्थायी दुकान-घर बन गए हैं। ईंट की दीवालें, पक्की छत। पक्की दीवाल। टिन की छत। मिट्टी की दीवाल और टिन या फूस का छप्पर। एक-दो नहीं।

टूल चौधरी ही गिन रहा था। गिनकर हरिपुर के एक समय के धनी ज़मींदार पाटू चक्रवर्ती से कहा—तेरह नहीं, बारह। फलवाले और परांठा-तरकारी की जो दुकान है न वह, वह एक ही है। बीच में दीवाल ज़रूर है, पर छप्पर एक ही है। किरायेदार दो हैं, मालिक एक ही है। हमारे पंडा थे हरी मिसिर, उन्हीं की स्त्री के गहने-पाते बेचकर यह घर बना। प्रतूल ठेकेदार ने ठीक एक महीने में घर खड़ा कर दिया। उसी घर को किराये पर उठार बेचारी विधवा बच गई। दोनों दुकानों से तीस रुपया किराया आता है। एक प्लाट...भवनपुर मौजे तीन सौ चार खतियान का हज़ार-पैंतीस नंबर प्लाट।

पाट चौधरी पेड़ के नीचे एक मोढ़े पर बैठा था। नया मोढ़ा। उसके कर्मचारी खजूर के पत्ते की चटाई पर बैठे थे। खड़ा था टूलू चौधरी।

सब लोग सेट्लमेंट के मामले के लिए आए थे। किसीको कागज़ दिखाने का नोटिस गया। कोई झगड़ने आया था। किसीकी ज़मीन दूसरे के नाम पर

दर्ज हो गई है। कुछ सूधे-से लोग, कुछ बड़े पेचीदे दुनियादार। पेचीदे स्वभाव वाले संपत्ति को बेनामी कराने आए थे— दूसरे एक पक्के दुनियादार से किसी ज़मीन के लिए उलझन की सख्त गांठ लगाकर आए थे। वे लोग अभी से सावधान हो रहे हैं। ज़मींदारी गई, ज़मीन भी शायद पच्चीस-तीस एकड़ से ज़्यादा नहीं रहेगी। इसलिए अभी से उसे बेटा, बहू, लड़की, नाती के नाम से अलग-अलग दर्ज करा रहे हैं। ज़मींदार लोग, खास परती ज़मीन, जो ज़मींदारी हकक के साथ जुड़ी है, खेत, पोखर, नाला, जो भी बन रहा है, सलामी ले-लेकर बंदोबस्त कर दे रहा है। नहीं तो ज़मींदारी के साथ-साथ यह सब भी सरकार के कब्जे में चला जाएगा। पुरानी रसीद पर पुराना स्टाम्प लगाकर लिखे दे रहा है। खेतिहर भक्खड़ की तरह निगले जा रहे हैं। जिन खेतिहरों की जमा-जोत हैं, उनकी हालत इस समय अच्छी है। धान का भाव दस रुपये से नीचे नहीं गिरता। आसाढ़ से बढ़ते-बढ़ते सोलह, सत्रह, अट्ठारह पर पहुंचा है। उन्हें गज़ब की भूख है ज़मीन की। न टीला देखता है, न टेकरा, नदी-नाला भी नहीं, लेता ही चला जा रहा है। उन्हें भी कानन मालूम है। ज़मींदार से कुछ कम नहीं समझते। उन्हें भी पच्चीस-तीस एकड़ वाली समस्या है। वे भी सेट्लमेंट आफिस आए हैं। उनकी आंखों में चमक है, बातों में उमंग। होंठों पर हंसी। जो बेचारे निरीह हैं, उनका आंख-मंह देखते ही समझ में आ जाता है। शंका-भरी डरी हई नज़र। सारे शरीर में बेबसी की, असहायता की एक मायूसी। ये आज दो साल से यहां तलवे घिस रहे हैं। शुरू-शुरू भीड़ कम थी, अब ज्यों-ज्यों दिन जा रहे हैं, त्यों-त्यों ज़्यादा लोग आ रहे हैं। तारीख पर तारीख पड़ रही है। पांच-पांच, सात-सात दिन पर आते हैं। बहुतेरे तो बिना तारीख के भी आते हैं। सेट्लमेंट के कर्मचारी कहते हैं, पहाड़ जैसा काम है, हाथ से आखिर कितना-सा ठेला जाएगा। हम हाथी तो हैं नहीं, जानवर नहीं हैं, आदमी हैं।

लोग कहते हैं—सब दांव-पेच हैं।

दोनों ही सच हैं। इन दो सत्यों की खींचातानी में भुवनपुर की हाट में रोज़ हाट जैसी भीड़ लगती है। भीड़ के तलवों की घिसाई से आसपास घास की निशानी तक न रही। हाट के बीच में गड्ढा हुआ जा रहा था, इसलिए इंट बिछवाकर जोड़ों पर सीमेंट दिया गया है। जिन दुकानदारों की अपनी ज़मीन थी, उन्होंने स्थायी घर बना लिया है। पंडों ने, दे बाबू के यहां के हिस्सेदारों ने अपनी-अपनी जगह पर मकान बनाकर किराया लगा दिया है। उनमें दुकानें लग

गई हैं। मोढ़ा वाला, खजूर की चटाई वाला अब रोज़ आता है। पांच-दस मोढ़े रोज़ बिक जाते हैं। खजूर की चटाई लोग बैठने के लिए खरीदते हैं। लकड़ी वाले के यहां कुर्सी-तिपाई बिकती भी है, किराये पर भी लगाई जाती है।

पाटू चक्रवर्ती का यह मोढ़ा लेकिन घर से लाया हुआ था। शान्तिनिकेतन का यह मोढ़ा। टूलू चौधरी की भी खूब चल निकली है। सच पूछिए तो वह सेटलमेंट अदालत में वकील-मुख्तारों का कान काटता है। हाट में नया दफ्तर खुल गया है। रजिस्ट्री आफिस के काम के लिए पुराना वाला दफ्तर ही काफी है। उसे उसका लड़का चलाता है। पाट चक्रवर्ती टूलू चौधरी का मुवक्किल है। कहिए तो यह पहली ही बार आया है पाटू चक्रवर्ती। अब की हकक का पेचदार मामला है। लेकिन डेढ़ेक साल पहले वह रजिस्ट्री आफिस में एक बार आया था।

डेढ़ साल पहले की हाट से अब की हाट की शक्ल देखकर चक्रवर्ती ने हैरानी भले ही ज़ाहिर दहीं की, तारीफ कर रहा था। वापसी में घरों की गिनती में उसने तेरह गिना, टूलू ने संशोधन करके बताया—बारह। टूलू चौधरी को ज़रा ज़्यादा बोलने की आदत है। बोले बिना उसका चलता भी नहीं। खतियान नंबर, प्लाट नंबर आप ही आप ज़बान पर आ जाता है।

चक्रवर्ती नेचारों तरफ देखकर कहा—मालती का रेस्टुरेंट लेकिन बहुत अच्छा बना है। थोड़ी-सी जगह में बहुत सुन्दर बना लिया है। डेढ़ साल पहले तक भी टिन की दीवाल और टिन की छौनी थी। अब एकबारगी पक्का बना लिया। बिजली लगवा ली।

टूलू ने कहा—अजी, इसकी बात ही क्या! खुनी औरत है, जेल काट चुकी है, जांबाज़ है। तिसपर पहले बसंत बनर्जी की चेली थी। सभाओं में गीत गाया करती थी।

—अकरम-कुकरम कुछ नहीं...क्यों?

—सुनता तो हूं! कुंडू को तो दुह लिवा। यह घर तो कुंडू की ही ज़मीन पर है! कुंडू लिखकर दे गया है, यह इकतल्ला दुकान और एक घर; उसीने बनवा भी दिया है। ऊपर का हिस्सा इसने खुद बनवाया है।

—सुना है! बुढ़ापे में कुंडू की अकल मारी गई थी। पंगु हो गया था। लकवा।

—हां। उस समय इसने उसकी सेवा की है। सो की है। वह एक गज़ब की

औरत है जनाब। कहा नहीं कि पहले बसंत की चेली थी। बसंत के साथ उस समय बिगड़ चुकी थी। वह और गोपा। बसंत तो कन्हैया है न! हजार गोपियां | सभी उसकी मित्र। पहले कहा करता था कि शादी नहीं करूंगा। ब्रह्मचारी रहूंगा, लीडरी करूंगा। यह यानी मालती जब जेल से निकली, वह गोपा से जा जुटा था। यह क्या करती। इसने कुंडू को फंसाया। गोपा से ब्याह करके बसंत ने घर बना लिया। लेकिन इसने भी बना लिया!

एक कर्मचारी दौड़ा-दौड़ा आया—बाबू, साहब बुला रहा है। बड़ा उखड़ गया है।

चक्रवर्ती काम-काज में बड़ा धीर आदमी है, आसानी से घबराता नहीं। कहा—क्यों जी, भूख लगी है, साहब को सब नहीं है?

टूलू ने कहा—मैंने पहले ही बताया, आदमी वह बदमिज़ाज है। रुपया पहले दे देने से ठंडा रहता।

—तुमने ही तो देरी की। बातों में रम गए। लेकिन हां, मज़े की बात में सभी रमते हैं। तुम भी मशगूल हो गए, मैं भी मशगूल हो गया। लो, रुपया लेकर जाओ।

कर्मचारी ने कहा—आपको जाना होगा। बुला रहा है।

—मुझको जाना पड़ेगा?

—जी।

टूलू ने कहा—चलिए न। हर्ज क्या है! आखिर एक बार तो हाज़िरी देनी ही पड़ेगी।

चक्रवर्ती उठा। एक तो मोटा आदमी, फिर आदमी की छत बचाकर चलने की आदत। फिर भी लाचारी उससे बचते हुए एक किनारे से चलना पड़ रहा है। हाट के प्रांगण में धूप आने में अभी भी देर थी। आने से थोड़ा और आराम होगा। अगहन का अंत। अब की सरदी भी ज़्यादा पड़ी है। दुकानों में खरीद-बिक्री चल रही थी। विशेष रूप से खाने-पीने और पान-बीडी की दुकान में। चाय की दुकान में ज़्यादा भीड़ है। मालती के रेस्टुरेट की छ: मेज़ों की छब्बीस-सत्ताइस लोहे की कुर्सियों में से कोई खाली नहीं। श्रीमती की भी दुकान में भीड़ है। वहां भी भीड़ बढ़ी है। उसकी दुकान माटी की थी। पक्के खंभों पर टिन को छौनी। अब पक्का हो गया है। बगल में एक कमरा बढ़ गया है। ऊपर कोठा। टूलू का दफ्तर श्रीमती के कोठे पर है। उसने कहा—ज़रा रुकिए, मैं कुरता बदल लूं। कुरते से पसीने की बू आ रही है। अफसर

जो है, पसीने की बू से उखड़ता है।

श्रीमती की दुकान में भी सामने कुर्सी पर एक विधवा युवती बैठी है। देखने में सुन्दर भी है, जवान भी है...हंसती भी खूब है। ज़रा कुछ ज़्यादा हल्की किस्म की है—अशालीन।

श्रीमती चक्रवर्ती को पहचानती है। बोली—अरे, बाबू?

—हां, पहचान रही हो?

—आपको नहीं पहचानूंगी भला!

—बूढ़ा हो गया हूं न!

—और मैं क्या नहीं हुई हैं? चाय पीजिए न।

—रहने दो, पुकार हुई है। देर होने से शायद साहब काटता हैं।

हंस उठी श्रीमती। बोली—अरे बाप रे, नाक में रस्सी डालकर नचाता है।

—समय की महिमा! और, यह कौन है?

हंसकर श्रीमती ने कहा—नाते में मेरी बहिन-बेटी होती है। उस जवान छोकरी ने आकर बगल में दुकान खोल दी। मेरी दुकान कानी हो गई। बुढ़िया की दुकान में कौन खाता है। इसीलिए छोकरी ही ले आई। अरी नमस्कार कर न रे साबी...

सावित्री ने मुसकरा दिया—नमस्कार बाबू। आइएगा। यहीं चाय पीजिएगा।

इतने में टूलू चौधरी आ पड़ा—चलिए।

श्रीमती की दुकान से आगे मालती की दुकान। बेतरह भीड़। अंदर चार-चार छोटे लड़के काम कर रहे हैं। दो-दो ठाकुर। उस पुराने ठाकुर के साथ यहीं का और एक छोकरा काम करता है। पहले नौकर का काम करता फिरता था। नाम है हाराधन नंदी। चंपा नहीं है। वह नवद्वीप चली गई है।

कुंडू के यहां जैसे ही मालती ने जाना-आना शुरू किया, चंपा ने एक दिन कहा—माला, अब मुझे विदा करो।

उसके मुंह की ओर देखकर मालती ने कहा—अच्छा नहीं लग रहा है मौसी?

चंपा बोली—नहीं।

मालती ने कहा—तो फिर जाओ। मैं हर महीने कुछ रुपये भेज दिया करूंगी।

—नहीं। रुपये भेजने की ज़रूरत नहीं।

मालती ने कहा—ठीक है!

उसके मन में बहुत-सी बातें आईं, पर उसने पूछा नहीं।

मालती आज भी चंपा मौसी के बारे में सोच रही थी। आज उसकी चिट्ठी आई है। उसने कुछ रुपये मांगे हैं। मालती चुपचाप सोच रही थी और सामने की तरफ ताक रही थी। भुवनपुर की हाट की ओर ऐसे ही देखती रही वह। उस तरह से देखते रहने से कुछ भी देखना नहीं होता। मन ही मन लेखा लेती और याद करके ही वक्त कटता। आदत हो गई है। कभी-कभार अचानक कोई हो-हल्ला हो जाता है तो वह देख लेती है।

सोच रही थी, चंपा मौसी को लिवा आएगी। कभी जी में आ रहा था, ले आएगी। खूब सेवा करेगी उसकी; उसके बाद समझाकर उससे कहेगी, मौसी, जिसे पाप कहते हैं, मैंने वह नहीं किया है। नहीं किया है। नहीं किया है। पाप जिसे कहती हो, वह तो दूर की बात, मैं उसे मन में भी नहीं लाई। लेकिन खेल को अगर पाप कहो, तो मैं पापी हूं। मेरा मन देने वाला वह प्यार उस हनुमान के बच्चे-सा ही मर गया था। कुछ दिनों तक मरे बच्चे की नाईं मरे हुए प्यार को छाती से लगाए बैठी थी। झूठ नहीं कहूंगी। झूठ कहूं भी क्यों मौसी! मुझे कोई उम्मीद नहीं है। अपने हाथ से बांधे हुए ढेले को मैं खोल आई हूं। झठ क्यों कहूं, अरमान होता है। अरमान है। नहीं रहा होता तो कब की शहर-बाजार में चली गई होती! उससे आखिर कितना कलंक होता! माथे पर एक के बाद दूसरा जो कलंक चढ़ रहा है, उससे क्या वह ज़्यादा होता! नहीं होता। अपने अरमान को जो मैं किसी तरह से भी नहीं छोड़ पा रही हूं! मेरा अरमान तो बसंत को घेरकर नहीं है। तुम जो भी कसम खाने को कहो, खा सकती हूं मैं। तुम्हारा बदन छूकर कह सकती हूं। बसंत को लेकर अरमान किया था...बसंत को दोष नहीं दूंगी...वह मेरे हिसाब की भूल थी। बसंत को पाप-पुण्य भी नहीं है। वह क्या जो है, मैं नहीं जानती। उसे भय भी नहीं है, प्रेम भी नहीं है। उसे अपना काम है और है स्त्रियों के मन से खिलवाड़ करना। गोपा ने खुद ही मुझसे कहा है, उसके विधवा होने के बाद जब जेठ से उसका मामला-मुकदमा चला, उस समय बसंत उसके जेठ का ही एक साप्ताहिक पत्र निकालता था। नौकर था उसका। फिर भी उसने अपने मालिक का विरोध किया था, झगड़ा किया था। जेठ के ही अखबार में जेठ का भंडाफोड़ किया था। वही, उस दिन जो गोपा भुवनपुर आई, उसके दूसरे दिन बसंत आया। अरे वही, जिस दिन बत्ती को लेकर झमेला हो गया, जिस दिन बसंत की बात सुनकर मैं चौंकी, जिस दिन उससे

मैंने नाता तोड़ लिया। मैंने कहा, बत्ती अपनी ले जाओ। ब्याह न करके हृदय से प्रेम करना, यह मेरे वश की बात नहीं! दूसरे दिन टूलू चौधरी बर्दवान के उस बाबू को लेकर आया। उस दिन क्या हुआ था, पता है? बसंत वहां से सारा कागज़-पत्तर, दस्तावेज़, चिट्ठी-पत्री गायब कर लाया था, उसमें गोपा के जेठ का मत्युबाण था। उन लोगों ने पुलिस में खबर दी थी।...

—चार कप चाय, चार चाप, आठ निमकी!

मालती हिली-डुली। नजर उठाकर देखा। एक ही साथ गाहक आए थे। जिस नौकर ने उन लोगों को सामान दिया था, उसीने, जो दिया था, सो बताया। हिसाब करके मालती को दाम लेना है।

मालती जरा हंसी। हंसकर ही बोलना है। बोली—एक रुपया चार आना।

डेढ़ रुपया देकर भले आदमी ने कहा—बाकी की सिगरेट। विल्स।

मालती ने सिगरेट निकालकर हाथ से हाथ सटाकर ही दी।

उसके बाद सौंफ-सुपारी की तश्तरी बढ़ा दी।

भला आदमी चला गया।

...उसके बाद, टूलू चौधरी से फिर एक दिन भेंट हुई थी मौसी। उस दिन तुम्हारे गौरांग का झूलन था, तुम दुकान नहीं आई थीं। बसंत से मेरे अलग हो जाने की बात उस समय फैल चुकी थी। बात कैसे फैलती है, तुम जानती ही हो, तिसपर भुवनपुर की बात। कहते हैं:

हाट में बात खुली जहां
पल भर में जहां-तहां!

और फिर यह भवनपुर की हाट। टूलू चौधरी ने कहा, उसे टिकली ने बताया। बताया होगा। टूलू ने कहा था: मैं यदि लिख दें। लिख दूं कि चौदह-पंद्रह की उम्र में जब मैं जेल नहीं गई थी, बसंत की चेली थी, तभी से मैं और गोपा, दोनों उसको प्यार करती थीं। वह भी हम दोनों को चाहता था। मुझसे कहा था, तुझसे ब्याह करूंगा। वह जात नहीं मानता, कुछ भी नहीं मानता। उसके बाद जेल से छूटी, तो देखा कि वह मुझसे शादी नहीं करना चाह रहा है। इसलिए कि वह गोपा को प्यार करता है। उससे उसका गुप्त सम्बन्ध हुआ है।

कहा था: यह कहो तो कुछ झूठ कहना तो न होगा। वह गोपा को प्यार करता है। नहीं तो तुम्हें बचन देकर आज मुकर क्यों रहा है? और तुमने तो हाट में बताई है प्रेम की बात। ये बातें तुम लिख दो तो गोपा का जेठ तुमको एक हज़ार रुपया देगा।

साथ ही उसे तुमसे ब्याह करने को मजबूर करेगा।

मैंने कहा था: नहीं। लेकिन वह गोपा को प्यार करता है, इसका सबूत पाया था। समझने में देर नहीं लगी थी। तुमसे मैंने कहा नहीं। उस हनुमान-मां की तरह मरे प्रेम को छाती में रखकर बड़ी तकलीफ पाई थी।

प्रेम भुवनपुर की ही क्या बात, शायद तीनों भुवन में कहीं नहीं है। शायद हो कि हो—सो जैसे ही पैदा होता है, वैसे ही मर जाता है। मन देकर मन मिल सकता है, मन और मानुस, दोनों नहीं मिलते। अपने को देकर आदमी एक दुसरा आदमी पाता है, वहां आदमी के साथ मन नहीं रहता। मन-मानुस दोनों देकर दोनों पाने से क्या होता है, जानती हो? अपने-अपने मन को ही वापस लेता है। गोपा की बाबत भी यही हुआ है मौसी। मेरा मन भी मेरा है, मेरा मैं भी मेरा है। मैंने किसीको नहीं दिया है। दी है, हंसी दी है, बातचीत दी है। और पाया है, रुपया-पैसा। सुख...हां सुख भी है बेशक।...

—पांच प्याला चाय, दस बिस्कुट, एक पैकेट कैप्सटन सिगरेट। गाहकों का एक दल खड़ा है। दाम देगा।

—एक कप चाय सिर्फ।

—रुकिए ज़रा। पहले इनका ले लें।—मीठी हंसी हंसती है मालती।—ज़रा देर। एक-एक करके। मैं तो अकेली हूं न।

—दस सिंघाड़ा, बारह निमकी, दो बड़े रसगुल्ले—ला दिए हैं।

मोटर का भोंपू बज रहा है। सेट्लमेंट की जीप कहीं जा रही है।

पेड़ पर से किसीके ठोंगे पर चील ने झपट्टा मारा। ठोंगे में वह मिठाई ले जा रहा था।

एक बज रहा है। चाय की दुकान की भीड़ घट रही है। हां, सिंघाड़ा-कचौरी बिक रही है। मालती उठी। नहाएगी, खाएगी। उसके बाद फिर आकर बैठेगी। ठाकुर-नौकर बारी-बारी से नहाने जाएंगे। सेट्लमेंट के मुवक्किल खाने जा रहे हैं। अभी होटल में भीड़ है। तीन होटल खुल गए हैं। खूब चलती है उनकी। तालाब में लोग नहा रहे हैं। बहुत-से लोग कुएं पर सिर धो रहे हैं। हाट को खाली करके मुवक्किल लोग हाट के बाहर पेड़ तले डेरा डाल रहे हैं। सोमवार की हाट। हाट लगेगी। बाबाथान के पंडे आ गए। इस समय उनकी खूब चलती है। हाट की आमदनी इसी समय से आने लगी है। सरदियों के दिन हैं, तरकारी का मौसम। इस बार तरकारी उपजी भी खूब है। और हाट के पास सेट्लमेंट आफिस के आ जाने से दूर-दूर से

बिकने को आती भी हैं। सेट्लमेंट कैंप अब नाम को ही कैंप है—आफिस के हिसाब से कैंप कहा जा सकता है। नहीं तो आफिस के लिए पंडों के एक फरीक ने—देवेन मिश्र ने—घर बनवा दिया है। बड़-पीपल के जंगल के पास जो परती ज़मीन पड़ी है, वह पंडों की है। सेवायत के नाते वह उन्हींके कब्ज़े में है।

और-और मकान भी बन रहे हैं। देखा-देखी दूसरे पंडे भी बनवा रहे हैं। उस ज़मीन के लिए मामला भी चल रहा है। पंडों से पंडों का।

मालती के घर में कुआं है। छोटा-सा आंगन। एल आकार का थोड़ा-सा बरामदा। रेस्टुरेंट के अलावा दो कमरे। कमरों को मालती ने स्कूल की दीदियों को किराये पर दिया था। लेकिन वे चली गई हैं। मालती की यहां बदनामी बहुत है। स्कूल की व्यवस्थापक समिति ने एतराज़ किया था। कुछ दिनों तक सेटलमेंट के बाबुओं को दिया था। उनके खिलाफ भी दरखास्त पड़ी। एक वेश्या जैसी औरत के घर कर्मचारी लोग रहते हैं। वे भी हट गए। उससे मालती को खास नुकसान नहीं हुआ। जिस कमरे का दरवाज़ा बाहर की ओर है, उसे किराये पर देकर दूसरे कमरे को बूढ़े ठाकुर को रहने के लिए दे दिया है। बूढ़े ठाकुर की वह रखेल भी रहती है। वह मालती का काम-काज कर देती है। उनके चार बच्चों में एक बच्चा भी यहीं रहता है।

नहाकर चूल्हे पर भात चढ़ाकर मालती खिड़की के सामने बैठी थी। वह दुतल्ले पर रहती है। घर-द्वार खासा सजा-सजाया है। यह घर वास्तव में उसे कुंडू बनवा दे गया है। बर्दवान का वह बाबू जिस दिन आया था, उसके तीनेक महीने बाद कुंडू बीमार पड़ा। लकवा मार गया। बेटे-बहुएं उसे लेकर मुसीबत में पड़ गईं। उन लोगों ने नर्स रखने को कहा। कुंडू ने लेकिन नर्स को नहीं रक्खा। वह घर के एक किनारे के कमरे में रहने लगा। काफी पैसे पर एक नौकर रख लिया। अस्पताल में मरने के लिए जाएगा? उसने अपने बूते पर इतना बड़ा कारबार खड़ा किया, ऐसा भाग्य बनाया—मेलों में घूमा किया। इतने दिनों के बाद अंतिम समय सबका आता है, सबका आएगा। मगर इतने दिनों तक घूमते रहने के बाद वह मरेगा भी घर में नहीं? मालती कुंडू का एहसान नहीं भूली, बल्कि उसका मेल-जोल कुछ ज़्यादा ही बढ़ा।

उस बत्ती के लिए ही उसने श्रीमती से चीख-पुकारकर जो कहा था, उससे गांव में ही क्यों, सारे इलाके में और भी नमक-मिर्च मिला कर हलचल हुई थी। और

उस बत्ती को खरीदते वक्त बसंत कुंडू से आप ही कह आया था—आपने कितने रुपये दिए हैं कुंडू बाबू, जोड़जाड़कर रखिएगा—मैं दे दूंगा। उसके बाद खूब मीठी-मीठी किन्तु तेज़, जिसे मिसरी की छुरी कहते हैं, उसीसे उसने कुंड पर चोटें की थीं। अट्ठारह साल की लड़की, और आप? कितनी उमर है आपकी? सत्तर? आपकी बड़ी पोती के कितने बाल-बच्चे हैं?

कुंड भी अजीब चरित्र का आदमी था। वह खूब हंसा था। कहा था—मैं आपके पिता शरत् उस्ताद का शागिर्द था। कितना खायापिया, मौज-मज़ा किया। उस्ताद ने मुझे तबला सिखाना चाहा था, पर इकताला की कव्वाली में ताल कट गई। मैंने कहा था, तबला सीखने से मैं बाज़ आया उस्ताद, मेरे लिए सुनना ही अच्छा है। उसने कहा, वही बेहतर है काका। मुझको काका कहता था। मगर आपसे वह नाता जोड़ने की ज़रूरत नहीं...आप लीडर हैं। खैर। ठीक तो है। आपकी उमर चौबीस-पच्चीस है। नये ज़माने के आदमी हैं। उसीको लेकर आप जो हो, कीजिए।

बसंत ने कहा—आप लोग जाल फेंककर आदमी फंसाते हैं। जाल आपको समेट लेना होगा। मैं आपको वह दे दूंगा। समझे?

दूसरे दिन बर्दवान वाले उस बाबू के आने की खबर पाकर बसंत साइकिल से सैंथिया होकर जाने कहां चला गया। वह साप्ताहिक अखबार का कागज़-पत्तर हटाकर यहां ले आया था। उस दिन, दिन डूबते समय कुंडू स्वयं मालती की दुकान में आया था। मंगल का दिन। हाट नहीं थी। मालती का मन उस समय भी बच्चा मरे हनुमान-मां जैसा था। एक अजानी रुलाई से भरा। पूकारने पर जवाब नहीं, हिलडोल नहीं। उछल-कद नहीं। लेकिन उसकी कल्पना से वह बसंत को लेकर अपने भविष्य की रचना नहीं कर पा रही थी। चुप बैठी थी।

कुंडू ने हंसकर कहा—हां रे मालती, मैं आ पड़ा। तुझसे एक बात कहने के लिए आ गया।

मालती ने कहा—कहिए!

—कह रहा था, तू क्या दुकान नहीं करेगी?

—क्यों? ऐसा क्यों कह रहे हैं आप?

—बसंत बाबू कल एक बत्ती खरीद लाए। और, बातें तो उन्होंने बहुत कहीं। लेकिन मैंने समझा, तू शायद दुकान नहीं करेगी।

ठीक उसी वक्त ठाकुर एक लालटेन जलाकर ले आया। कुंडू ने कहा—अरे! लालटेन? वह नई बत्ती क्या हो गई?

मालती ने कहा—मैंने वह वापस कर दी कुंडू बाबू। जिसकी थी, वह ले गया।

—ले गया? कहती क्या हो तुम?

—कहा तो, मैंने लौटा दी।

—लौटा दी! उसीके लिए बाज़ार में इतनी हलचल है! दुर-दुर।

—बाज़ार की हलचल से मेरा क्या होना है कुंडू बाबू? मैं जेल काटकर आई हूं।

—तो?

—वह लंबा फिसाना है।

—कहा नहीं जा सकता?

—बखूबी। उससे क्या मेरी पट सकती है कुंडू बाबू। वह और है, मैं और हूं।

कंडू कुछ देर चुप बैठा रहा। उसके बाद बोला—देख, उस श्रीमती का मैंने बहुत किया। उस ज़माने में वह बड़ी तूफानी औरत थी। बोलती बहुत अच्छी थी, हंसती अच्छी थी, चलती अच्छी थी। मेरी उस समय की जुबान...बुरी बात निकल आना चाह रही है। वह मुझे अच्छी लगती थी। मेरे घर जाया करती थी। मेरी स्त्री से बनती थी। उसके पास नाचती-गाती थी। हरफन मौला थी। बुरी भी थी। मुझे फंसाने की ताक में थी। मगर कुंड मछली मारता है, पानी में नहीं उतरता। हंसी-मजाक... बहुत हुआ तो हाथ पकड़ा। कुछ अन्यथा न सोचना।

मालती का मन मनुष्य का मन था। वह मन बातों-बातों में मरे बच्चे की बात भूल गया था। उसे छाती से उतारकर कब बगल में रख दिया था, याद नहीं। वह कंडू की बात पर हंसते हुए ही बोली—मैं भी साढ़े तीन साल जेल में थी। कहिए आप।

कुंडू ने वही कहा, जो जुबेदा कहा करती थी। कहा—यह संसार ही जेल है रे। मन ही मन जो हो, कह लो। खैर। जो कह रहा था। श्रीमती बहुत बार बड़ी-बड़ी झंझट में पड़ी। उसके खसम ने उसे छोड़ दिया था। मैंने ही उसे बुलाकर कहा था, घर के पागल को छोड़ देने से ही बाहर वह नंगा होगा। पकड़ लो। घर में रक्खो। रुपया देकर मैंने व्यवसाय करा दिया। रुपये उन लोगों ने दे दिए। रुपये नहीं दिए, सो नहीं कहता! अच्छा ढंग से ही चल रहा था। एक देता था, दूसरा लेता था। पति मर गया। हाट की वह जगह मेरी ही थी। सस्ते दाम

पर दे दी। हाट उस समय जम रही थी। अब तक किराये के मकान में दुकान करती थी। हाट में दुकान करके फूल गई। गांठ छः महीना पहले लगी, जब मेरी स्त्री गुज़र गई। स्त्री भोगकर मरी। ग्रहणी रोग था। रात-दिन बिस्तर-कपड़े गंदा करती थी। बदन में बदबू, घर में बदबू। बहुएं सेवा-जतन करती थीं, पर लाचारी। सिरहाने में अकेला मैं। जिस दिन वह मरी, उस दिन घर में कोई नहीं रहे। श्रीमती आती थी, बाहर खड़ी देख जाया करती थी। उस दिन मैंने कहा, श्रीमती, आज रात तू यहां रहेगी?—मैं नहीं रह सकूंगी, कहकर वह भाग आई। दौड़कर भागी, गोया मैं उसे पकड़कर बांध ही लूंगा। उसके बाद उसी रात मेरी स्त्री चल बसी। मैं गांव का, गांव का ही क्यों, इस इलाके का एक बड़ा व्यवसायी ठहरा...मातमपुरसी में लोग आए, औरत-मर्द सभी पूछ-ताछ गए। परंतु वह नहीं आई। बल्कि मुझे यह पता चला कि उस रोज़ लौटते हुए मुझे गालियां देती गई थी। कहती गई, तेरी दुकान से उधार लेती हूं, इसीके लिए उस नर्क में मुझे तूने रोगी का नर्क घोटने के लिए कहा! जा, तेरी दुकान से अब लिया ही नहीं करूंगी। महाजन है। गलाकाटू महाजन। उसके बाद भी वह माल लेने के लिए दुकान पर आई थी। मैंने दिया नहीं। सैंथिया में वह मेरे नाम से जो-सो कह आई है। कह आई कि उस दिन मैंने उससे कहा, रात में तू यहां रह जा श्रीमती, इस लाश को अगोरना है। मौज-मजे में कटेगा। सो वह कहे। उससे मुझे आंच नहीं लगती। दाग भी नहीं लगता। मैंने ऐसा कहा नहीं। कहा भी होता, तो भी मिदगी शर्मिंदगी न होती। लेकिन वह यह कह आई कि मैं गलाकाटू महाजन हूं, बेईमान व्यवसायी। यह मुझसे बरदाश्त नहीं होता। कांटेसा गड़ता है। बिच्छू के डंक से भी ज़्यादा जलन होती है। सैंथिया में मेरा माल उतरता है। वहां से यहां तक लाने का खर्च है। फिर भी मैं सैंथिया के ही भाव पर माल देता हूं। इतना नाम है मेरा। गाहक पर कभी नालिश नहीं करता। जैसे-तैसे वसूल कर लेता हूं। मुझे इसी बात का गुस्सा है। और यह गुस्सा विषहरी का गुस्सा है। समझी। इसीलिए तुझे, तेरी शकल-सूरत को देखकर और यह जानकर कि तू दुकान करेगी, मुझे लगा, पास ही अगर तुझे वैसी दुकान करके बिठाल दूं तो उसे सबक सिखा सकूंगा। जभी मैंने तुझसे पूछा, तू राज़ी हुई...बिठा दिया। तू अगर नहीं भी करेगी तो मैं उस दुकान को उठाऊंगा नहीं, किसी दूसरे को वहां लाकर बिठा दूंगा।

मालती ने कहा—दुकान मैं करूंगी कुंडू बाबू। कहा तो आपसे, उससे मेरा [illegible] गया।

कुंडू उठ खड़ा हुआ। बोला—तो मैं चलता हूं। एक बत्ती वहीं से जलवाकर भिजवा देता हूं। उन लोगों ने बत्ती जलाई है। तुझे भी जलानी होगी। कल एक ग्रामोफोन का इंतजाम करूंगा। समझ गई। अगर हो सके, तो कल एक बार आना।

बीस ही मिनट के बाद एक जलती हुई बत्ती आ गई। यह बत्ती बसंत वाली से बड़ी थी, कीमती, देखने में भी अच्छी।

श्रीमती दुकान में नहीं थी। सवेरे टिकली ने बताया था, वह अपनी किसी बहिन-बेटी को लाने गई है।

मालती उस दिन दुकान से घर लौटने के रास्ते में ही कुंडू के यहां गई थी। कुंडू का मकान पक्के का है। मगर खुद वह माटी की दीवाल और फूस की छौनी वाले घर में रहता है। नौकर है। फूस का घर होने के बावजूद बिजली-बत्ती है, पंखा है।

कुंडू ने हंसकर कहा—तो रात को मरने के लिए क्यों आई?

—रात ही आ गई।

—मेरी बदनामी का अंत नहीं है। तेरी भी होगी। मरेगी।

—मैं जेल काट आई हैं। मुझे उसका डर नहीं है। आप अपनी सब बात कह आए, अब मैं अपनी सब सुना जाऊं।

—बहुत खूब। राधा के वृन्दा दुती थी। तेरा मैं हूं। आखिर मन की बात कहने के लिए भी कोई चाहिए न!

—नहीं। मैं राधा नहीं हूं। राधा नहीं बनूंगी।

—क्यों?

—मैं राधा की तरह रोती नहीं। मुझसे रोया नहीं जाता।

—शाबाश! शाबाश! खाएगी कुछ?

—नहीं। सिर्फ अपनी सुनाकर चली जाऊंगी। आप महाजन हैं। मैं खातक हूं। आपने मुझे बुलाकर दुकान पर बिठाला है। आपको सब कहे बिना नहीं होगा। और उसने जीवन की प्रायः सारी ही बात कही थी। कहने के बाद कहा, कहते हैं, भुवनपुर की हाट में मन देने से मन मिलता है। मैंने ढेला बांधा था। कल उसे खोल दिया। मन देकर मन लेने की ज़रूरत नहीं है मुझे। इसकी जैसी झूठी बात और हो नहीं सकती। आदमी मिलने से मन मिलता है। आदमी अपने को देकर आदमी को पाता है, उससे मन नहीं पाता—ऐसा होता है; पाता है, ऐसा भी होता है। लेकिन

आदमी को बाद करके मन देकर मन, ऐसा नहीं होता।

—अरे!—आंखें दोनों बड़ी-बड़ी हो आई थीं कुंडू की। उसने अवाक् होकर मालती की बात सुनी। बात खत्म होते ही आंखें फाड़कर कहा, इतना जानती है तू!

—जेल में सीखी है। ज़ुबेदा बीबी से।

—यह ज़ुबेदा बीबी कौन हुई?

मालती ने उसे ज़ुबेदा बीबी के बारे में बताया। कुंडू ने हाथ जोड़कर नमस्कार किया। कहा—बाप रे! काली तारा नहीं कहूंगा, मगर यह तो डाकिनी-योगिनी है रे!

टन् से घड़ी में आधा घंटा बजा। आंखों पर ऐनक रखकर कुंडू ने घड़ी की तरफ देखा—अरे रे, साढ़े ग्यारह बज गए। ज़रा मज़ा तो देख।

—क्या हो गया?

—इतनी रात को जाएगी?

—मैं मज़े में चली जाऊंगी।

—नहीं, नहीं। रोशनी लेकर कोई तुम्हें पहुंचा पाए। बदनामी की परवा तो तुम्हें है नहीं। हो। लेकिन एक बात सुनकर जा।

—कौन-सी बात?

—बसंत गोपा के साथ उलझ गया है। बर्दवान वाला आदमी मेरे पास भी आया था। बसंत छिप गया है।

बसंत ठीक-ठीक छिपा नहीं था। विचित्र आदमी है वह। वह चारों तरफ घूमता रहा और गोपा के जेठ से लड़ता रहा। लड़ा ही नहीं, लड़कर जीता। बसंत के कब्ज़े में कुछ ऐसे कागज़ात आ गए थे कि गोपा का जेठ गोपा से समझौता करने को मजबूर हो गया। पच्चीस हज़ार नकद, गोपा के पति का सारा सामान और बर्दवान में एक मकान; इस पर सुलह हुई। इनके अलावा गोपा का अपना गहना-गुरिया तो था ही। मामले के समझौते के लिए गोपा बर्दवान गई थी। समझौता हो जाने पर बसंत का हाथ पकड़कर वह ब्याह की रजिस्ट्री कराने गई। उन दोनों ने शादी कर ली।

इस बात को भुवनपुर पहुंचने में देर नहीं लगी। बात ही नहीं आई, बसंत भी आया था। बसंत मालती की दुकान पर भी आया था। खरीदकर चाय पी थी।

जाते-जाते कह गया—भूल, मुझसे थोड़ी भूल हो गई मालती। मैं अपनी बात रख नहीं सका। परन्तु इसके लिए दोषी गोपा है...नहीं-नहीं, छोडो...उसे दोषी बनाने

से क्या लाभ? फिर भी मैंने इसे सुधारने की कोशिश की थी। कोई उपाय लेकिन न रह गया था। गोपा गर्भवती है।

मालती अवाक होकर सुन रही थी।

अभी भी वह बीच-बीच में आता है। सभा अभी भी करता है। हाट में ही करता है। एक दिन सभा में किसीने पूछ दिया—पहले अपनी कैफियत दीजिए तो आप! आपने दे के यहां को विधवा लड़की से शादी क्यों की? गोपा से?

बसंत गरज उठा था—इसलिए कि विधवा-विवाह कानून से जायज़ है, इसलिए कि विधवा-विवाह धर्म-संगत है। गोपा मुझे प्यार करती थी, मैं भी गोपा को प्यार करता था, इसलिए। और जातपांत? जात-पांत का भेद पाप है, अन्याय है। जात-पांत मैं नहीं मानता।

गज़ब। एक ही बात में सब सुन्न घसीट गए थे। बसंत उस दिन भी आया था। अभी भी अक्सर आता है। एक झपेला हो गया है। सेट्लमेंट के चक्कर में आ गया है। भुवनपुर की माटी का चक्कर भी कहिए। यहां की माटी पर उसके पांव गड़ गए हैं। गोपा के रुपये से बसंत ने मकान बनवाया है। बर्दवान के मकान को बेचकर यहां मकान बनवाएगा। लेकिन ज़मीन का झमेला हो गया है। वह रही वह जगह। भुवनेश्वर के पंडों की जगह में दस कट्ठा ज़मीन। बसंत ने वहां ईंट, चुना, बालू गिराया। पंडों ने एतराज़ करके काम रोक दिया। वह जगह खोका ठाकुर की है। खोका ठाकुर ने शरत् उस्ताद को स्टाम्प पर अपना मकान लिख दिया था और कहा था, मेरा जो कुछ भी है, आप ले लीजिएगा। लेकिन उस दस्तावेज़ पर दाग नंबर देकर यह जगह नहीं लिखी हुई है। उस समय यह जगह हाटवालों की मैला-माटी की जगह थी। अब पंडों ने आपत्ति की है। चूंकि ये लोग खोका ठाकुर के अपने सगे हैं, इसलिए इस जमीन के हकदार यही लोग हैं।

बसंत ने गोपा से रुपये लिए हैं। प्रेस खरीदेगा। अखबार निकालेगा। गोपा के बच्चा हुआ था। गुज़र गया।

अब एक-दूसरे को जकड़कर दोनों मीटिंग में माते हुए हैं। गोपा शायद चुनाव लड़ेगी। गोपा ने हंसते हुए मालती से कहा है—क्या मज़ा है, मीटिंग करते हैं, मौज से रहते हैं।

मालती ने पूछा था—खूब सुख में है गोपा?

—सुख-दुःख नहीं समझती। मज़े में हूं। वह शराब पीता है, मैं सिनेमा देखती

हैं। मेरे भी दोस्त हैं। वह भी बांधवी लिए रहता है।

उसके बाद धीरे से उसके कान में कहा—जानती है? कभी-कभी मैं भी पीती हूं।

—क्या?

—शराब। पार्टी-वार्टी में जाती हूं न। घर में भी कभी-कभी। यह तो आजकल का फैशन है।

सारी दुनिया ही में नित नूतन है। भुवनपुर में भी। हाट में इसका मेला लगता है। मालती से न हो सका। वह सदा खेल ही खेलती गई। भुवनपुर की हाट में आज मन देकर, मन लेकर आज-कल, कल परसों लौटा देना चल पड़ा है।

भात जलने लगा क्या?

झट उठी वह। थोड़ा-सा पानी डालकर चलाया। हां, जल ही गया। आज नसीब में जला हुआ भात ही है। मालती ने उतार लिया।

अक्सर होता है—कोई नई बात नहीं। संसार में शायद एक वही पुरानी रह गई। होते-होते भी नई नहीं हो सकी। कभी-कभी सोचती है: काश, यदि वह गोपा की तरह बसंत को पकड़ पाती, बांध पाती, तो वह भी गोपा की नाईं सुख-दुःख समझे बिना मज़े में रहती। मीटिंग करती। बसंत शराब पीता, वह सिनेमा देखती। पार्टी में पीती।

न, यह उससे न होता। उसमें एक गज़ब की प्यास है।

मात्र मन ही नहीं, मात्र मनुष्य ही नहीं, मन और मनुष्य दोनों पाकर भी शायद उसकी प्यास नहीं मिटेगी। मगर अब वह ज़िंदगी को खींच नहीं पा रही है! और फिर भी बदनामी का अंत नहीं।

ओः! पहली बदनामी कुंडू को लेकर।

कलंक लगा, मौसी चली गई। उसके मन ने कहा, जाओ।

कुंडू के लकवा हुआ। अपने उस बंगले में एक प्रकार से अकेला ही पड़ा रहता। वह जाती, सिरहाने के पास बैठती। कहा—घर-द्वार बड़ा गंदा हो रहा है कुंडू बाबू!

कुंडू ने फीका हंसकर कहा—कौन करे? किससे कहूं? लड़के कहते हैं, अस्पताल जाओ। अस्पताल मैं नहीं जाता। मरने के समय मेरे मुंह में तुलसीदल देगा वहां, दूध-गंगाजल देगा? मैं भला अस्पताल जाऊं?

—कोई नर्स रख लीजिए।

—नर्स? दुर्-दुर्!

—ठीक तो है। मुझे रख लीजिए।

—तू? तू रहेगी?

—रहूंगी। दोनों शाम सफाई कर जाऊंगी।

—उहूं। रह सकेगी?

—सो- । ज़रा सोचकर हंसती हुई बोली—हां, रह सकूंगी। रखिए।

कुंडू ने बगल के कमरे में जगह कर दी थी। छिः, छिः से भुवनपुर भर गया। कुंडू के लड़के-बड़के तंग आ गए। उन्होंने आपत्ति की—बदनामी जो फैल रही है, नहीं सुन रहे हैं?

कुंडू ने कहा—नहीं!

कोई दो महीने के सेवा-जतन के बाद कुंडू चंगा हो गया। लाठी के सहारे थोड़ा-थोड़ा चलने लगा।

उधर दो महीने से दुकान में नुकसान हो रहा था। श्रीमती ने बहिन-बेटी को लाकर अपनी दुकानदारी जमा ली। मालती कुंडू को छोड़कर दुकान आ नहीं रही थी। कुंडू ने सुना तो कहा—यह नहीं होगा। चल, रिक्शा करके मैं खुद जाऊंगा।

दुकान गया। ठेकेदार को बुलाकर कहा—तीन महीने के अंदर पक्के का मकान बन जाना चाहिए। ज़्यादा पैसे दूंगा मैं।

चार महीने लगे थे। उस अरसे के लिए कुंड टिन की दुकान को वहां से खिसकाकर ज़्यादा किराये की जगह में ले गया था। चार महीने के बाद कुंडू स्वयं उस मकान में रहने के लिए आया था। मकान मालती के नाम लिख दिया था।

दुकान को कुंडू ही सजाकर दे गया है।

मालती दुकान में बैठा करती। बीच-बीच में उठकर कुंडू को देख माया करती। बाहर गाहकों की भीड़ आती। वह हंसती हुई फिर आकर कुर्सी पर बैठ जाती।

कुंडू आखिर गुज़र गया। इसी मकान में मरा।

उसके सिरहाने में मालती ने तुलसी का बिरवा रक्खा था। उसके बेटी-बेटों को बुला लाई थी। उन लोगों ने दूध-गंगाजल दिया था।

उसके बाद एक-एक करके कितनों के साथ उसकी बदनामी हुई, इसका हिसाब नहीं।

मन कभी-कभी चंचल हुआ। सेट्लमेंट आफिस का एक बाबू। कम उमर का। बड़ा अच्छा लगता था। वह मालती को चाहने लगा था। मालतीडांवाडोल हुई

थी। लेकिन सुना कि उसके स्त्री है। उसके बाद से उसने हंसी-मज़ाक ही किया। इससे ज़्यादा नहीं।

और भी कितनों के साथ। लेकिन वह असह्य हो आया। अब नहीं। बीच-बीच में नाटक को खत्म करने की इच्छा होती। उसकी वासना कभी-कभी नदी की बाढ़-सी उमड़ आती।

भगवान को भी नहीं पुकार सकती। भगवान पर भी तो उसे विश्वास नहीं। रहता तो, तुम्हारे ही पास न मालती जाती!

श्रीमती की दुकान में ग्रामोफोन बज़ उठा। नाच का गीत। हाट शुरू हुई।

नः, देर है अभी। डेढ़ बज रहा है। ठाकुर आकर खड़ा हुआ। तरकारी लेकर आया था। आलू की भुजिया, गोभी की तरकारी, मछली।

—और वह क्या है?

ठाकुर ने कहा—अंडे की तरकारी।

मालती ने कहा—बाप रे! इतना क्यों?

—खाओ न! दुनिया में खाओगी नहीं तो क्या करोगी?

गुस्सा हो आया। फेंक देने की इच्छा हुई उठाकर। मगर अपने को ज़ब्त किया। कहा—नहीं। ले जाओ। वह ले जाओ।

—खाओगी नहीं?

—नहीं!—खूब चिल्लाकर बोली।

अंडे की तरकारी का कटोरा लेकर ठाकुर चला गया। वह खाने बैठी। अचानक यह क्या हो गया उसे। सब उठाकर फेंक करके हंसिये से जैसे बासदेव को काटा था, वैसे ही अपने को काटने की इच्छा होने लगी।

ग्रामोफोन में दूसरा गीत बज उठा।

कार-फीता वाला उसकी खिड़की के ही पास चिल्ला रहा था—कार, फीता। फीता, कार। जमाई को बांधो तो खुलेगा नहीं...

उठ बैठी वह। खिड़की से उझककर देखा, हाट लग गई है। आज सवेरे-सवेरे ही लग गई। लेकिन दोपहरी ढल रही थी। अभी चाय के गाहक कम होंगे। बीड़ी-सिगरेट बिकेगी।

हाथ धोकर वह ज़रा लेट गई। तंद्रा आ गई। अचानक आंख खुली। ठाकुर पुकार रहा था—मांजी!

—क्या है?

—बसंत बाबू, गोपा...ये सब आए हैं। बुला रहे है।

—बसंत! गोपा! किसलिए?

—बैठेंगे ज़रा।

खीझकर उठी वह। दरवाज़ा खोलकर निकली। गोपा खड़ी थी। बाहर के दरवाज़े के पास बसंत रिक्शा का किराया चुका रहा था। उसके साथ एक और कोई। एक नहीं, दो जने। एक की पोशाक अजीब-सी। गेरुआ झबा। पहनावे का कपड़ा सफेद। सिर पर गेरुआ रंग की पगड़ी। आंखों पर नीला चश्मा। चेहरे पर चेचक का दाग। वह एक आदमी का हाथ पकड़कर अंदर आ रहा था। अंधा है क्या? कौन है? बसंत यह किसे ले आया?

शायद कोई सभा करेगा। यह भी कोई पंडा है। वह खीझो।

भारी गले से कहा—यही घर है?

बसंत ने कहा—हां।

अंधा ही है वह। बड़ी होशियारी के साथ टटोलकर पांव रख रहा था। उसने आवाज़ दी—मालती!

—कौन?—अचरज़ में पड़ गई मालती।

बसंत ने पुकारा—मालती!

मालती सीढ़ियों से नीचे उतर आई।

उधर ग्रामोफोन बज रहा था। अब की उसीके रेस्टुरेंट में। वही गीत:—

कहां ठिकाना मन-राधा का कहां भुवन में कौन भवन में।

मालती बरामदे पर आई। नीरस गले से ही बोली—आओ। लेकिन उसकी यह पुकार कोई नहीं सुन पाया। नीले चश्मा वाला पगड़ वाला आदमी बोल उठा—हाय-हाय-हाय! और साथी का हाथ छोड़कर सामने को हाथ फैलाते हुए गा उठा:

कह सकती है कौन सजनिया कौन स्वजन रे।
अरे,
अरे, किस बस्ती में, किस नगरी में, किस जंगल में,
किस निर्जन में!
ओ मेरी मन-राधा का...

अचानक गाना बंद करके बोल उठा: मेरी 'गुबगुबागुब' कहां है?

बसंत ने उसके बदन पर हाथ रखकर कहा—होगा? फिर होगा?

—फिर होगा? क्यों?

—वह देखो, मालती खड़ी है।

—ऐं! मालती! बलिहारी, बलिहारी। कहां है रे, शरीर छोरी कहां है? वीर बांकुरी कहां है? बाप को बचाने के लिए बासदेव जैसे पहलवान, राक्षस कहो, उसे काट डाला और सज़ा काटी...तू वीर है। कहां है तू? मैं अंधा हूं रे! कहां है?

मालती बोल उठी—कौन? उसके आश्चर्य की सीमा नहीं थी। ग्रामोफोन के रेकार्ड की आवाज़ और इस आदमी का गला हुबहू एक।

बसंत ने कहा-पहचान नहीं रही हो?

—पहचान नहीं रही है?—हा-हा करके हंस उठा वह आदमी। उसके बाद गा उठा—उज्ज्वल नीला तारा!

खोका ठाकुर! नोबू ठाकुर! लेकिन शकल कैसी हो गई है? सारे चेहरे पर चेचक का दाग। वह रंग होते हुए भी जैसे नहीं रहा है। लंबा-दुबला। आंखें नीले चश्मे से ढकी। कहता है, अंधा हो गया है। वे आंखें? गज़ब की! 'ओह'! उसके मन में चुपचाप एक ओह हुआ और तुरन्त यह क्या हो गया? आंखों में जलन हो गई—ठीक जलन जैसी। तुरन्त ही उसने महसूस किया कि उसकी आंखों में आंसू आ गया है। उसके मन में खोका ठाकुर का वही रूप, वही कांति नाच उठी। चंपा मौसी कहती थी, सोना ठाकुर! आः। आंसू शायद ढलकता आता है। उसने झटपट आंसू पोंछा। उसके बाद आगे बढ़ी। पांव छूकर प्रणाम किया।

—मालती। वाह, वाह! प्रणाम कर रही है!—झुककर उसने उसके बालों पर हाथ रक्खा। मालती खड़ी हो गई। उसके सिर पर हाथ फेरकर वह बोला, रुक जा। देखूं जरा, तू कैसी हुई है! अपने हाथ बालों पर, कपाल पर, फिर कई बार सहलाकर बोला, वा-वा-वा, तू तो खूब सुंदर हो गई है रे! खूब सुंदर!

मालती समझ गई, खोका ठाकुर पागल ही हो गया है। उसने बात को उलटकर कहा—तुम्हारी यह कैसी शकल हो गई ठाकुर!

—क्या हो गई है?

—देख नहीं पाते हो?

खोका ठाकुर ने चश्मे को उतार दिया, कैसे देख पाऊं? ओः, दोनों आंखें गल गई हैं। आः। मेरी आंखों में आंसू आ रहा है।

बसंत ने कहा—चल, अब बाहर खड़े-खड़े नहीं। बैठने की जगह दे ज़रा! सवेरे हवड़ा में गाड़ी पर सवार हुआ हूं। क्यों भई, नहाओगे न?

—अरे बाप रे! नहाए बिना तो मर जाऊंगा। लेकिन वह फिर होगा। पहले तुम्हारा काम। जिसके लिए आया गया है। समझ गए!, बाप रे! जब से सुना है चैन नहीं है। दिए हए को हरण करनेवाला! बाप रे बाप! दस्तावेज़ में लिखा नहीं है तो क्या हुआ! मैं तो उस्ताद से कह गया था, मेरा जो भी है, सब ले लेना। मेरी गुरु-दक्षिणा। टूलू चौधरी गवाह है, धरनीदास है, श्रीमंत मर गया।

मालती जगह बनाकर उन्हें अंदर लिवा गई। बिठलाकर एक टेबिलफैन लगा दिया। कहां—थोड़ा जलपान कर लो बसंत दा।

बसंत ने कहा—चाय दे!

खोका ठाकुर ने कहा—मुझे थोड़ा पानी पिला, पानी। और मेरे चेले को चाय-वाय दे। क्या खाओगे मुन्ना?

मन्ना लड़का-सा है। वह बोला—चाय ही पिऊंगा।

मालती जा रही थी। खोका ठाकुर ने कहा—अरे अपने आदमियों से कह दे। तू बैठ। बैठ!

खका ठाकुर ने कहा—मौसी नवद्वीप चली गई है। तुझसे नहीं पटी। तूने खूब अच्छी दुकान की है। पक्के का घर। बिजली की बत्ती। बड़ी चलती है। वाह! वाह! नौकरों से कह दे, ले आए। तू बैठ। अंतिम दिनों में तूने कुंड की बड़ी सेवा की। मैं कहता हूं, वाह! वाह!

मालती का मन लमहे में सख्त हो उठा। किंतु अपने को जब्त किया उसने। बोली—अभी-अभी बैठती हूं ठाकुर। नौकरों से भी यह सब बनता है भला! कितने दिनों के बाद आए हो ज़रा। आदर-जतन करूं। बसंत दा लीडर है। पान से चूना भी गिर जाए तो किसी दिन मीटिंग में पोल खोल देगा। गोपा, नहाओगी तुम? कर दूं इंतज़ाम?

खोका ठाकुर बोल उठा—ठीक-ठीक। ठीक कहा है। जा-जा।

मालती चली गई। उसने सुना कि खोका ठाकुर गुनगुना रहा है। पहले वह गोपा को लेकर कुआं तले गई। वह नहाएगी। गोपा ने उससे कहा—खोका ठाकुर, इस समय मशहूर आदमी है रे? ग्रामोफोन रेकार्ड में उसका गीत आता है। वह जो 'कौन सजनिया कोन स्वजन रे' वाला गीत है न, वह तो उसीका गाया हुआ है। अच्छा पैसा मिलता है। कहीं सांस्कृतिक आयोजन कुछ होता है, तो इसे रुपये देकर ले जाते हैं लोग।

मालती में अब अवाक होने की भी शक्ति नहीं थी। उसका भीतर कैसा तो निर्वाक हो गया। जो बातें वह कहती रही, वह उसी तरह से कहीं, जैसे दुकान में

सोचते-सोचते भी हंसकर गाहकों से कहती है। अपने मन में वह उस खोका ठाकुर और इस दुबले, अंधे, मैले रंग वाले खोका ठाकुर की सोचने लगी। दोनों हरगिज़ नहीं मिल रहा है। सिर्फ बात और मन से मिल रहा है—वह आदमो वही है।

खोका ठाकुर का बड़ा नाम है। बड़ी आमदनी है। यह बात मानो उसके मन में नहीं पैठी।

वह ज़रा हंसकर चली गई। ज़रा देर में लौटी। नौकर के हाथ में ट्रे पर चाय, चाप, सिंघाड़ा। अपने हाथ में शरबत का ग्लास। एक टिन ग़ोल्डफ्लैक सिगरेट। उसे खोका ठाकुर के बीड़ी पीने की, गांजा पीने की याद हो आई। ठाकुर बैठा-बैठा तब भी गुनगुना रहा था। बसंत बैग में से निकालकर कागज़-पत्तर देख रहा था।

शरबत का भी ग्लास ठाकुर के हाथ में देकर मालती ने कहा—पियो।

—अरे, मीठी-मीठी गंध आ रही है। रोज़ सिरप! वा-वा-वा। तू बहुत अच्छी हो गई है मालती। बड़ी अच्छी। जानती है, मेरी इन आंखों को गए पांच-छः साल हो गए। चेचक निकला! उसके बाद से एक चीज़ समझ में आई। चेहरे पर हाथ फेरकर मैं समझ सकता हूं कि रूप कैसा है। और, बदन की गंध से यह समझ लेता हूं कि मन कैसा है। साबुन-तेल की गंध नहीं। मुझे एक गंध मिलती है। तेरे बदन की गंध मुझे मिली है।

—पी लो। शरबत पी लो।

शरबत पीकर इशारे से गिलास को रखने जा रहा था। मालती ने उसके हाथ से गिलास ले लिया—दो। देने-लेने में दोनों के हाथ एकदूसरे से लगे।

—रुक जा। रुक जा।

हाथ पर हाथ फेरकर कहा-देखें। बड़ा मुलायम है रे।—बड़ा मीठा।

—छोडो। यह लो।—उसने सिगरेट का टिन और दियासलाई दी—पीयो! जो बीड़ी फूंका करते थे...और...

हा-हा करके हंस उठा खोका ठाकुर। याद है? हा-हा-हा-हा। एक ही कश में बीड़ी को साफ कर देता था। और, उस मास्टर का कान पकड़ना? हा-हा-हा-हा।

कमरा हंसी के मारे कांपने लगा। एकाएक हंसना बंद करके बोला—लेकिन अब तो मैं यह सब पीता-वीता नहीं हूं।

—नहीं पीते हो?—मालती को आश्चर्य लगा।

हाथ बढ़ाकर बसंत ने सिगरेट-दियासलाई ले ली—मुझको दो। गोल्डफ्लैक है! वाह!

—अब तो ठाकुर एक नामी आदमी है। काफी कमाई। गोल्डफ्लैक के सिवा दे सकती हूं भला! सो तुम भी मशहूर आदमी हो...तुम्हीं लो।

बसंत ने कहा—हां। नवीन बाऊल बहुत बड़ा आदमी है। प्रसिद्ध आदमी। खैर। मैं कैंप से ही आता हूं, तुम बैठो नोबू।

गोपा नहा रही थी। खोका ठाकुर के साथ का वह लड़का हाट देखने गया। बसंत चला गया। बैठे रहे खोका ठाकुर और मालती।

मालती ने कहा—तुमने यह सब छोड़ दिया है, ताज्जुब लगता है।

खोका ठाकुर ने कहा—गला बैठ जाने लगा। हरगिज़ ठीक नहीं हो रहा था। कंपनी ने कहा, डाक्टर को दिखाओ। डाक्टर ने कहा, अंत तक कैंसर हो जाएगा। मैंने कहा, सो हो। आप मेरा गला ठीक कर दीजिए। बस, हो गया। कहा, बीड़ी-सिगरेट पियोगे तो गला दिन-दिन बैठता ही जाएगा। कैंसर भी होगा। समझा? क्या करूं? गाना-वाना बंद हो जाएगा। बाप रे! छोड़ दिया।

—कैंसर!—मालती रो पड़ी—इलाज नहीं कराया?

—कराया। जांच-वांच की। गले का मांस-वांस देखा। कहा, नहीं, कैंसर नहीं हआ है। लेकिन सिगरेट-गांजा पीने से होगा। गला ठीक हो गया।—वह गा उठा:

कुल रक्खें कि कलंक बताए कौन, हाय रे,
कुल सोने की सेज, कलंकी काजल केश सुहाय रे!
कुल रक्खूं कि रखूं कन्हैया
कुल से रहे न कान्ह री दैया
कुल खोऊं तो कूल नहीं फिर, बीच भंवर रह जाए रे!

मालती के आंसू अब रोके नहीं रुके। गाल से होकर झरने लगे। यह गीत मानो उसी का हो। वह तो वही है। उसका कुल भी गया, कन्हैया भी। माथे पर केवल कलंक का बोझा लिए भुवनपुर की हाट में सौदा करती फिरती है। जीवन में आकंठ तृष्णा। एक को उसने मन दिया, अपने-आपको दिया, उसे नहीं पाया! भुवनपुर को हाट में केवल पैसों की ही लेन-देन है। इसके सिवा सब झूठ है।

गाना बंद करके खोका ठाकुर ने कहा—अब मेरे गले में कुछ भी नहीं है।

खूब अच्छा हो गया है। और भी खुल गया है। समझी? गीत की कदर भी खूब है। खूब। गीत भी मेरा है। मेरा। मैंने लिखा है। अरे, चुप हो गई! तारीफ नहीं की? मालती, चली गई?

मालती हट गई। खोका ठाकुर ने उसके मुंह की ओर हाथ बढ़ाया। देखने लगा, वह है या नहीं।

फिर आवाज़ दी–मालती। तेरी गंध मिल तो रही है मुझे। चली तो नहीं गई है?

मालती उठ खड़ी हुई। आंखें पोंछकर बोली—खाओगे क्या, सो कहो। मछली-बछली तो खाते हो न?

—खाता हूं। समझी—मांस। थोड़ा-सा मांस चाहिए।

—मांस खाते हो?

—खाना पड़ता है। डाक्टर ने कहा है। जानती हो, कैंसर तो नहीं हुआ, हो गया टी० बी०। देख नहीं रही है कि मैं कितना दुबला हो गया हूं।

—टी० बी०?

—हां। बुखार होने लगा। उसके बाद मुंह से खून आने लगा। सोचा, गला फट गया होगा। फिर डाक्टर से दिखाया। उसने छाती की तसवीर ली। कहा, टी० बी० है। कहा, अस्पताल में भर्ती हो जाओ। मैंने न किया। गाना बंद हो जाएगा। बैठकी बंद हो जाएगी। मरना है। तो गाते-गाते ही मरूंगा। मरने के समय के लिए गीत लिखूंगा। एक लिखा भी, ठीक मरने के समय का नहीं, कुछ पहले का। सुनेगी?

और वह शुरू हो गया—आ।

मालती की बोलती बंद हो गई। वह ना नहीं कर सकी।

खोका ठाकुर गाने लगा।

खत्म हुई बेला मेला की, हुआ घाट का वहां इशारा
बोझ कहां रक्खूं यह सर का, विकट नदी है नहीं किनारा
दरदी कहां, कहां अपने जन
जो लेगा माथे का कंचन
मन माने ना फेंकूं जल में, बड़े जतन का यह धन सारा।

अचानक थक गया। बोला—तू रो रही है, मैं समझ रहा हूं। रहने दे।

मालती ने आंखों को पोंछ करके कहा—तुम यहां कहां आए हो? वह जगह

तुमने बसंत को दी है, सेट्लमेंट की अदालत में यही कहने के लिए?

—हां रे। बसंत बहादुर है। खूब बहादुर है। खोज करके ठीक ही निकाल लिया! समझी! कहा, मैं आया हूं कि तुम कुछ रुपये ले लो और लेकर मुझे लिख दो। तुम्हें कुछ कमी तो है नहीं।—ठीक ही कमी मुझे नहीं है। अच्छा मिल जाता है। और मिले चाहे नहीं मिले, गुरु को ज़बानी दिया है, लिखने में ही चूक हो गई, तो क्या उसका रुपया लूं! और फिर बसंत बहादुर है, अच्छा आदमी है, कलेजे वाला है। गोपा को ब्याह कर लिया। चोट्टे का काम तो नहीं किया न! लीडर है। भक्ति करता हूं उसकी। ऐसों की मैं भक्ति करता हूं। मैंने कहा, इसके लिए रुपया किस बात का? रुपया किसलिए? चलो-चलो, कह दूंगा। मैंने दान किया है। गुरु को दिया है। बसंत मेरे गुरु का बेटा है! चला आया। कह दूंगा, काम बन जाएगा। कल चला जाऊंगा। तुम लोगों से भेंट हो गई। बाबा भुवनेश्वर को दंडवत् कर आया। जाते वक्त फिर एक बार कर लूंगा।

बाहर हाट लगी थी। एक बहुत बड़े छत्ते में मानुस-मधुमाछी भन-भन, गुन-गुन कर रहे थे। बीच-बीच में दो-चार खूब ऊंचे गले की चीख-पुकार।

या तो झगड़ा होगा, या किसीको पुकार रहा होगा। या फिर ज़ोर-ज़ोर से कोई अपने सौदे की हांक लगा रहा है। लेकिन मालती को लगा, सारा भुवनपुर आधी रात जैसा सन्न हो गया है। कहीं कोई जाग नहीं रहा है। उसीमें वह खोई जा रही है। बात चुक गई है, चिंता खो गई है। जीवन ही शायद समाप्त हो जाए।

अजीब है खोका ठाकुर।

नवीन बाऊल का नाम सुनकर सेट्लमेंट आफिस के साहब ने कहा—गाना सुनाना पड़ेगा।

खोका ठाकुर खुश हो गया। बहुत खुश। बोला—बेशक। लेकिन वहां, हाट पर।

हाट में ज़ोरों की बत्ती जलाकर महफिल जमी। भीड़ बहुत हुई। सारे भुवनपुर के लोग जुटे।

मालती ने मना किया—नहीं। यह क्या कर रहे हो?

जो लड़का साथ में था, वह अपने तो मना नहीं कर सका। मालती से कहा मना करने के लिए। लेकिन खोका ठाकुर ठठाकर हंस पड़ा।

मालती बोली—ऐसे हंसो मत ठाकुर। तुम अपना भला-बुरा नहीं समझते हो।

अंधा ठाकुर पैरों में घुंघरू बांधते हुए बोला—अरे, भुवन हाट में गा लेने दो जी की झोली खाली करके! अरे, यह तो पद ही बन गया। वाह-वाह!

भुवनहाट में गा लेने दो जी की झोली खाली करके।
ले जाने दो दुख उतारकर सुख से अपना आंचल भरके
यहां बंधा मन्नत का ढेला।
गिरकर जो खोया उस बेला।
किस जादू से किया रतन उसको अलबेला।
स्वर्ण सूत में पहन उसे लूं गले गूंथ करके!

अवाक् हो गई मालती। बात नहीं पूरी। उसने हाथ पकड़कर उसे ले जाकर महफिल में उतार दिया। देखते ही देखते नोब ठाकूर एक और ही आदमी बन गया। गेरुआ झब्बा पहनकर मस्त हो उसने गाना शुरू किया। सबसे पहले वही गीत। उसके बाद गीत पर गीत। धुंघरू बांधे नाचा। लोग मंत्रमुग्ध हो गए। वाहवाही उसने खुद दी। हाय-हाय करके सरंस वाह खुद ही किया। कभी बोला—अहा-हा...

साढ़े दस बजे के बाद महफिल टूटी। फिर भी उसे रिहाई नहीं मिली। मालती की दुकान के सामने कुर्सी डालकर सेट्लमेंट का साहब बैठा। बीच में खोका ठाकुर को बिठाया। कहा—अब आपकी बात सुनूंगा।

नोबू ठाकुर तो हंसते-हंसते बेहाल—बात! बात क्या?

—आपकी कहानी। यहां से बाऊल होकर चले गए थे आप।

नोबू ठाकुर सहसा गंभीर हो गया। फिर अचानक ही हंसकर बोला—ज़रा आदमी के मन को तो देखिए। गुस्सा हो आया। राम-राम! यानी उस समय बड़ा दुःख था। समझ गए। गुरु बुरा कहता था, लोग बुरा कहते थे। गांजा पिया करता था कि ऐसे में जयदेव के मेले में एक बाऊल का गीत बड़ा भा गया। मैंने पकड़ा उसका पल्ला! मुझे गाना सिखाओगे? वह बोला, होगा तुझसे? अच्छा, ज़रा गा तो कोई एक पद, देखूं, कैसा गाता है! मैंने उसको उसीका गीत सुना दिया। बहुत खुश हो गया। बोला, चल। लेकिन बड़ी तकलीफ होगी। मेले में मेरा वह उस्ताद था। श्रीमंत था। श्रीमंत को मैंने पोखरा दे दिया। आः, यही देखिए। ज़बानी दान। बाबूओं ने बात पलटकर कैसा किया, देखिए ज़रा। मालती लड़की बड़ी अच्छी है।

मेरा गीत सुनने की ताक में लगी रहती थी। बड़ा अच्छा लगता था! उसका क्या हुआ, सो देखिए!

ज़रा देर चुप रहकर बोला—खैर। जो हुआ सो हुआ। भुवनपुर की हाट में रोज़-रोज़ फौजदारी। आदमी का स्वभाव है यह। मारता है, मार खाता है। सज़ा भोगता है। लेकिन इस लड़की ने भोगकर भी जीत लिया है। क्या गज़ब किया है, देखिए!

किसीने कहा—अपनी बात कहिए।

—मेरी बात? यह भी तो मेरी ही बात है। मालती को देखकर क्या खुशी हुई, कह नहीं सकता, क्या बताऊं। वैसी ही खुशी बसंत को देखकर हुई! अलबत्! मर्द है। वाह वा। वाह वा मैं भी हूं। मेरी भी वाहवाही है। कुछ दिनों तक, दो साल, घूमा किया। चेचक हुई। भयकर चेचक। पहले हुई गुरु को। गुरु चल बसे। मुझको हुई। मैं कैसे ज़िंदा रह गया, नहीं जानता। बच तो गया, पर दोनों आंखें गईं। रास्तों की खाक छानता रहा। गुरु ने कहा था, जा, तुझे मैंने दिया। अब अपने से अभ्यास करते रहना रास्ते-रास्ते गाते चलना, लोग सुनेंगे, तेरा भी अभ्यास होगा। उसीसे जो मिलेगा, तेरा गुज़ारा हो जाएगा। जो सोचना हो, मन में सोचना। याद रखना, पाप नहीं है, पुण्य भी नहीं है। लेकिन एक हिसाब है। उसी हिसाब से सुख कहां है, यह खोज। खोजते-खोजते कष्ट होगा, फिर खुशी भी होगी। मन के उसी भाव को छंद में पिरोना, पद बनेगा। वही गाया करना। मैं वैसा ही करता चल रहा था। एक दिन एक नदी के किनारे बड़ी हलचल हो रही थी। आंखों से देख तो पाता नहीं। लाठी से टकटोरकर चलता हूं। एक आदमी से पूछा, क्यों भैया, क्या है? तो बोला, तसवीर ले रहा है। बायस्कोप। उस समय सिनेमा-फिलिम क्या होता है, नहीं जानता था। अब बहुत सीखा। बहुत। अब पढ़ना पड़ता है, लिखता-पढ़ता हूं। सो मैं भी खड़ा हो गया। बातों से कुछ-कुछ समझ रहा था। इतने में उनमें से एक आदमी ने मेरा रंग-ढंग देखकर पूछा, क्या है? तुम क्या देख रहे हो?

—मैंने कहा, अरे बाबा, सुन रहा हूं। सुनकर समझ रहा हूं।

—पोशाक तो बाऊल की है। गाना आता है?

—आता तो है। सुनिएगा? मेरा तो काम ही सुनाना है बाबा।

—बोला, तो बैठ जाओ।

—कुछ देर में वे लोग खाने बैठे। मुझसे पूछा, खाओगे? कहा, दो। बोला,

मुरगी? मैंने कहा, जो भी दोगे बाबा, वही खाने का आदेश है गुरु का। लेकिन मुरगी कभी खाई नहीं है, मांस मत देना, बाकी सब दो।

—बहुत हंसे लोग। फिर गाना-वाना सुनाया। वही गाना समझ गए: 'मन-राधा का कहां ठिकाना!' सुनकर वे बड़े ही खुश हुए। कहा, पूरण से कम नहीं है। उस समय तक मैंने पूरण को नहीं सुना था। बाद में सुना। बहुत अच्छा। खैर, जो भी हो। उन लोगों ने मेरे गीत का रेकर्ड किया। बीस रुपये दिए। उनमें से एक ने मुझसे कहा, मेरे साथ कलकत्ता चलो। लाभ होगा, नाम होगा। रेकर्ड में तुम्हारा गाना आएगा। मैं चला गया। यह दो साल पहले की बात है। लोगों ने बताया, उस आदमी ने मुझे ठग लिया। मेरे गीत के रेकर्ड का सौ रुपया मुझे देकर रायल्टी वे ले लेते हैं। उनके पास से मैं दूसरे सज्जनके पास गया। उसके बाद चेला जुट गया। अपना डेरा हुआ। अब तो लोग काफी खातिर करते हैं। लेकिन कहते हैं, मुझे ठगते हैं लोग। मैं जानता हूं। दो-तीन औरतों ने पीछा पकड़ा था। मेरे साथ-साथ घूमती थीं। मैं तो बड़ी आफत में पड़ा! कोई रुपया लेकर खिसक पड़ती। कोई धुन सीखकर चंपत। कोई कहती, मुझसे शादी कर लो। मगर ब्याह मैं किससे करूं? इसमें अपने गुरु का हिसाब है। जो लड़की मेरी सरबस हो, जो मुझीमें डूबे, उसे छोड़कर किससे ब्याह करूं? सो गुरु ने बचा लिया, जैसे ही सुना कि मुझे तपेदिक हो गया है, वैसे ही एक-एक करके भाग गईं। मैं समझता हूं, तपेदिक नहीं, यह गुरु का आशीर्वाद है। जय गुरु। समझ गए। एक बार की बात है, तकिये के नीचे हज़ार रुपये रक्खे थे। एक औरत ने देख लिया था, उड़ा लिया। उसके बाद बोली, कुछ रुपये उधार दो, घर में बड़ा अभाव है। छुटकारा मिल गया। अब मुझसे भूत की तरह डरती है...

इतना कहकर वह हा-हा करके हंस उठा।

फिर बोला—बसंत मेरे गुरु का लड़का है। इसने जो किया, गुरु-पुत्र के सिवाय और कौन कर सकता है! मुझे यहां ले आया; भुवनपुर। मिट्टी का बंधन इसने मिटा दिया। भुवनपुर की हाट... अहा...

भुवन हाट में गा लेने दो—

समझ गए, यह गीत आज ही बनाया है!

मालती अपनी कुर्सी पर बैठी सुन रही थी। नींद आ रही थी शायद! मेज़ पर

सिर रखकर सो रही थी मानो।

महफिल टूटी। रात के बारह बज रहे थे। नोबू ठाकुर कमरे में अपने बिस्तर पर बैठा था। सोया, तो नींद नहीं आई। बचपन की बातें याद आने लगीं। एक के बाद दूसरी तसवीर तैर जाने लगी।

कभी-कभी लगने लगा, कहीं कोई एक आदमी जाग रहा है। बाकी सब सन्नाटा। रात के करीब तीन बज रहे होंगे।

एकाएक दरवाज़ा खुल गया।

नोबू ने पूछा—कौन?—और फिर तुरन्त ही बोला—मालती?

उसे उसके बदन की गंध मिली।

मालती ने कहा—हां।

—क्या है रे?

मालती ने निःसंकोच कहा—सुनो! कल तुम्हारा जाना नहीं होगा। कल तुम नहीं जा पाओगे।

—क्यों रे?

—कल ही नहीं, कभी नहीं जा पाओगे। मैं तुम्हारी सेवा करूंगी।

—मालती! मालती! मेरे पास आ—सुन!

मालती उसके पास जाकर बैठी।

नोबू ठाकुर ने उसके माथे पर, मुंह पर हाथ फेरकर कहा—सेवा करेगी? मेरी सेवा करेगी तू?

—तुम्हारी सेवा करूंगी। तुम्हारा इलाज कराऊंगी। तुम्हें बचाऊंगी। मैं तुम्हारे रुपये नहीं चुराऊंगी ठाकुर, तुमसे उधार भी नहीं मांगूंगी। तुम्हारी धुन भी नहीं सीखूंगी। यदि हो सके तो तुम मुझे अपने-आपको देना।

—ऐं, रो रही है तू?—पैरों पर आंसू टपका—मालती, तू मुझे लेगी?

मालती उसके पैरों में मुंह गाड़कर औंधी पड़ गई। कहा—मुझसे अब नहीं सहा जाता। तुम मुझे स्वीकारो!

नोबू ने कहा—चल। मेरा हाथ पकड़कर मुझे ले चल। भुवनेश्वर थान में बाबा को साक्षी रखकर तुझे ले आऊं। ले, पकड़ मेरा हाथ!

रास्ते में दर्द से कोई कराह रही थी। कोई स्त्री। टिकली की बहन। आसन्नप्रसवा थी। उसके बच्चा हो रहा था।

नोबू ने कहा—कौन है? क्या है?

उधर कोई रो रही थी। चुनरिया। उसका बाप बीमार था।

मालती बोली—वह कुछ नहीं है, चलो।

दोनों भुवनेश्वर थान चले गए।

●●●